KB139490

이별, 네가 없음의 온도

이별, 네가 없음의 온도

2016년 6월 1일 1판 1쇄 박음
2016년 6월 10일 1판 1쇄 펴냄

지은이 공대일
펴낸이 김철종
책임편집 장여진 책임교정 장웅진
디자인 이찬미, 정진희, 김정호 일러스트 한호진
마케팅 오영일, 조남윤, 박영준
인쇄제작 정민문화사

펴낸곳 (주)한언
출판등록 1983년 9월 30일 제1-128호
주소 110-310 서울시 종로구 삼일대로 453(경운동) KAFFE빌딩 2층
전화번호 02)701-6911 팩스번호 02)701-4449
전자우편 haneon@haneon.com 홈페이지 www.haneon.com

ISBN 978-89-5596-763-0 03810

이 도서의 국립중앙도서관 출판예정도서목록(CIP)은 서지정보유통지원시스템 홈페이지(http://seoji.nl.go.kr)와
국가자료공동목록시스템(http://www.nl.go.kr/kolisnet)에서 이용하실 수 있습니다.(CIP제어번호: CIP2016012314)

essai

이 별,
네가 없음의
온 도

공대일 지음/한호진 그림

가슴에 한 사람을 품은 채 살아가다

누구나 살면서 수많은 사람과 만나고 헤어집니다. 저 또한 지금 껏 살아오면서 누군가의 가족으로서, 친구로서, 애인으로서, 동료 로서 아주 다양한 사람들을 만나고 헤어지기를 반복했습니다. 이 러한 사람과 사람 사이의 관계를 통틀어 '인연'이라고 합니다.

몇 번의 만남과 헤어짐을 반복하며 깨달은 것이 있습니다. 좋았 던 만남이든 좋지 않았던 만남이든, 결국에는 이별이 반드시 찾아 온다는 것입니다. 스치듯 지나가는 이별이 있는 반면, 큰 후회와 그리움을 남기는 이별도 있습니다.

많은 사람들이 이성과의 만남에서 실패해 좌절하고, 이렇게 생긴 상처를 치유하는 법을 몰라 커다란 흉터를 갖고 살아갑니다. 만남에 실패했다는 이유로 자신감을 잃고 다른 이들과의 관계를 꺼리며 대인기피증을 보이는 경우도 있습니다.

이 책은 행복한 연애를 시작하려는 사람들을 위한 책이 아닙니다. 이별의 아픔으로 얼룩진 사람들을 위한 책입니다.

내 마음에 난 상처는 나 말고는 그 누구도 제대로 볼 수 없습니다. 그렇다고 해서 상처가 곪아가도록 내버려둔다면 밖으로 드러난 상처보다 훨씬 더 위험할 수 있습니다.

넘어져서 무릎이 까졌을 때 정성껏 약도 바르고 반창고도 붙여가며 치유하는 것과, 소독도 하지 않은 채 곪도록 방치하는 것은 시간이 흐른 후 아주 큰 차이를 보일 것입니다.

살아가다 보면 좋은 일, 나쁜 일을 롤러코스터 타듯 반복해서 겪기 마련입니다. 자신에게 커다란 일이 닥쳤다고 해서 목표를 잃게 되면 인생 전체가 흔들리게 됩니다.

"저는 사랑에 실패했고, 그 상처가 너무 큰 사람이에요."

이렇게 사람과의 관계에서 받은 상처의 고통에서 헤어 나오지 못하는 사람들을 종종 볼 수 있습니다.

사랑하는 사람을 잃었을 때, 아주 커다랗고 높은 벽을 마주한 듯한 느낌이 들 것입니다. 그러나 이것을 누구나 거쳐가는 인생의 작은 부분이라고 여기면 현명하게 대처할 수 있습니다.

정말로 소중하게 생각하는 사람을 인연으로 삼아 평생 동안 함께하고 싶다면, 지금 이 소중한 사람을 다음 인연을 만나기 위한 연습으로 삼고 싶지 않다면, 스스로를 되돌아보고 변화하는 시간을 가져야 합니다.

이별은 아주 자연스러운 일입니다. 폭풍이 몰아칠 때 옷자락이 젖어드는 것처럼 말입니다. 지금도 이별을 겪고 힘들어하고 있을 많은 분들에게 이 책이 우산이 되어주고 장화가 되어줄 수 있기를 바랍니다. 문득 살아있는 모든 것들에 감사하게 됩니다. 열심히 살아야겠다고 생각합니다. 내 삶의 인연과 내 운명에, 감사합니다.

목차

2부 치유하기

1부

인정하기

사랑은 언제나
벼락처럼 왔다가
정전처럼 끊겨지고
갑작스런 배고픔으로
찾아오는 이별.

최승자 〈여자들과 사내들〉 중에서

어쩌다 우리는

어떻게 사랑이 변하니?

그날은 유난히 바람이 불었다. 나는 그와 약속한 장소로 가고 있었다.

바람 때문에 자꾸만 눈물이 났다.

그날도 다른 날과 마찬가지로 어떤 특별한 예감 같은 것은 없었다.

그리고 그날, 그는 내게 이별을 말했다.

이별은 늘 갑작스럽게 찾아왔다. 아무렇지도 않게
그는 이별을 말했다. 요즘 싸움이 조금 잦기는 했다고,
그렇지만 그건 어느 커플이나 다 그럴 거라고,
어떻게 이별이 이렇게 불쑥 찾아올 수가 있는 거지,
하고 나는 계속해서 생각했다.

눈치조차 채지 못했다.
그가 우리의 관계를 그런 식으로 생각하고 있었을 줄은.
그는 내 앞에서 이런 말들을 뱉어내고 있었다.
의대에 다니는 자신은 집안 좋은 여자를 만나야 한다고,
집안을 일으켜야 하는 장남이라고,
그래서 나처럼 평범한 여자와 더는 함께할 수 없다고,
사랑하지만 이제 헤어져야겠다고, 미안하다고.

화가 났다. 나 자신이 너무 초라했다.
마시던 커피를 그의 얼굴에 끼얹어주고 싶은 충동이 일었다.
그렇지만 끝내 그러지는 못했다.

내가 평범해서, 그와는 어울리지 않는 여자라서 슬펐다.

이별의 순간에는 이런 생각들이 스쳐 지나갔다.

많이 사랑했던 것 같다, 내가 부족했다, 그는 다를 거라고 믿었는데,
갑작스러운 이별에 미처 준비도 하지 못했는데,
이럴 줄 알았으면 너무 마음 열지 말걸.

그의 앞에서 나는 엉엉 울었다. 추했겠지, 나는 더욱 절망했다.

저는 오늘 이별했습니다. 친구 A의 이야기가 떠오르는군요. 제 이야기와 크게 다를 것 없네요. 그녀는 자신이 부족해서 이별하게 되었다며 그 후로도 몇 년을 괴로워했습니다.

어떤 커플의 마지막 장면은 테이블을 뒤집고 힘껏 따귀를 올려붙이는 것이었습니다. 또 어떤 커플의 마지막 장면은 고래고래 소리를 지르며 싸우는 것이었습니다. "헤어져" 하면 "그래"로 이어지는 쿨한 것이기도 했습니다. 나의 이별은 어땠는지, 이별의 순간을 한번 떠올려보세요.

저마다 마지막 모습은 다를지라도 두 사람이 헤어지는 순간, 두 사람의 심리는 과거와 현재, 영화와 현실을 막론하고 비슷합니다. 사랑이 시대를 초월하여 유사한 모습을 보여주듯, 이별도 마찬가지겠죠. 이별을 통보하는 사람, 받아들이는 사람 모두 가슴이 아픕니다. 또 좋게 헤어지는 것, 나

쁘게 헤어지는 것 모두 가슴 아픈 것은 마찬가지겠죠. 서로에 대한 애정이 무너지는 순간이니까요.

"…… 어떻게 사랑이 변하니?"

불현듯 이 말이 떠오르는군요. 영화 〈봄날은 간다〉의 대사입니다. 오늘 저처럼 이별을 한 상황에서는 어떤 영화의 이별 장면을, 혹은 이별 노래 가사를 곱씹게 됩니다. 폭 꺼진 한숨 소리와 함께 내뱉는 이 말에는 그 어떤 분노도, 그 어떤 당황도 섞여 있지 않아서 더욱 마음에 와 닿습니다. 정말 어떻게 사랑이 변할 수가 있는지……. 꼭 저의 마음을 대변해주고 있는 것 같습니다.

"라면 먹을래요?"라는 말로 시작되었던 두 사람의 사랑은 이렇게 끝이 나고 있습니다. 보고 싶다는 이유만으로 서울에서 강릉까지 택시로 이동을 했던, 무덤을 보면서 "우리도 죽으면 저렇게 함께 묻힐까?"라며 아름다운 대화를 나누었던 관계는 이제 끝을 향해 치닫고 있습니다. 봄날, 세상에서 제일 행복했던 그들은 이제 이별합니다. (영화 〈봄날은 간다〉, 2001)

"있잖아, 당신은 사랑을 참 편하게 하는 것 같아."

여기 주월(하정우)과 희진(공효진)의 사랑도 끝이 나고 있습니다. 서로의 숨소리만으로도 설레던 시간이 지나고, 일상의 무기력함, 권태로움, 피곤이 그들의 연애 속으로까지 스며들었던 것일까요? 서로를 지치게 하던 영혼 없는 대답과 눈빛. 어느덧 연애 초기의 신선함은 찾아볼 수 없게 되었습니다. 결국 희진은 주월을 홀로 남겨둔 채 알래스카로 떠나고 맙니다. (영화 〈러브픽션〉, 2013)

우리의 이별 장면은 영화의 이별 장면과 다르지 않습니다. 저의 이별도 마지막이 조금 더 아름다웠더라면, 조금 더 담담했더라면 하는 생각이 드네요. 그러나 이별은 예쁘게 꾸밀 수 있는 것도, 준비할 수 있는 것도 아닙니다. 모든 이별은 서툰 것입니다. 이별은 나의 의지로 치러낼 수 있는 것이 아니라 무력하게, 그저 그렇게 치러내는 것입니다. 멋지게 이별하려는 생각을 당장 버리세요. 그것이 지금 우리가 할 수 있는 최선의 이별입니다.

몰라, 그냥 갑자기

지금 말해야 하나?
아니야, 좀 더 만나보자, 더 좋아질 수도 있어.
아니야, 우리 관계는 가망이 없어.

바빴던 하루를 마무리하고 그날 나는 너를 만나러 갔어.

우리의
데이트 시간은
평소와 다름없이
두 시간뿐이었어.
하루 동안 쌓인 피곤은
금방이라도 내 몸을 무너뜨릴 것 같았지.
그럼에도 나를 약속 장소로
기꺼이 가게 만드는 것은 오로지 너를 보고 싶은 마음,
그거 하나였어.

약속 장소에 다다랐을 때 저 앞에서 밝게 미소 짓는

네가 보였어. 나의 가장 친한 친구, 내가 가장 사랑하는 사람.

그런데 그날따라 어쩐지 너는 힘에 부쳐 보였어.

"오늘 어땠어? 힘들었어?"

내가 묻자 너는 말없이 내 어깨에 머리를 기댔어.

그때부터 너의 귀여운 수다가 시작되었지.

너의 팀장이 오늘도 너를 괴롭혔다는 것, 점심을 먹었던

식당의 반찬이 맛이 없었다는 것, 제시간에 퇴근을 하고 싶었지만

어쩔 수 없이 야근을 해야 했다는 것.

야근 후 나를 만나러 오는 길이 아마 유난히 힘들었겠지.

그런데 있지. 너는 모를 거야. 오늘 나의 하루도

너의 하루와 비슷했다는 걸. 아침에 회의에서 상사에게 깨졌고,

점심밥도 맛이 없었고, 야근을 하게 되어서 예정되어 있던

친구들 모임에도 가지 못했다는 걸.

물론 우리는 어찌 됐든 야근을 하게 되었기 때문에

서로 만날 수 있었지. 결국엔 잘된 일이야.

하지만 너를 만나러 오는 길에 버스에서 졸음을 참지 못하고

사정없이 졸았다는 사실을,

너를 만나고 있던 그때에도 피곤에 잔뜩 절어있었다는 사실을,

너는 아마 모를 테지.

그때였어,

"뭐야, 내 얘기 듣고 있어?"

네가 나를 흘겨보기 시작했어.

실망한 기색이 역력해보이는 표정으로.

"왜 그래? 나 듣고 있었어. 미안해."

너는 무표정으로, 침묵하기 시작했어.

뒤늦게 달래보지만 너는 이미 화가 나 있었어.

"왜 매번 미안하다고만 해? 뭐가 미안한지도 모르면서.

뭐가 미안한데?"

네 말이 맞아.
내가 할 수 있는
말은 늘 미안하다는
말뿐이었어.

우리 헤어져. 침묵을 깨고 네가 말했고,
그리고 나는,

" …… 그래."

이 말밖에 할 수 없었지. 네가 다 옳으니까.

네게 했던 나의 모든 행동들이 항상 최선이었으니까.

바꿔 말하면, 내가 할 수 있는 만큼은 다 했다는 것,

가끔은 한계라는 생각이 들 정도로 노력을 했다는 거야.

이 이상 노력하는 것은 없다 싶을 정도로.

그렇지만 늘 너를 만족시킬 수는 없었지.

내 노력은 너에게 늘 부족하기만 해.

너를 채워줄 수 있을 좋은 사람을, 만나서 네가 행복했으면

좋겠다는 생각을, 요즘 가끔 해.

이쯤에서 헤어지는 것이 서로를 위해 더 좋은 일은 아닐까, 하고.

"그러자고? 지금 그러자고 했어?"

네가 물었고, 나는 머릿속이 복잡해졌어.

마치 이별을 통보한 것이 네가 아니라 나인 것처럼

느껴졌지. 그래, 돌이켜보니 나는 이 관계에 자신이 없어졌던 것 같아.

너에 대한 미안함과 나 자신에 대한 실망감이 너무 커져서,

이제 그만 우리 관계를 놓아버리고 싶다는 생각이 들었어.

그리고 잠시였지만, 너에게 분노도 일었어.

결국 이렇게 끝이 나는 걸까.

머리는 복잡했지만 내 대답은 너무도 짧고 간단했지.

"그래."

왜 헤어졌어?

몰라, 그냥 갑자기

이별은 갑작스럽게 찾아옵니다. 영원할 줄 알았던 사랑도 순식간에, 아주 간단히 끝이 납니다. 짧은 순간, 수십 가지 감정들이 소용돌이칩니다.

'지금 말해야 하나? 아니야, 좀 더 만나보자. 더 좋아질 수도 있어. 아니야, 우리 관계는 가망이 없어.' 이별을 말해야 하는 사람은 이별을 해야 할지, 하지 말아야 할지, 어떻게 이별을 말해야 할지, 고민합니다. 이별을 기다리는 사람은 '설마 헤어지자고 하지는 않겠지. 혹시 헤어지자고 하면 어떡하지? 아니야, 그럴 리 없어. 그럼, 우리 관계가 얼마나 단단한 사이인데. 정말 헤어지자고 하면 나는 어쩌지? 잡아야 하나?' 이런저런 생각이 꼬리를 뭅니다. 걱정하다가, 부정하다가, 화가 났다가, 체념했다가, 인정하다가, 머릿속이 도무지 정리되지 않습니다.

이 두 마디 말로 두 사람은 남이 됩니다. "헤어지자", 그리고 "그래". 함께했던 모든 시간은 너무나 간단히 지나간 추억으로 변모합니다.

"왜 헤어졌어?"

이별 후 친구들은 종종 묻습니다. 그러면 저는 이렇게 답합니다.

"몰라, 그냥 갑자기."

물론 이유를 대자면, 수많은 이유를 댈 수도 있습니다. 성격이 안 맞아서, 현실적인 장벽이 있어서, 절대 싫은 습관이 고쳐지지 않아서, 사랑이 식어서, 다른 사람이 생겨서. 그래도 가슴은 이렇게 대답할 것 같습니다.

"몰라, 그냥 갑자기."

예견했던 이별도 있겠지만, 설령 그렇다 하더라도 막상 이별과 마주했을 때 우리는 당황합니다. 상대의 마음에 대해 눈치를 채고 있었든 아니든, "헤어져"라는 말에 우리는 깜짝 놀랍니다. 상대의 차갑고 낯선 모습에 또 한 번 놀랍니다. 멀어져 가는 서로의 뒷모습과 혼자가 된 자신이, 모든 것이 너무나 갑작스럽기만 합니다.

아무리 준비해도 이별은 이별

머리로는 이별을 준비하는데, 마음은 준비되지 않아 우리는 당황합니다. 갑작스러운 이별은 차가운 물속에 맨몸으로 뛰어드는 것과 같습니다. 그 어떤 준비운동도 없이 말이죠. 우리의 몸과 마음은 순식간에 얼어붙습니다. 누군가는 괴로움 속에서 한참을 허우적대기도 하고, 다른 누군가는 담담하게 헤엄쳐 나오기도 합니다. 이제 다 빠져 나왔나 싶다가도 정신을 차려보면, 다시 제자리에 멈춰있기도 합니다.

수많은 이별 속에서 우리는 살아가고 있습니다. 그럼에도 이별의 모습은 매번 낯섭니다.

"방법이라는 게 따로 있나? 그냥 헤어지고, 울고, 이겨낼 수밖에."

서른이 되기도 전에 스무 번 이상 연애를 했다는 지인은 이렇게 말했습니다. 이별은 얼마나 경험해봤든, 늘 갑작스럽고 가슴 아프게 치러 내는 것인가 봅니다. 모든 이별의 순간에, 잘 대비하지 못한 것은 당신만이 아닙니다. 이별은 언제나 낯설고, 언제나 가슴 아픈 법입니다.

이별, 너무나도 아픈

울지 마라
외로우니까 사람이다
살아간다는 것은 외로움을 견디는 일이다
공연히 오지 않는 전화를 기다리지 마라

정호승 〈수선화에게〉 중에서

우리가 헤어졌을 리 없어

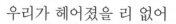

아침에 눈을 떠 실감합니다, 이제 그 사람은 없다고. 이별한 지 하루가 지났습니다. 내가 사랑했던 사람과, 그렇게도 소중했던 존재와 헤어졌다니, 믿을 수가 없네요. 노력하면 안 되는 일이 없다는 말을 철석같이 믿으며 살아왔는데, 한번 돌아선 그 사람의 마음은 어떤 노력으로도 돌리기 어렵더군요. 그래서 이별이 더 고통스럽고 아픈 것인가 봅니다.

이별하기 전 우리는 누구보다 가까운 사이였습니다. 주머니 속의 스마트폰처럼 항상 함께하며 일상을 공유했습니다. 그렇게 소중했던 사람이 이렇게 쉽게 사라지다니, 헛헛함을 견딜 수가 없고 가슴이 아픕니다. 항상 나의 편이었던 그 사람이, 바라만 봐도 미소가 지어지던 그 사람이 이제는 곁에 없다는 사실은, 믿을 수 없이 큰 고통 속으로 저를 밀어 넣고 있습니다.

스마트폰은 울리지 않습니다. 그렇다고 해서 특별히 연락할 곳도 생각나지 않습니다. 그녀와 함께였던 어제의 나와 오늘의 나는 완전히 다른 사람입니다. 제가 이별했다는 사실이 믿겨지지 않습니다. 믿고 싶지도 않습니다. 함께했던 수많은 시간들이 머릿속을 스쳐갑니다. 생각하지 않으려 밖에 나가보지만, 발길 닿는 곳마다 그 사람과 함께했던 공간이네요. 머릿속에 떠오르는 것마다 우리가 나누었던 이야기들 뿐입니다. 휴대전화 속 음악들도 함께 들었던 것뿐이고, 사진첩에는 아직도 우리의 사진이 남아 있습니다. 내 마음을 아는지 모르는지, 사진 속의 나와 그 사람은 해맑게 웃고만 있네요. 내가 가는 모든 곳에 그 사람이 있었는데, 이제 그 사람은 없습니다. 그 사람이 내 곁에 없는 거예요. 맙소사, 정말 끝인가요?

이별 직후, 우리가 가장 먼저 겪게 되는 것은 '부정'이라는 과정입니다. 많은 사람들이 이별 그 다음 날, 이별을 부정합니다. 정말 끝은 아닐 거라고, 홧김에 생긴 일일 뿐이라고, 절대 우리가 헤어졌을 리가 없다고 말이지요. 하지만 받아들여야 합니다. 당신에게 일어난 이별은 누구 때문도, 무엇 때문도 아닙니다. 그저 자연스럽게 일어난 것, 잘 맞지 않던 두 사람의 관계에 필요했던 조정일 뿐입니다.

이별을 부정하거나 합리화하려고 하지 마세요. 이별은 단순히 벌어진 해프닝이 아닙니다. 간단히 되돌릴 수 있는 상황이 아닙니다. 아프지 않기 위해, 당황스러움을 감추기 위해, 지금의 상황을 부정하고 합리화한다면, 당신은 핑계를 대고 있을 뿐입니다. 숨을 구멍을 찾고 있을 뿐입니다. 두려워하고 있을 뿐입니다.

당신은 이별했습니다. 그것을 받아들이세요. 사랑했던 그 사람은 당신에게 돌아오지 않습니다. 그 사람과 사랑했던 기억은 이제 과거의 아름다운 추억입니다. 이별을 먼저 말한 사람 역시 이 순간을 받아들이기 힘든 것은 마찬가지일 겁니다. 두 사람 모두 반드시 이 과정을 거쳐야 합니다. 이 고통과 아픔을 견뎌야, 이겨낼 수 있습니다.

 그 사람의 없음

만약 당신이 진심으로 사랑을 했다면 이별 후 가슴이 에이는 듯 아프고 쓰라릴 것입니다. 마음이 추슬러지지 않고, 사는 게 의미가 없다는 생각이 듭니다. 무엇을 해도 허전합니다. 그 사람을 생각하면 이유 없이 눈물이 흐르고, 아무것도 손에 잡히지 않습니다. 괜찮아요, 누구나 다 그렇습니다.

심지어 고통을 이겨내지 못하고 극단적인 선택을 하는 사람들도 있습니다. 최악의 경우 그들은 자신의 생명을 위협하기도 합니다. 감정을 주체하지 못하여 주변 사람들에게 피해를 주기도 하고, 어떻게 할지 몰라 방황하기도 합니다. 그 사람이 내 마음속에 들어와 자리 잡을 때만 해도 정말 행복했었는데, 그 행복했던 자리를 내 손으로 도려내야 하니, 마음 한구석이 허전하고 너무나도 아픕니다.

이별은 아프고 힘든 것이 당연합니다. 이별의 고통은 겪어본 사람들이라면 모두 공감할 것입니다. 이런 감정을 규정하는 의학적 용어도 있는데, 바로 '상심증후군'이라고 합니다. 헤어짐은 마음뿐 아니라 몸에도 이상을 초래하기에 의학계에서도 관심을 가지는 부분입니다. 이별 후 가슴이 찢어질 것처럼 고통스러운 것은 자연스러운 일입니다. 이제 여러분은 고통을 받아들이고, 어떻게 이겨내야 할지 고민해야 합니다.

법륜 스님은 이렇게 말했습니다. "아파하세요." 이별의 아픔에 치유책은 없습니다. 잠시 잊을 수 있는 방법이야 있겠지만, 그것이 근본적으로 아픔을 치유해주지는 않습니다. 우선 아파하고 나야 조금씩 정신을 차릴 수 있습니다.

그렇다고 해서, 고통 속에 자신을 억지로 밀어 넣지는 마세요. 일부러 자신을 아프게 하고 괴롭히는 것은 좋지 않습니다. 자연스럽게 느껴지는 아픔만 받아들이세요. 자연스럽게 찾아오는 고통만을 감내하세요. 시간이 약이라는 흔한 위로가 당장은 귀에 들어오지 않겠지만, 괴로움과 고통은 자연스럽게 지나갈 것입니다. 그러다 보면 신기하게 아픔을 이겨내는 요령도 생길 것입니다.

그러니 아픔을 받아들이세요. 그 사람이 떠난 자리를 깨달을 때마다 견디기 힘들고 아픈 것은 정말 사랑했기 때문입니다. 그 사람을 정말 사랑했나요? 이렇게 힘든 감정 또한 사랑의 일부입니다. 받아들이세요. 시간이 흐르면 아픔은 자연스럽게 사라질 거라는 사실만 기억하면 됩니다.

너의 불행은 나의 행복

사랑했던 사람, 정말 내 모든 것을 다 바쳐 사랑했던 그 사람이 나에게 이별을 고했습니다. 왜 더 노력하는 것을 택하지 않고, 헤어짐을 택한 걸까요? 나는 아직 준비가 되지 않았는데, 왜 그렇게 쉽게 우리 관계를 포기한 걸까요? 원망하는 마음이 생겨납니다. 상대의 마음은 내 마음과 달랐던 것 같아 화도 납니다.

특히 이별한 상대에게 새로운 이성이 있다는 것을 알게 되었을 때의 분노는 말로 표현하기 힘들 정도입니다. 내가 사랑했던 사람이 다른 사람과 잘 지내고 있다는 걸 알았을 때, 우리는 치유되기 어려운 깊은 상처를 받습니다. 배신감이 들고 자존심이 추락합니다. 그리고 견딜 수 없는 분노와 고통에 몸부림치게 되지요.

질투와 배신으로 인한 상처는 연인 관계에만 있는 것이 아닙니다. 믿고 사랑했던 친구가 나보다 다른 사람을 우선으로 생각할 때, 내 어려움을 신경 써주지 않을 때, 내 이야기는 듣지 않은 채 다른 사람의 말만 듣고 나를 오해할 때, 이기적인 이유로 나를 어려움에 빠뜨릴 때, 배신감과 분노를 느낍니다.

내가 사랑하는 그 사람은 다를 거라고 믿었습니다. 그래서 배신감이 듭니다. 입장을 바꿔서 생각해봐도, 나라면 그런 행동을 하지 않을 것 같습니다. 다른 사람을 아끼는 마음이 클수록 왜 당신은 나와 같지 않냐며 서운해하고 분노합니다. 사랑했던 연인에게 배신을 당했다면, 미치고 팔짝 뛸 만큼 화가 나고 분노가 치솟을 것입니다.

자, 이제 그럼 분노를 이성적으로 바라보아야 합니다. 여러분은 무엇에 화가 났나요? 그 사람이 변했다는 데에 화가 났나요? 사실 더 깊이 생각해보면 대부분의 사람들이 왜 우리가 이별해야 하는가에 가장 분노합니다. 또 이별 앞에서 무력한 자기 자신에게 분노합니다. 이별의 기미를 진작 눈치채지 못했다는 것, 이별을 막지 못했다는 것이 그 이유입니다.

혹여나 모든 것을 상대의 탓으로 돌리며 상대가 불행하기만을 바라지는 마세요. 나와 상대, 그리고 두 사람의 추억마저 망치는 길입니다. 이별은 어느 한쪽만의 잘못으로 이루어지지 않습니다. 집착하고 화를 낸다고 둘의 관계가 좋았던 때로 돌아가지는 않습니다. 내가 힘들고 마음이 아프다는 이유로 상대의 불행을 바라는 마음, 그것은 결국 부메랑처럼 내게 돌아와 나를 위협할 것입니다. 상대의 불행을 바라기보다 나의 마음을 보살피는 데 집중하세요.

분노와 원망을 다스리세요. 상대에게 험한 말을 하거나 복수하겠노라 결심하지 마세요. 달라지는 것은 아무것도 없으니까요. 오히려 상황이 악화될 뿐입니다. 분노를 표출하는 것은 좋지만, 그로 인해 다른 사람의 마음까지 다치게 하지는 말아야 합니다. 극단적인 행동도 금물입니다. 격한 운동을 하거나 가슴이 후련해지도록 소리를 내지르는 것도 좋은 방법입니다.

이별 후, 분노를 느끼는 것은 아주 자연스러운 현상입니다. 분노가 일어나고 사라지는 것이 몇 차례 반복되다 보면, 어느새 당신을 온통 뒤흔들던 감정의 소용돌이는 지나가 있을 것입니다. 당신의 마음은 곧 평안해질 것입니다.

시간을 돌릴 수 있다면

후회하고 계신가요?

함께였을 때 더 잘할걸, 헤어지자고 했을 때 한 번만 더 잡아볼 걸, 가지 말라고 말해볼 걸 그랬나? 그냥 달려가서 다시 한 번 안아줄 걸…….

이렇게 행동했더라면, 차라리 다른 말을 했더라면, 마음가짐이 조금만 더 달랐더라면……. 우리는 이런 후회를 하곤 합니다. 그렇지만, 그랬다고 해도 그 사람을 잡을 수 있었을까요?

이별 후 가장 많이 하는 말은 후회의 말입니다. 그 순간으로 돌아갈 수만 있다면, 하고 우리는 간절히 원하고 후회합니다. 그 순간으로 다시 돌아간다면, 과연 우리는 이별을 피할 수 있을까요?

리처드 커티스 감독의 〈어바웃 타임〉이라는 로맨틱 코미디 영화는 우리에게 이러한 질문을 던집니다.

"시간을 돌릴 수 있다면 우리는 완벽한 사랑을 이룰 수 있을까요?"

그리고 영화는 우리에게 말합니다. 설령 과거로 돌아갈 수 있더라도 인연이 아닌 사람의 마음을 돌릴 수는 없다고, 그러나 진정한 인연이라면 반드시 만나게 될 것이라고 말입니다.

과거의 일을 후회하는 것은 당연합니다. 그렇지만 후회한다고 달라지는 것이 있을까요? 상대를 사랑했나요? 그렇다면 당신은 이미 최선을 다

했습니다. 시간을 돌리더라도 결과를 바꿀 수는 없습니다. 사실 헤어진 원인은 누구보다 두 사람이 가장 잘 알고 있습니다. 두 사람 모두 양보하고 싶지 않은, 양보할 수 없는, 이해할 수 없는 문제들이 있었다는 것을 말이지요.

이별하고 나면, 이별 전에는 절대로 양보할 수 없던 문제들을 '이제는 양보할 수 있을 것 같은' 감정이 들기 시작합니다. 그래서 후회하고, 다시 시작해보고 싶어지기도 하지요. 저는 이렇게 권합니다. 그렇게 후회된다면 다시 시작해보라고. 변화를 주고 노력해서 관계를 다시 살릴 수만 있다면, 축하할 일이니까요.

영화 〈연애의 온도〉의 명대사가 생각납니다.

"연인들의 82퍼센트가 헤어졌다가 다시 만난대.
그중에서 97퍼센트는 다시 헤어지고 겨우 3퍼센트만
계속 만나게 된대."

하지만 그 3퍼센트가 당신이 아니라는 법도 없습니다.

이별은 아프고 괴롭습니다. 우리는 이별한 뒤, 그 이별을 부정하기도 하고, 아파서 엉엉 울기도 하고, 화를 내며 상대의 앞날에 저주를 퍼붓기도 하고, 후회로 괴로워하기도 합니다. 내가 정말 이별을 한 걸까요? 내일이 오면 아무 일도 없었다는 듯이 그를, 그녀를 다시 만날 수 있을 것만 같습니다.

그러나 어쩌겠습니까? 아프고 힘들단 이유로 이별을 거부하고 부정할수는 없습니다. 우리는 이별의 상황을 인정하고 받아들여야 합니다. 우리의 관계는 끝이 났지만, 그 끝은 새로운 만남을 위한 시작점이라는, 귀에도 들어오지 않는 위로를 이제는 마음으로 받아들여야 합니다. 사랑하지 않았다면 이렇게 괴롭지는 않았을 텐데, 하는 생각이 드시나요? 사랑했기 때문에 이별했고, 그 이별은 또 다른 만남을 위한 씨앗이 되어줄 겁니다.

우울 속으로

잠들기 전에 인터넷 게시판에 올라온 연애 이야기를 읽는 것은 A양의취미였습니다. 수많은 사람들이 새로운 만남을 갖고, 연애를 하고, 헤어지고, 또 다시 누군가를 만나는 것을 반복합니다. 그녀는 그 게시판에서 이미 전문가로 통하고 있었습니다. 이제는 아이디만 봐도 그 사람의 지난 글들을 떠올릴 수 있습니다. 오늘따라 헤어진 사람들의 글이 자꾸만 눈에 들어오네요. A양이 남자친구와 이별을 했기 때문일까요?

어떤 여자분은 헤어진 후 우울증과 폭식증이 함께 왔다고 합니다. 이별 후 두 달 만에 15킬로그램이나 살이 쪘다고 하네요. 살이 찐 모습에 우울해서 더 먹고, 그런 모습이 또 우울해서 더 먹고, 어느 날 지나가다 전 남자친구와 마주쳤는데 뚱뚱해진 자신의 모습이 너무나 초라하고, 그래서 자존심 상해 또 다시 우울해졌다고 해요. 그러면 집에 와서 또 먹고. 다시 우울해졌다고 해요. 이제는 돌이킬 수 없는 정도라 병원 치료가 필요할 것 같다고 하네요.

어떤 남자분은 이별 후 불면증이 찾아왔다고 합니다. 잠을 잘 수가 없어 매일 피곤해하고, 회사에서 졸다가 혼나고, 집에 오면 헤어진 여자친구 생각에 괴로워 술을 마시고, 술을 마시고 나면 또 잠이 오지 않아 뜬눈으로 밤을 새우고, 다시 피곤해하는 악순환이 계속된다고 합니다.

A양은 남자친구와 헤어지고 보니, 전에는 이해가 되지 않았던 가슴 아픈 이야기들 모두가 자신에게 일어나더라고 말했습니다. 대체로 폭식하는 것, 제대로 잠을 자지 못하는 것, 일상이 무의미해지는 것이었습니다. 밥맛도 없고, 회사 일도 손에 잡히지 않고, 퇴근길에는 멍하니 아무 생각 없이 지하철에 몸을 싣고 오고, 집에 와도 하고 싶은 일이 없어서 시체처럼 지내고 있다고 했습니다. 이런 상태가 바로 우울증입니다.

이별 후 대부분의 사람들에게 우울증이 찾아온다고 합니다. 우울증을 얼른 떨쳐버리려 노력하는 사람이 있는 반면에, 우울증을 이겨내지 못한

채 스스로를 파괴하는 사람들도 많습니다. 물론 이별을 하면 잠도 오지 않고, 의욕도 없고, 몸에 이상 징후들이 생겨납니다. 그러한 것들을 얼른 이겨내기 위해 노력해야지, 스스로를 우울함에 빠뜨려버리면 그 어두운 감정으로부터 점점 더 헤어나오기 어려워집니다. 스스로를 힘들게 하지 마세요. 그렇게 하지 않아도 이미 많이 힘들잖아요.

쉬운 일은 아니지만, 우울하지 않기 위해서 노력해보세요. 친구들과 드라마 내용이나 연예인을 주제로 수다도 떨어보고, 평소에 보지 않던 만화책도 보고, 가족이나 친구들에게 농담도 한번 건네보세요. 이 작은 노력이 마음을 곧바로 움직이지는 못하겠지만, 머리를 움직이다 보면 시간이 흐를 테고, 마음이 조금씩 움직일 것입니다. 우울한 마음을 억지로라도 조금씩 줄여가세요. 그렇게 이별을 극복해야 합니다.

외롭다, 외롭다, 외롭다

외롭다, 외롭다, 외롭다.

이별하고 나면 그렇게 옆구리가 시리고 그렇게 마음이 외로울 수 없습니다. 친구나 가족들의 위로도 잠시, 혼자 있는 동안에는 왼쪽 가슴 아래께가 견딜 수 없이 먹먹하고 아려옵니다. 예전에는 그 사람을 찾아가면 항상 위로를 받을 수 있었는데, 이제는 위로해줄 사람이 없으니 쓸쓸함이, 그리고 답답함이 밀물처럼 밀려옵니다. 이제는 함께할 수 없는 그 사람과의 추억이 생각납니다. 아, 이제 나는 정말 혼자가 됐네요.

제게는 친한 친구가 있었습니다. 한동안 그 친구에게 연락이 닿지 않아 무슨 일이 생겼는가 싶었는데, 그가 이별했다는 것을 다른 친구에게서 전해 듣고는 더더욱 걱정이 되었습니다. 혹시 소설 속 주인공처럼 자신의 처지를 비관하여 나쁜 행동을 하지는 않을까 했지요.

그는 두 달여 만에 돌아왔습니다. 무엇 때문에 그렇게 힘들었냐는 질문에 '근원적인 외로움'이라고 답을 하더군요. 처음에는, 사랑했던 사람이 떠나 외로운 줄 알았는데, 시간이 흐르며 생각해보니 그것이 자신만의 외로움이었다는 겁니다. 그 사람이 떠나서가 아니라, 자신이 홀로 남겨졌다는 두려움과 외로움이 먼저였더라고, 사랑을 잃어서라기보다는 환상에서 깨어나 슬퍼하는 자신에 대한 안쓰러움이 먼저였더라고, 그래서 더 괴로웠다고 친구는 말했습니다.

그 친구는 인간이 원래 외롭고 이기적인 동물이라는 사실을 깨우쳤는지도 모르겠습니다. 누군가와 사랑을 나누면 행복에 푹 빠져 외로움을 잠시 잊을 수는 있지만, 그 외로움을 근원적으로 없애는 것은 불가능하다는 것을요.

이별하게 되면 잊고 있던 외로움을 더 많이 느끼게 됩니다. 하지만 당신은 혼자가 된 것이 아니라, 원래부터 혼자였습니다. 냉정하게 이야기하자면 그 사람이 있었기에 그런 사실을 잠시 잊고 있었던 것뿐이지요. 연인이 있거나 배우자가 있어도 외롭다는 말을 우리는 심심치 않게 들을 수 있습니다. 우리는 누군가와 끊임없이 함께하지만, 거의 모든 순간 혼자입니다. 우리는 모두 '혼자'라는 독립된 인격체로서 살아가고 있습니다.

그러니 외로움을 받아들이세요. 그러나 그것을 괜히 증폭시키지는 마세요. 외로움이 너무 심하다면 다른 사람들과 어울려보세요. 아무 말 하지 않아도, 잠시 만나 차 한잔 마시는 것만으로도 위로가 되는 사람들이 있잖아요. 이렇게 마음이 어지러울 때에는 만나면 피곤해지거나, 불편해지는 사람은 당분간 피하는 것이 좋습니다. 당신 주변의 사람들을 바라보며 스스로의 외로움을 달래보세요. 우리는 혼자이지만, 또 혼자가 아니니까요.

먼발치에서라도 볼 수 있다면

소중한 사람이 흔적도 없이 사라졌을 때, 우리가 느끼는 상실감은 어느 정도일까요. 이별을 받아들이기 어려운 우리는 사랑했던 기억을 더듬으며 사방으로 찾아다닙니다. 그리움은 그 어떤 감정보다도 진하고 강하게 다가옵니다. 그 사람이 너무나 그리운데, 만날 수 없다는 사실을 받아들이고 나면, 감정은 소용돌이치기 시작하는데, 그 정도가 정말 속수무책일 정도로 강렬합니다. 1분만, 1초만, 아니 얼굴이라도 먼발치에서라도 볼 수 있다면, 이 모든 가슴앓이가 해결될 것만 같습니다.

곁에 없는 사람을 그리워한 경험이 있다면 누구나 공감할 것입니다. 너무 보고 싶고 너무 그리워서 '보고 싶다'라는 말을 입 밖에 꺼낼 수 없는 간절함을 말이죠. 그리움이 간절함으로 바뀌는 순간, 우리는 극도로 불안해하면서 상실한 대상을 찾고 싶어합니다. 그 사람에 대한 기억에 사로잡혀 SNS 상태메시지 확인하기, 그가 자주 가는 장소 찾아가기, 그와 닮은 사람을 발견하고 뒤쫓아가기 같은 행동을 하면서 그 사람의 흔적을 찾아 헤맵니다.

이해합니다, 당신의 그리움을. 그리고 공감합니다, 저도 그랬으니까요. 그러나 그리움은 내면에만 간직하는 것이 좋습니다. 그리움이 느껴지면, 그것을 가만히 지켜보세요. 그리움의 대상이 누구입니까? 그 사람이 그리운 건가요? 아니면 그 사람과 행복했던 나 자신이 그리운 건가요? 많은 사람들이 아름다웠던 자신의 모습을 그리워하면서, 상대를 그리워한다고 착각하기도 합니다.

행복했던 자신을 그리워하는 거라면, 다른 것을 통해서도 다시 행복해질 수 있습니다. 과거에 얽매여 그 사람과 있어야만 행복할 것이라는 생각을 버리는 게 좋습니다. 그렇지만 그 사람을 그리워하는 것이라면, 그 사람은 더는 만날 수 없는 사람이므로 과거에 그냥 놔두세요. 더 이상 떠난 사람을 찾아다니지 마세요. 이미 모두 지나버려 아무런 의미 없는 행동입니다. 그리움은 당신의 내면에서 점점 사그라지도록 놓아두세요. 그리움의 감정은 외로움처럼 주변의 소중한 사람들을 통해 위로받을 수 있습니다. 가족이나 친구와 많은 시간을 보내세요. 그리움을 받아들이되, 최대한 혼자 앓지 않도록 가급적 사람들과 함께하세요.

 다시 시작할 수 있지 않을까?

이별을 부정하며 분노하고, 그 사람을 미워도 하다 보면, 부질없는 희망을 품게 됩니다. '만약 내가 그때 그 행동을 하지 않았다면, 우리는 정말 완벽한 커플이 되지 않았을까? 그 행동만 고치면 처음의 행복했던 관계로 돌아갈 수 있을 거야. 그 문제만 해결하면 모든 것이 간단하게 풀릴거야.' 이별 후 모두에게 드는 이러한 감정을 우리는 '헛된 희망'이라 불러야 하겠습니다.

'잃고 나야 소중함을 안다'라는 말이 있습니다. 그렇듯 상실은 곁에 없는 대상을 미화시키고 이상화시킵니다. 제가 어릴 적 저희 집에서는 사랑새를 키웠습니다. 하지만 저는 사랑새를 키우는 것에 별 관심이 없었어요.

그래서 새를 돌보는 것은 언제나 어머니의 몫이었습니다. 오랫동안 함께 지내고 나서 새는 죽었습니다. 그 다음 날부터 항상 아침에 들리던 새 소리가 들리지 않으니, 기분이 이상하더군요. 저는 원래 그 새에게 관심도 없었는데, 사라지고 나니 그 새가 왜 이리 소중하게 다가오던지요.

그렇게 행복했던 순간들을 풍선처럼 커다랗게 부풀리고, 실수했거나 가슴 아팠던 순간들을 콩알처럼 작게 만들면, 시간을 되돌려 처음으로 되돌아갈 수 있을 것 같다는 느낌이 듭니다. 다시 시작할 수 있지 않을까? 다시 그 사람을 설득할 수 있지 않을까? 다시 시작하면 예전보다 더 좋은 관계를 만들 수 있지 않을까?

누군가는 이러한 희망을 '환상'이라 묘사하기도 했고, 누군가는 '고통에서 벗어나기 위한 자기 합리화'라고 심리학적으로 해석하기도 합니다. 그러나 우리가 명심해야 할 것은 이는 대부분 깨질 가능성이 큰 상상일 뿐이라는 것입니다. 이별을 인정하고, 이러한 희망에 사로잡히기보다 회복과 치유에 집중하는 것이 우리 자신에게 많은 도움이 될 것입니다. 가슴이 많이 아프겠지만, 잔인하게 들릴지 모르겠지만 헛된 희망에서 깨어나세요. 생산적인 생각과 활동에 노력을 쏟는 것이 좀 더 현명할 것입니다.

나는 어땠을까

미라보 다리 아래 세느 강이 흐르고
우리들의 사랑도 흘러간다.
(…)
밤이여 오라 종이여 울려라,
세월은 흐르고 나는 여기 머문다.
(…)
날이 가고 세월이 지나면
가버린 시간도
사랑도 돌아오지 않고
미라보 다리 아래 세느 강만 흐른다.
밤이여 오라 종이여 울려라,
세월은 흐르고 나는 여기 머문다.

기욤 아폴리네르 〈미라보 다리〉

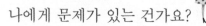

나에게 문제가 있는 건가요?

 이야기 하나

그녀가 이럴 리 없어

오빠는 이도 저도 아닌 것 같아. 그녀가 말했고 우리는 이별했다.

한 달간 집 밖으로 나오지 않았다. 누구도 만나고 싶지 않았다.

이해할 수 없었다. 그녀가 갑자기 왜 이별을 말했는지.

그녀는 마음이 정말 변한 걸까?

나는 심지어 그녀가 무슨 말을 하는지조차 알 수 없었다.

이도 저도 아닌 것 같다는 그 말이.

생각해보면 연애를 할 때마다 이런 말을 들었다.

나에게 문제가 있는 것이 분명해, 하고 나는 생각했다.

누군가와 헤어질 때마다 종종 같은 말을 들어왔다.

그녀는 나를 아는 사람이었다.

내 마음을 말로 표현하지 않아도 그녀는 늘 나를 아는 사람이었다.

그런 그녀가 이럴 리는 없었다. 무엇인가 잘못된 것이다.

그리고 우리 관계에서 잘못된 것이 있다면

그건 바로 나일 것이다.

그런 식으로 밖에 생각할 수 없다.

그녀와 결혼하는 미래를 그려왔을 정도로 나는 그녀를 사랑했다.

우리는 관심사도 비슷했고, 대화도 잘 통했다.

함께 있는 순간을 우리 둘 다 참 좋아한다고 생각했었는데.

그런 그녀가 이럴 리 없다.

내가 표현에 서툴러서 문제가 생긴 걸까?

그녀가 얼마나 좋은지, 내가 얼마나 기쁘고 행복한지,

무엇을 더 원하는지, 무엇을 더 함께 하고 싶은지,

굳이 말로 표현하지 않아도 그녀는 알 것이라고 생각했는데.

나에게 문제가 있어서일까? 그래, 나에게 문제가 있는 게 분명했다.

이야기 둘

연애가 지속되는 기간,

늘 한 달 남짓

너 정말 이기적이구나.

그것이 그의 마지막 말이었다.

생각대로 되지 않는 게 마음이라더니,

이번에는 정말 잘 만나보고 싶었는데.

오늘도 나는 이별을 고했다. 그의 눈에 원망의 빛이 어렸다.

늘 같은 장면이야, 한숨을 내쉬며 나는 생각했다.

나의 연애는 늘 한 달을 넘어가는 법이 없었다.

아무리 노력해도 마음이 깊어지지 않았다.

다시는 연인을 만들지 말아야겠다고, 늘 그랬듯 나는 다짐했다.

지난 일 년간 열 번 남짓 반복되었던

이 모든 상황이 이제는 지긋지긋했다.

나는 힘없이 돌아섰고, 내 등 뒤에 대고 그는 이렇게 말했다.

너 정말 이기적이구나.

그 순간, 지난 이별들이 내 머릿속을 스쳐 지나갔다.

그들은 하나같이 그렇게 말했다,

내가 이기적이라고. 도무지 이해할 수 없었다.

나는 항상 그들을 배려하려고 했다.

결국 마음을 여는 데에는 실패했지만,

그래도 그들을 좋아하려고 부단히 노력했다.

이기적이라는 말을 들을 만한 행동은 하지 않았다.

좋아하는 것들을 할 때는 언제나 그들과 함께하려 했고,

그들이 행복해 보이면 나도 기뻐했다.

분명히 우리는 행복했다. 그랬던 것 같다.

그 사람에게 당신은 어떤 사람이었나요? 당신이 거쳐온 관계들을 살펴보세요. 그 속에서 나의 공통된 모습들을 찾으세요. 당신이 비슷한 이별을 하게 된 데에는 이유가 있습니다.

첫 번째 사례의 남자는 연인에게 마음을 잘 표현하지 못했던 것이 문제가 되었습니다. 말하지 않아도 그녀가 알아줄 것이라고 기대했던 것입니다. 남자는 연인에게만 표현하지 못하는 것이 아니었습니다. 가족이나 친구에게도 표현하는 것이 서툴렀습니다.

두 번째 사례의 여자 이야기를 한번 해볼까요? 그녀는 이기적이라는 말을 가족이나 친구에게도 자주 들어왔습니다. 그녀는 연인을 위해 그 어느 것도 포기하지 않았습니다. 상대가 자신에게 맞춰주기만을 바랐고, 자신이 좋아하는 것을 상대도 좋아해주기를 바랐습니다. 자신이 원하는 것을 상대가 함께 해줄 때에도, 상대가 그녀 자신에게 맞춰주고 있다고는 생각해보지도 않았고요. 그런데도 그녀는 두 사람 모두 행복하다고 착각하고 있었습니다. 당연하게도, 그녀는 자신이 상대에게 맞춰야겠다는 생각도 하지 못했겠지요. 이별할 때마다 이기적이라는 말을 들어온 것에도 다 이유가 있었던 겁니다.

당신은 잘못되지 않았습니다. 당신이 문제라고 하는 말도 아닙니다. 사

례 속 남자는 가식적인 표현을 하지 못하는 순수한 사람입니다. 사례 속 여자는 자신의 삶과 일을 사랑하는 밝고 활기찬 사람입니다. 소중한 사람들과의 관계 속에서 좋지 않은 결과가 되풀이되고 있다면, 스스로 깨닫지 못하고 있는 자신의 모습이 있다면, 인지하고 받아들이세요. 자신을 조금 정비하는 것만으로 당신은 앞으로 조금 더 나은 관계들을 만들 수 있습니다.

"나에게 어떤 문제가 있는 건가요?" 자신의 성격을 제대로 알고 받아들이고, 그에 대해 진지한 생각을 하는 시간을 갖는 것은 아주 중요합니다. 관계라는 것이 무엇인가요? 타인을 통해 몰랐던 자신의 모습을 알게 되고, 그를 통해 우리 스스로를 성장하도록 하는 것이 아니던가요. 지나온 관계들 속에서 짚어본 당신의 '문제'는 당신의 가장 큰 단점인 동시에, 가장 큰 장점일 것입니다. 무엇보다, 자신이 누구인지 알기 위해 노력하고, 더 좋은 관계를 만들고 싶어하는 당신의 모습이 아름답습니다.

내가 사랑받았던 이유

"그가 섹시하고 내가 행복해보이는 사진은 모두 없앤다."

미국 드라마 〈섹스 앤 더 시티Sex and the City〉의 주인공 캐리는 이별 후 가장 먼저 해야 할 세 가지 중 하나로 이것을 꼽았습니다. 이별 후에 가장 많이 생각나는 것이 바로 행복했던 순간들입니다. 우리가 사랑했던 순간들은 이별 후의 우리를 괴롭힙니다. 그래도 내가 사랑하고 사랑받았던 순간과, 내가 사랑받았던 이유를 떠올려보는 것이 필요합니다. 당신이 지금 외롭고 힘들고 지쳐있기 때문에 더욱 그렇습니다.

'나는 이제 누구도 사랑할 수 없을 거야. 누구에게도 사랑받을 수 없을 거야.' 혹시 이렇게 되뇌고 있었나요? 당신은 상대에게서 사랑받았습니다. 당신이 사랑받을 만한 사람이었기 때문입니다. 단지 한두 가지 이유로 이별한 것일 뿐입니다. 당신이 잘못된 것이 아니에요. 자신감을 잃지 마세요.

이제 지나간 관계 속으로 다시 빠져들어야 합니다. 그 사람과의 관계 속에서 당신은 어떤 사람이었나요? 그, 혹은 그녀는 왜 당신을 사랑했나요? 그 사람은 왜 당신에게 반했었나요? 그 사람이 당신을 좋아한 이유는 아주 많을 겁니다. 펜을 꺼내 적어 내려가보세요. 내가 가진 수많은 장점을 알게 될 겁니다. 조금 쑥스러운가요? 그래도 당신은 누구보다도 멋지고 예쁜 사람입니다.

사례 속 남자 이야기를 다시 한번 해볼까요? 그는 꽤 많은 이성들과 교제를 해왔습니다. 세 번은 깊은 연애를 했고, 다섯 번 정도는 비교적 가벼운 연애를 했습니다. 대체로 여자들은 그가 편안하게 해주는 점에 반해 그와의 만남을 시작했습니다. 누구보다 여자의 마음을 잘 이해하고 거기에 맞춰주는 모습이 그녀들을 사로잡았던 거죠. 데이트 코스와 맛집을 줄줄 꿰고 있는 그의 데이트 센스는 10점 만점에 10점이었습니다.

그 역시 자신이 사랑받았던 이유를 써 내려갔습니다.

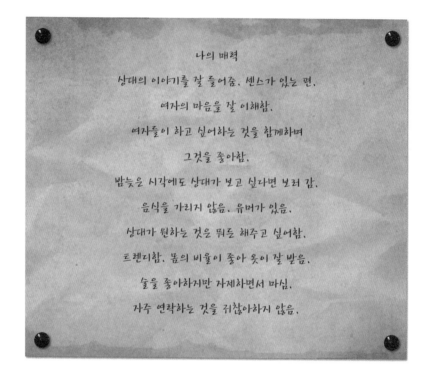

나의 매력
상대의 이야기를 잘 들어줌. 센스가 있는 편.
여자의 마음을 잘 이해함.
여자들이 하고 싶어하는 것을 함께하며
그것을 좋아함.
밤늦은 시각에도 상대가 보고 싶다면 보러 감.
음식을 가리지 않음. 유머가 있음.
상대가 원하는 것을 뭐든 해주고 싶어함.
트렌디함. 몸의 비율이 좋아 옷이 잘 받음.
술을 좋아하지만 자제하면서 마심.
자주 연락하는 것을 귀찮아하지 않음.

그러고 보니 그가 써내려 간 이 이유들은, 주변의 소중한 사람들에게서도 자주 들었던 말이었습니다. 그가 가진 매력들은 이렇게 많습니다.

사례 속 여자의 이야기를 다시 해볼까요? 그녀는 열 번 남짓의 짧은 연애와 두 번의 깊은 연애를 했습니다. 그녀가 만났던 남자들은 그녀의 밝고 유쾌한 성격에 반했습니다. 잘 웃고 긍정적이며 상냥한 모습이 그들을 사로잡았습니다. 작은 것에도 감사하며 기뻐하는 그녀는 그들의 눈에는 천사처럼 보였습니다.

그녀 역시 자신이 사랑받았던 이유를 써 내려갔습니다.

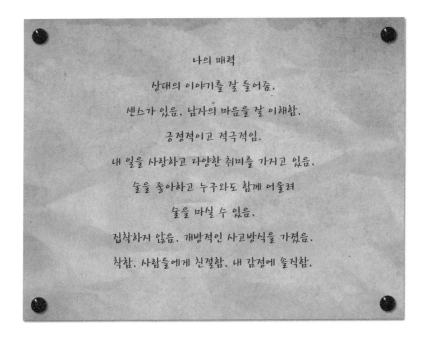

나의 매력
상대의 이야기를 잘 들어줌.
센스가 있음. 남자의 마음을 잘 이해함.
긍정적이고 적극적임.
내 일을 사랑하고 다양한 취미를 가지고 있음.
술을 좋아하고 누구와도 함께 어울려
술을 마실 수 있음.
집착하지 않음. 개방적인 사고방식을 가졌음.
착함. 사람들에게 친절함. 내 감정에 솔직함.

그녀 역시 깨달았습니다. 연애 상대들이 했던 칭찬은, 그녀 주변의 가족과 친구들도 했던 칭찬이라는 것을요. 그녀는 이렇게 많은 매력을 가진 사람이었습니다.

사례 속 남자와 여자가 가진 매력들이 이렇게나 많다니, 놀라우신가요? 그러나 당신도 마찬가지입니다. 당신의 매력을 한번 써보세요. 당신의 매력이 아주 많다는 것을 알게 될 거예요. 단지 몇 부분이 맞지 않아 그 사람과 헤어졌을 뿐입니다. 이별했다는 사실은 슬프지만, 이제 어쩔 수 없는 일입니다. 그 사람을 붙들고 억지로 모든 것을 맞출 수는 없습니다. 사례 속 남자와 여자도, 그리고 당신도, 장점을 더 많이 봐주는 사람을, 장점을 더 아껴주고 지켜주는 사람을 만나게 될 거예요.

나라는 존재는 오로지 나 혼자입니다. 내 얼굴도, 습관도, 장점도, 단점도 온전히 나의 것입니다. 누구나 장단점을 동시에 갖고 있기 때문에 나의 모든 부분을 마음으로 받아들이고 인정해야 나를 정확히 바라볼 수 있습니다. 특히 이별 직후에는 나 자신을 북돋아주고 스스로에게 용기를 주는 것이 중요합니다. 그래야 내 자존감이 올라갈 수 있습니다. 다음에 더 잘해야지, 하고 생각하되, 스스로를 자책하거나 절망 속에 빠져있지 마세요.

지금 거울 앞에 서서 나를 비추어봅시다. 예쁜가요?

당신은 어쩌면 이별 후 스스로를 깎아내렸을지도 모릅니다. 이제 더는 예쁘지 않다고, 관계를 망친 원인을 가진 사람이라고, 스스로를 원망했을지 모릅니다. 그렇지만 사실 알고 있잖아요. 당신이 따뜻한 마음을 가졌다는 걸, 누구보다 멋지고 예쁜 사람이라는 걸 말이에요. 자신을 위로해주세요. 힘내라고, 괜찮다고, 고생했다고, 사랑한다고 이야기해주세요. 차가웠던 가슴에 따뜻함이 피어오를 겁니다.

다시 거울을 보세요. 예쁜가요? 스스로가 예뻐 보여야, 다른 사람에게도 예쁜 법입니다. **스스로에게 예쁘다고 말해줍시다.** 아껴주고 칭찬해줍시다.

당신이 사랑받았던 이유는 여전히 당신 안에 있습니다. 당신이 써내려간 매력들은 연애가 시작될 때나, 연애가 끝난 지금이나 당신에게 있습니다. 그리고 그 매력들 때문에 또 다른 사랑을 시작하게 될 것입니다. 그러니 이별 때문에 자책하거나 걱정하지 마세요. 당신의 아름다운 모습을 잊지 마세요. 당신의 장점을 바라봐주는 소중한 사람들, 그리고 새로운 인연을 위해서라도 말이에요.

당신은 노력했는가? 상대를 믿었는가?

이별은 당신 탓이 아닙니다. 하지만 당신이 겪은 그 이별이 안타깝고 아쉽고 후회스럽다면, 이 두 가지는 반드시 체크해보십시오. 첫 번째는 노력, 두 번째는 신뢰입니다. 상대를 위해서 나를 포기하겠다는 노력, 그리고 어떤 일이 있더라도 그 사람을 믿는 신뢰는, 사랑을 하면서 마음이 아니라 머리로 바꿀 수 있는 요소들입니다.

노력은 어떤 의미에서 희생입니다. 20년, 30년 이상을 다르게 살아온 두 사람이 만나서 조화를 이루는 것은 결코 쉽지 않습니다. 아니, 어쩌면 세상에서 가장 어려운 일일지도 모릅니다. 친구끼리 싸우면 안 보면 되고, 부모님과 싸우면 당분간은 말을 가급적 하지 않고 지내면 되지요. 하지만 사랑하는 연인끼리는 싸우면 어떻게 하나요? 관계를 유지할지 끊을지에 대한 마음 아픈 고민을 해야 하기 때문에 가장 힘든 것이 아닐까 싶습니다.

상대가 정말 싫어했던 나의 행동과 습관을 고치기 위해 노력했나요? 그럼 얼마나 노력했나요? 나에겐 아무렇지 않은 행동이니, 상대가 고치라고 하면 고치기 싫고 잘 고쳐지지 않는 것이 당연하겠지요. 하물며 내가 중요하게 생각하는 어떤 가치를 상대 때문에 버려야 할 때 당신은 어떻게 하셨나요. 무조건 버리는 것만이 답은 아닙니다. 다만, 단 한 번만이라도 '버릴까?'라고 생각해보셨나요? 버리지 못하겠다면, 다양한 대안에 대해 생각해보고 상대와 의논해보셨나요?

서로 다른 것을 맞추라고 하는 것은 강요이자 폭력입니다. 그러나 사랑하는 관계에서는 서로가 서로의 노력을 기대하는 것이 자연스럽습니다. 반드시 상대가 원하는 것을 해줄 수는 없습니다. 다만, 상대가 한 요구의 의미를 한번쯤은 상대의 입장에서 생각하고, 내가 할 수 있는 걸 최대한 시도해보는 것이 바로 노력입니다.

한쪽이 많은 것을 포기하게 되는 일방적인 관계는 바람직하지 못합니다. 그러나 정말 두 사람이 사랑한다면, 한 사람의 희생은 다른 사람의 희생을 불러일으킵니다. 그 희생을 고마워하는 상대가 자연스럽게 무언가를 포기하기 때문이지요. 양쪽이 희생했으니, 서로 지는 게임이 아니냐고요? 아닙니다, 이를 통해 두 사람의 사랑은 그 무엇보다 강해집니다. 서로 맞춰가는 것이니까요. 서로의 욕심을 조금씩 줄이는 것이고요.

노력해보셨나요? '할 만큼 했고, 더 이상은 못한다'라고 답하신다면, 당신의 노력에 박수를 보냅니다. 당신이 할 만큼 했다는 것을 인정합니다. 그렇다면 그 사람은 당신과 맞지 않는 사람입니다.

그렇지만 혹시라도 '좀 더 노력할걸. 너무 내 생각만 한 건 아닐까?' 하는 생각이 든다면, 아쉽지만 조금은 후회해도 좋습니다. 후회하고, 다음에는 좀 더 최선을 다해서 더 좋은 관계를 만들어가면 됩니다.

두 번째 기준인 '신뢰'는 그 어떤 관계에서도 가장 중요한 가치입니다. 사랑하다 보면 우리는 상처를 주기도 하고 받기도 합니다. 상처 하나 없고, 서운한 것 하나 없는 관계는 없습니다. 그럴 때 중요한 것은 바로 서로의 선의와 사랑을 믿는 것입니다. 조그만 생채기가 날 때마다 크게 싸운다면, 그 관계는 너무나도 힘들어질 것입니다. 20년, 30년 함께 살았던 가족들 간에도 서운할 수 있는데, 어떻게 새로 만난 낯선 사람에게 믿음과 신뢰를 줄 수 있느냐고요? 오직 사랑하기 때문에 가능한 일이지요.

상대를 믿고 신뢰했나요? 얼마나 믿었나요? 의심해야 마땅한 상황에서도, '혹시라도 그 사람이 그랬을 리 없다!'라고, 혹은 '왜 그랬을까?'라고 생각해보신 적이 있나요? 믿지 못할 만한 사람을 무작정 믿으라고 하는 것은 아닙니다. 그러나 문제가 있을 때 상대의 마음과 입장을 가장 먼저 생각해야 하는 것이 바로 '신뢰와 믿음'의 의미입니다. 당신이 정말 상대를 사랑했다면 말이죠.

서로 신뢰가 깨져서 이별하는 경우가 많습니다. 맞아요. 그만큼 신뢰를 지키는 일은 정말로 힘들고 중요합니다. 한번 깨진 신뢰의 조각을 다시 처음처럼 만드는 것은, 깨진 유리조각을 다시 맞추는 것만큼 힘이 듭니다. 신뢰가 깨져 더 이상 그 사람을 믿지 못하게 되었다면, 헤어짐을 선택하는 것이 맞습니다. 한 사람이 일방적으로 참으면서 만나는 것 역시 바람직한 관계가 아니기 때문입니다.

그러나 그러한 결정적인 사건이 벌어지기 직전까지 그 사람을 마음껏 믿으셨나요? 혹시나 모르는 불길한 예감 때문에 의심하거나 집착하지는 않으셨나요? 지나친 질투가 상대를 힘들게 하지는 않았었나요? 오해가 생겼을 때 그 사람의 편에서 생각해주었나요?

상대에 대한 무한한 신뢰는 관계를 더욱 단단하게 유지하는 유일한 감정입니다. 그렇지만 만약 이 부분이 후회되신다면, 다음에는 좀 더 노력하면 되는 것이지요. 노력한다고 해서 감정이 변화되는 것은 아니지만, 노력이 쌓이고 쌓인다면 그 믿음의 효과는 놀라울 정도로 커질 수 있습니다.

어째서 우리는

사랑을 잃고 나는 쓰네

잘 있거라, 짧았던 밤들아
(…)
잘 있거라, 더 이상 내 것이 아닌 열망들아

장님처럼 나 이제 더듬거리며 문을 잠그네
가엾은 내 사랑 빈집에 갇혔네

기형도 〈빈집〉

우리는 왜 헤어졌을까?

왜 헤어졌어?

글쎄, 인연이 아닌가봐

왜 헤어졌어? 친구들이 제게 묻습니다. 그때마다 저는 이것이 참 대답
하기 어려운 질문이라는 생각을 합니다. 사람 사이에는 생각이나 가치관

의 차이로 충돌이 생기곤 합니다. 대부분의 인간관계에서도 그렇지만 연인이나 부부 사이에서 특히 그렇습니다. 연애가 끝으로 다다를 때쯤이면 두 사람의 감정도 아슬아슬하게 치달은 상태입니다. 서로에게 화가 나고 서운해, 상대를 배려하기보다는 온전히 자신의 입장에서 상대를 탓하곤 합니다. 이 과정을 겪으며 각자 치유되기 어려운 상처를 입고, 또 상처를 주게 됩니다. 이별은 독을 품은 가시입니다.

이별을 겪으며 우리는 이런 생각들에 빠집니다. 우리는 왜 달랐을까? 왜 충돌했을까? 왜 싸웠을까? 저 역시 수많은 이유들을 나의 이별에 대어 봅니다. 지나치게 일에 빠져서, 두 사람의 성격이 너무 달라서, 취미와 관심사가 안 맞아서, 한 사람이 외도를 해서, 서로 마음이 식어서…….

왜 헤어졌어?

이 질문은 생각보다 중요합니다. 무엇 때문에 헤어졌는지 제대로 파악하지 못하면 같은 실수를 반복하게 됩니다. 그러다 보면, 비슷한 이별을 겪을 확률이 높아지겠죠. 남는 것은, 내가 왜 이런 식으로 연애를 했을까, 하는 후회뿐일 겁니다.

비록 좋았던 때가 있었다 해도, 힘에 부치는 연애, 마음의 상처가 큰 연애를 계속 해왔다면, 그리고 연애를 할 때마다 매번 이런 것들이 반복되었다면, 그것은 내가 나를 온전히 알지 못한 채 어렵고 힘든 연애를 지속해왔다는 뜻입니다. 이러한 사실을 깨닫고 헤어짐의 이유를 찾아낸다면, 또 다시 아프고 힘든 이별을 겪을 확률이 줄어듭니다.

그렇다면, 헤어짐의 이유에는 어떤 것들이 있을까요. 우리 눈에 쉽게 보이는 표면적인 이유와 표면 뒤의 속사정을 모두 찾아보아야 합니다. 이 세상의 모든 이별들은 저마다 속사정을 가지고 있습니다. 예를 들면 연인이 바람을 피웠다는 것은 세상에 드러나 있는 사정입니다. 그것은 당신의 눈에 보이는 표면적인 이유이지요. 반면, 연인이 외도를 한 원인이 따로 있을 겁니다. 이것은 표면 뒤에 분명히 존재하는 속사정입니다. 이별을 했다면, 눈에 보이는 이유를 넘어서 속사정을 찾아봅시다. 이별의 이유, 그 속을 들여다보는 것에는 대단한 용기가 필요합니다.

여자의 바람으로 인해 헤어진 커플

그 남자 SAYS

여러 번 연애를 해봤어요.

그중 가장 힘들었던 건, 그녀가 저와 사귀는 도중

다른 남자를 만난다는 걸 알았을 때였어요.

당시 저는 학생이었고, 그녀는 직장인이었어요.

나이가 같아서 그런지 대화가 잘 통했고, 우리는 정말 행복했어요.

저만 그렇게 느꼈던 걸까요?

퇴근한 후에 어딜 그리 바빠 가는 건지 연락이 잘 안 되더니,

2~3일씩 잠수 타는 일도 빈번해지더군요.

정말 속이 까맣게 타들어갔어요.

그러다가 그녀 핸드폰에서 다른 남자 흔적을 발견했어요.

그녀는 오히려 자신을 감시했다며 화를 내더니,

이럴 거면 헤어지자고 하더군요.

어이가 없었죠.

그런데도 저는 그녀를 놓을 자신이 없었습니다.

그녀의 눈을 바라보고 있을 때면 세상을 다 가진 기분이 들었거든요.

그녀가 너무 좋아서, 저는 그녀가 어디 도망이라도 갈까봐

계속 불안해하기만 했어요. 참 바보 같았죠.

어디 그것뿐인가요.

직장인인 그녀에게 돈 없는 모습을 보여주기 싫어서

아르바이트로 번 돈과 아껴두었던 용돈을

모두 그녀와의 만남에 쏟아부었죠.

이렇게 노력하며 연애했는데, 끝은 그녀의 외도라니요.

결국 저는 그녀가 다른 남자와 함께 있는 것을 목격하고 말았습니다.

그 순간에는 정말이지 폭발할 것 같았습니다.

왜 이런 여자를 만나 내가 이렇게 고생하는가 싶기도 했고,

스스로가 정말 초라하게 느껴지더라고요.

정말 이 기분은 겪어본 사람이 아니면 모를 거예요.

저는 그 후로 몇 개월 동안 우울증을 앓았습니다.

이별의 원인 중 다른 어떤 것보다

어이없고, 아프고, 가슴 답답한 것이 상대의 외도일 것입니다.

상대가 다른 사람을 마음에 두었다는 것을 알게 된 순간부터

가슴이 먹먹해지고 기가 막혀 눈물이 나옵니다.

만난 기간이 얼마나 되었든,

함께한 순간들이 모두 거짓이라는 생각이 들지요.

자존심도 상하고, 무시당했다는 느낌도 들 것입니다.

자, 이제 그 속사정을 알아볼 차례입니다.

연인이 나를 두고 바람을 피운 이유는 도대체 무엇일까요?

그 여자 SAYS

변명할 생각은 없어요. 아빠 얘기를 하지 않을 수가 없네요.

제 아빠요? 아빠는 오랫동안 공부를 하셨어요.

엄마는 아빠를 뒷바라지했고요.

물론 가족의 생계를 책임지는 것도 엄마의 몫이었지요.

친구들 집에서는 아빠가 하는 역할을

우리 집에선 엄마가 도맡아 했어요. 엄마는 평생 그렇게 살았어요.

게다가 아빠는 공부가 뜻대로 되지 않자 술을 마시기 시작했죠.

그리고 엄마에게 더 많은 돈을 요구했고,

아빠 뜻대로 되지 않으면 엄마에게 화를 냈어요.

지켜보는 제 입장에서도 기가 막혔죠.

그래도 가족인데 어쩌겠냐는 생각으로

저는 일찍 취업하는 길을 택했어요.

엄마의 짐을 조금이나마 덜어주기 위해서,

우리 집을 책임지기 위해서요.

그건 지금도 계속되고 있어요. 아무것도 나아지지 않았죠.

이제는 아빠도, 엄마도 다 지긋지긋해요.

우리 집은 대체 왜 이런 걸까? 솔직히 늘 이렇게 생각해왔죠.

자유롭게 사는 친구들을 볼 때면, 제 상황과 비교돼서 너무 싫었어요.

저요? 돈 벌면 꼬박꼬박 집에 갖다줘야 하는 게 현실이에요.

그러던 중에 그를 만나 연애를 시작하게 되었죠.

처음에는 아직 학생인 사람과 연애하는 것이 내키지 않았어요.

그렇지만 사람 마음이 어디 마음대로 되나요.

우리는 연애를 시작했고, 저는 어느새 그를 사랑하게 되었어요.

그를 정말 사랑했어요. 여기에는 한 치의 거짓도 없어요.

그런데 그를 만나고 있을 때면 순간순간 이런 생각이 들었어요.

그와 내가 마치 우리 아빠와 엄마 같다고……

내가 그렇게도 지긋지긋해 했던 아빠, 엄마의 모습과

우리가 닮아 보여서 견딜 수가 없었어요.

그가 저를 위해 노력하고 애쓰는 걸 충분히 알고는 있었는데,

문제는요, 그것마저 부담스러워지기 시작했다는 거예요.

그러던 중에 회사 선배가 제게 다가왔어요.

이상하게도 선배와 있으면 마음이 편했어요.

제가 무언가를 해줘야 한다는 생각이 들지 않아서였나봐요.

오히려 선배에게서 보살핌을 받게 되더라구요.

처음 접해보는 상황에 마음이 편안해지는 걸 느끼면서,

제가 그간 많은 것들을 짊어지고 책임지느라

힘들었다는 걸 실감하게 되더라구요.

그를 여전히 사랑하고 있었지만,

선배가 느끼게 해주는 이런 것들도 제게는 소중했어요.

그러다가 실수를 하게 된 거예요. 그에게 너무 미안했어요.

제가 잘못한 게 맞아요. 변명할 생각 없어요.

그렇지만 저도 어쩔 수 없었어요.

극복하지 못한 트라우마 때문일까요?

어떤가요? '여자의 바람으로 인해 헤어진 커플'이라는 드러나 있는 표면만 볼 때와 어떻게 다른가요? 속사정을 들어보니 여자의 행동도 조금은 이해가 되지 않나요? 여자의 가족사가 그녀에게 트라우마를 심어주었고, 여자는 그것을 아직 극복하지 못했습니다. 그러면서 그와 자신의 모습에, 아빠와 엄마의 모습을 겹쳐보았던 것이죠. 바람을 피웠다는 사실은 물론 옳지 않은 행동입니다. 그렇지만 그렇게 된 이유를 아는 것도 중요합니다. 무엇이 원인인지 알아야만 두 사람은 한 단계 나아갈 수 있습니다. 아픈 곳을 정확히 알아야 치료할 수 있는 것처럼 말이지요.

보통 근본적인 원인은 위의 사례와 같이 가정환경, 혹은 다른 사람과의 관계에서 비롯된 상처와 아픔에서 찾을 수 있습니다. 자신의 트라우마와 방어 본능은 이미 만들어진 것이기에 잘 받아들이고 이해하는 수밖에는 없습니다. 나아가 상대의 트라우마와 방어 본능 또한 잘 받아들이도록 해야 합니다. 받아들인 뒤에는 그것을 치유해야 합니다. 그런 과정을 겪으며 두 사람이 앞으로 관계를 맞춰갈 수 있을지, 혹은 맞춰가기 어려울지를 판단해야 합니다.

사례 속 남녀의 현재를 살펴볼까요?

남자는 현재 새로운 상대와 행복하게 연애 중입니다. 새로운 연애 상대도 남자와 같은 학생입니다. 도서관에서 데이트하고, 학교에서 함께 밥을 먹고, 시험이 있을 때는 서로 응원해주는 관계입니다. 남자는 이전 연애 때보다 훨씬 마음이 편합니다. 또 상대와 함께 발전하고 있다는 생각에 기분이 좋습니다. 두 사람은 서로에게 감사하면서 누구보다 행복하게 연애를 하고 있습니다.

여자는 얼마 전 결혼을 했습니다. 물론 트라우마를 없애기 위해 지금도 노력하고 있습니다. 남자와의 이별 후, 그녀는 자신에 대해 제대로 알게 되었습니다. 결혼 상대는 연상의 남자이고, 여자와 나이 차이가 꽤 납니다. 여자는 기댈 수 있는 상대를 만나 마음의 짐을 내려놓고 사랑을 할 수 있게 되었습니다. 회사에서나 가정에서나 무거운 책임감에 버거워했던 여자는, 이제 편안한 마음으로 새로운 가정을 꾸려가고 있습니다. 사랑하는 사람을 두고 다른 사람을 만나는 일은 하지 않겠다는 다짐도 물론 하고 말입니다.

왜 헤어졌어?

다시 이 질문으로 돌아가봅시다. 바로 대답할 수 있나요? 그것이 진짜 답이라면, 오히려 바로 나올 수 없을 겁니다. 앞서 말했듯 이별이 드러내고 있는 표면의 안쪽을, 이별의 속사정을 들여다보아야 하기 때문입니다. 내가 생각하는 원인과 그 사람이 생각하는 원인 모두를 살펴야 합니다. 그래야만 자기 비하와 상대에 대한 원망에서 벗어날 수 있습니다. 그렇게 우리는, 우리에게 이별을 가져다준 원인을 극복하고 더 나은 만남을 위해 발전할 수 있습니다.

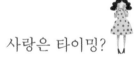

사랑은 타이밍?

'사랑은 타이밍'이라는 말을 소녀는 가장 싫어했다.

진짜 운명이라면 타이밍 따위에 좌우되지 않아,

소녀는 그렇게 생각했다.

'사랑은 타이밍'이라는 말은 거대한 운명을 무시한 채

현실과 타협하려는 말처럼 들렸기 때문이었다.

더군다나 타이밍이 맞지 않으면 사랑할 수 없다니,

이보다 더 무책임한 말이 어디 있겠냐고 소녀는 생각했다.

소녀의 언니는 말했다.

결혼은 할 때가 됐을 때 옆에 있는 사람과 하는 거라고.

사랑을 너무 믿지 말라고.

사랑은 결혼한 후에 살아가며 해도 늦지 않는 거라고.

소녀는 언니의 말을 믿을 수가 없었다.

가장 사랑하는 사람과 결혼하는 것이 아니고,

결혼을 할 타이밍이 되었을 때 옆에 있는 사람과 하는 거라니.

살아가면서 사랑을 하라니.

소녀는 실망하고 있군요. 그렇지만 저는 '사랑은 타이밍'이라고 생각합니다. 우리가 좋은 연애를 하기 위해서는 그 사실을 인정해야 하고요. 우리의 삶에는 타이밍이 존재할 수밖에 없습니다. 그것이 현실입니다. 우리는 사랑만 하고 사는 것이 아니라, 직업이 있고, 가족이 있고, 각자가 처해 있는 여러 상황이 있습니다. 그렇기 때문에 그 모든 것들이 어느 정도 공존하게 해주는 '타이밍'이라는 것이 존재합니다. 내가 벅차거나 힘든 어떤 상황에 부딪힐 때에는 사랑에 많은 시간을 할애하기가 매우 어려울 것입니다. 현실적으로 사랑은 환경의 영향을 많이 받을 수밖에 없습니다.

그렇다면 타이밍이 좋지 않을 때, 우리는 어떻게 해야 할까요? 타이밍을 만들어가야 합니다. 한쪽이 힘들거나 너무 바빠 스트레스가 쌓였을 경우, 다른 한 사람은 상대의 스트레스를 받아주고, 많이 이해하려고 하고, 때로는 무언가를 포기해야 합니다. 상대가 상황이 좋을 때 상대에게 당연한 것인 양 바라거나 받았던 많은 것들에 대한 미련은 잠시 버리고, 상대를 기다려줘야 합니다. 그렇지만 문제는 이러한 과정을 견디기 힘들어하거나, 혹은 쓸모없다고 느끼는 사람이 대부분이라는 것입니다. 자, 여기서 이야기를 하나 더 들어볼까요?

13년 동안 가장 친하게 지내던 친구가 있었어요.

이성친구였지만 사귀는 사이는 아니었어요.

그녀와의 관계가 막역했기 때문에

저는 남녀 사이에도 우정이 존재할 수 있다고 믿었어요.

우리는 마치 남매처럼 때론 기쁨을, 때론 어려움을 나누며 지내왔어요.

저는 우리의 관계가 아주 특별하다고 생각했어요.

그녀는 저에게 없어서는 안 될 소중한 존재였거든요.

그만큼 우리는 서로에 대해 잘 알고 있었습니다.

그녀와 유독 자주 만나던 때였어요.

어느 날 문득, 그녀와 결혼해서 알콩달콩 살면

참 좋겠다는 생각이 들더군요.

그렇지만 한편으로는 만남을 시작하기가 두려웠어요.

섣불리 만남을 시작했다가 헤어지기라도 하면

소중한 사람을 영영 잃게 될까봐 두려웠어요.

그래서 주저하고 있었죠.

그런데 그녀가 먼저 사귀자고 하더군요.

그녀도 나와 결혼해서 행복하게 살면 좋겠다고 생각했대요.

사실 자신은 없었어요.

하지만 그녀가 적극적으로 만남에 대해 이야기했고,

결국 우리는 사귀기로 했습니다.

정말 좋아해서 사귄 것은 맞아요.

그렇지만 사귄 직후부터 직장 일이 너무 바빠져

하루도 쉬는 날이 없었어요.

충분히 예상했던 상황이었기 때문에 올 것이 왔구나 싶었지만,

막상 이렇게 되니 그녀를 챙기기가 너무 힘들어지더군요.

그녀의 생일에 케이크조차 못 사줄 정도였어요.

그녀를 만날 수 있는 시간은 저녁에 잠깐,

혹은 이른 아침 한두 시간뿐이었습니다.

잠시 만나는 동안에도 그 시간을 즐겁게 쓰지 못했고,

피곤해서인지 말실수도 자꾸 하게 되더군요.

일을 좀 적당히 하면 되지 않느냐고요?

직업을 바꿔가며 경험을 쌓아온 저는

현재 직장에서의 일이 저를 성공으로 이끌어줄 수 있다는

강한 확신을 가졌죠. 그래서 멈출 수가 없었습니다.

3년, 딱 그 정도만 일에 올인하면 되겠다고 생각했는데,

그 사이에 연애를 하게 될 줄은 몰랐죠. 마음이 너무 아픕니다.

이 시간을 견디며 당분간 일에 매진해서

더 나은 미래를 준비해 그녀와 꼭 함께하고 싶은데,

그러기에는 관계를 유지하는 것이 너무 힘들었습니다.

일과 사랑, 모두 놓치지 않으려는 제 욕심 때문에

그녀에게 상처와 아픔을 많이 준 것 같아요.

그녀에게 몇 년만 기다려 달라고,

그녀에게 소홀할 수밖에 없는 지금 상황을 참아 달라고
이야기할 수가 없었습니다.
그건 너무 이기적이라는 생각이 들었습니다.
결국 제대로 된 데이트도 해보지 못한 채
우리의 인연은 끝이 났습니다.
13년이나 우정으로 지켜온 관계인데, 4개월 만에 끝나버린 거예요.
저는 여자친구뿐 아니라 평생의 친구도 잃었습니다.
평소 저는 후회를 잘 하지 않는 편인데,
그녀를 놓친 것만큼은 두고두고 후회할 것 같습니다.

이 두 사람이 계속 만났어야 할까요? 3년은 너무 심하다, 그래도 기다렸어야 한다, 같은 의견들이 나오겠지요. 하지만 정답은 없습니다. 다만, '사랑은 나 자신을 희생해야 하는 일이다'라는 사실은 틀림이 없습니다. 그래서 우리는 '이 관계를 지속할 수 있을까?' 하는 고민을 하게 됩니다.

타이밍 때문에 이별했다고 자신을 너무 탓하지 마세요. 어쩔 수 없는 일이었습니다. 모든 상황과 시간을 완전히 통제할 수는 없으니까요. 상대에게 기다려달라고 할 수 없었던 상황이 분명 있었을 테니까요. 또 상대가 기다렸다고 해서 상황이 반드시 변하리라는 보장을 할 수도 없었을 것이고요. 막연한 기다림이라는 것, 참 힘든 거잖아요. 타이밍이 필요하다는 말은 핑계가 아닙니다. 실제로 많은 커플이 이별하는 큰 이유 중 하나입니다. 인생에서 중요한 것들은 너무나도 많습니다. 당신과 상대는 이별을 통해 또 다른 가치를 선택했을 것입니다. 그 가치도 인생에서 사랑 못지 않게 중요했을 겁니다. 그래서 어쩔 수 없었던 것이지요. 그러니까, 괜찮습니다.

다음 만남에서는 타이밍을 한번 만들어보는 것이 어떨까요? 무리하게 희생하거나 기다리면서까지 타이밍을 만들어낼 필요는 없지만, 의지만 있다면 한번 해보는 것도 좋겠습니다. '내가 너무 많은 희생을 하는 걸까?' 혹시 이런 생각이 드시나요? 그렇지만, 뭐 어떤가요? 당분간 좀 더 희생하는 게, 상황이 나아질 때까지 기다리는 게 말이죠. 당신이 정말 사랑하는 사람을 위해서라면 말이죠.

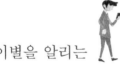

이별을 알리는 8가지 신호

이별은 늘 갑작스럽죠. 하지만 돌이켜 생각해보면, 이별을 미리 알려주는 신호들은 우리의 만남 곳곳에 있었습니다. 이별은 단순하게 결정되는 것이 아니기 때문에, 서로 많은 시그널signal을 주고받았을 것입니다. 이것들을 감지하고서도 우리는 이별을 하게 되고, 늘 그것이 갑작스럽다고 생각합니다. 이별을 미리 알려주는 신호에는 어떤 것들이 있을까요?

다정했던 그 사람, 최근 짜증이 잦아졌다.

약속 시간에 5분만 늦어도 만나는 내내 퉁퉁.

어디 그뿐인가. 멋대로 오해를 하기 시작하더니

이제는 내 주변 사람들에게 전화까지 돌리기 시작했다.

연애 기간이 길어질수록 본성이 나온다고는 하지만,

이건 해도 해도 너무 했다.

심지어 나에게만 화를 내는 것도 아니다.

식당에서 점원에게 화를 내는 걸 목격한 것도 여러 번.

물론 그가 매번 이랬던 것은 아니다.

내게 잘해줄 때도 많았지만, 그보다도 마음고생시켰던 날이 더 숱했다.

그 사람 성격이 원래 그렇기도 했지만,

점점 그런 성격이 더 나타나기 시작했다.

만남이 익숙해져서, 내가 편해져서 그런 걸까?

  만남 초기에는 다해줄 것만 같고 다정하기만 했던 그 사람의 안 좋은
성격을 알게 되고, 내 앞에서도 그 성격이 제어되지 않는 것을 볼 때, 정말

난감해집니다. 그 사람이 감추고 있던 짜증이나 화가 눈에 보이게 된다면 그만큼 당신에 대한 애정도가 낮아졌다고 볼 수 있습니다. 타고난 성격을 숨기며 누군가를 만난다는 것은 물론 쉽지 않은 일입니다. 사실 꼭 숨겨야 할 필요는 없는 거고요. 하지만 상대의 짜증이나 화를 받아주기 힘들어지는 순간이 온다면, 안타깝게도 그것은 이별의 신호가 맞습니다.

두 번째 신호, 그 사람의 무관심
일과 주변 친구들에게 더 많은 시간을 할애한다면?

우리는 알콩달콩 타인의 부러움을 사는 커플이었다.

서로 따뜻한 사랑을 나누었다고 자부한다.

그런데 언젠가부터 그녀가 변했다.

일이나 주변 친구들에게 더 많은 시간을 할애했다.

나에게 무관심해졌다는 것을 느낀 나는,

그녀를 잠시라도 보고 싶은 마음에

그녀가 친구들을 만나고 귀가할 시간에 맞춰 데리러 가기도 했다.

그때 그녀는 나를 보자마자 덜컥 화부터 냈다.

그것마저 부담이 되었나?

그렇다면 대체 우리는 언제 만날 생각이었던 거지?

그녀의 생각을 도무지 알 수가 없었다.

그녀는 왜 나에게 무관심해졌을까?

만나는 시간이 줄어드니 우리 사이도 자연스레 멀어지고 말았다.

연예인들이 이렇게 말하는 것을 자주 들어보셨을 겁니다. "무플보다는 차라리 악플이 낫습니다." 사랑의 반대편에 있는 것도 미움이나 증오가 아닌, 무관심입니다. 무뚝뚝한 것과 무관심한 것은 다릅니다. 상대가 당신에게 무관심해졌다면, 당신에 대한 관심과 애정이 줄어들었다고 볼 수 있습니다. 물론 때에 따라서는 상대를 기다려줄 필요도 있습니다. 일시적인 것일 수도 있으니까요. 무관심이 지속되고 있다면 경계하세요. 지속적인 무관심은 대부분 이별로 이어지니까요. 상대의 무관심 역시 이별의 신호 중 하나입니다.

세 번째 신호, 돈 안 드는 몸 vs 여자친구

별다른 대화 없이 육체적 관계만 계속된다면?

언젠가부터 데이트 장소는 늘 모텔이었어요.

그곳에 함께 있을 때면 물론 사랑받는 느낌이 들긴 했어요.

그렇지만 밖으로 나온 후에는

그와 함께 있는 것 같다고 느끼지 못했지요.

그는 저와 영화를 보거나 어딘가로 놀러 가는 데이트는

일절 하지 않으려 했어요. 우리는 몸만 함께였어요.

대화는 단절된 지 오래였죠.

그러던 어느날 그가 저보다는 다른 이성 친구에게

마음을 터놓고 의지한다는 사실을 알게 되었어요.

그리고 깨달았어요.

여자친구가 뭔가요?

마음과 몸, 모두 의지하는 사이 아닌가요?

그런데 저는 그에게 여자친구가 아니라

그저 돈 안 드는 몸이었나 봐요.

할 수만 있다면 그와의 관계들을 모두 없애버리고 싶어요.

섹스는 사랑의 표현입니다. 그것은 연인 간에 더 사랑할 수 있는 계기가 되어주기도 합니다. 그러나 주의해야 할 것은, 섹스가 서로의 관계를 위협하는 요인이 되기도 한다는 것입니다. 육체적 관계에만 지나치게 집중하다 보면 점차 대화가 없어질 수도 있습니다. 섹스를 하지 않을 때 친밀감이 느껴지지 않는 상황은, 이별을 알리는 강력한 신호입니다.

네 번째 신호, 남자의 입대

가장 큰 라이벌은 국가?

후임병 한 놈이 보초도 안 서고 주저앉아 하염없이 울기만 한다.

자기는 다른 커플들과 다르다며,

군대에 왔더라도 절대 헤어지지 않을 거라고 큰소리 뻥뻥 치더니.

결국 여자친구에게 이별을 통보받고 오더니,

괴롭다고 징징거린다.

군대에서는 드문 일이 아니라서

너만 이별하냐, 헤어진 게 유세냐, 라고 말하고 싶기도 하지만

후임병의 마음을 잘 알기에 안쓰럽다.

제가 군 생활을 하던 당시, 함께한 소대 인원은 50명가량이었습니다. 그중 단 한 명을 제외하고는 모두 군 생활 중에 이별을 했습니다. 심지어 예외였던 그 한 명조차 전역 후 곧바로 헤어졌다고 하더군요.

대체 무엇이 이들을 그토록 멀어지게 만드는 걸까요? 남자가 군대에 가게 되면 소통하기가 쉽지 않아집니다. 여자는 여전히 익숙한 일상을 살아가고, 남자는 새로운 상황을 맞아 거기에 적응하는 중입니다. 변화된 상황 속에서 서로 원하는 부분들을 채워주기가 매우 어려워집니다. 남자들

은 전화조차 제대로 하기 힘든 곳에서 여자친구의 편지 한 통을 간절히 기다립니다. 기다림의 끝, 마침내 받아 든 편지 속에는 헤어지자는 말이 적혀 있습니다. 당장 그녀에게 달려가서 어떻게든 상황을 되돌려놓고 싶지만, 남자는 갈 수 없습니다. 군인이라는 신분에 발이 묶여 자유롭게 이동할 수조차 없는 처지입니다. 이러지도, 저러지도 못한 채 밀려드는 좌절과 고통을 고스란히 이겨내야 하니, 이별의 고통은 더 배가될 수밖에 없겠죠.

물론 긴 군복무 기간을 잘 극복하고 만남을 이어가는 연인들도 많습니다. 그러나 군대라는 환경은 여러모로 연인 사이에 오해를 불러일으키기 쉽습니다. 이처럼, 군 입대가 이별의 주요한 원인 중 하나라는 것을 부인할 수 없습니다.

다섯 번째 신호, 〈건축학개론〉
영원한 라이벌, 그 사람의 첫사랑

왜 첫사랑에게 다시 연락을 하게 되는 걸까요? 영화 〈건축학개론〉이 큰 인기를 얻었던 이유는 무엇일까요? 바로 '첫사랑'이라는 소재로 관객들의 마음을 울렸기 때문이었습니다. 그만큼 첫사랑은 많은 사람들의 가슴속에 아련하게 남아있나 봅니다. 가장 순수하게 사랑했던 그 시절, 상대보다도 당시의 자기 자신에 대한 향수일 것입니다. 현재 연인과의 관계에 존재하는 현실적인 갈등이나 불만으로부터 벗어나고 싶은 마음에, 첫사랑을 그리워하는 마음도 있습니다.

첫사랑이 아름다운 이유는, 그것이 이미 지나가버렸기 때문입니다. 지금 와서 첫사랑 상대와 연락하고 다시 만나더라도, 현재 겪고 있는 갈등이나 불만이 해소되지는 않습니다. 알고 계실 겁니다, 첫사랑은 기억 속에 남았을 때가 가장 아름다운 거니까요.

그런데도, 막상 첫사랑이었던 사람이 연락을 해오면, 신경 쓰지 않으려 애를 쓰는데도 마음은 요동칩니다. '지금 이 사람과의 관계가 최선일까?' 하고 자꾸만 고민하게 됩니다. 만약 자신의 연인이 첫사랑의 연락에 마음이 흔들리는 모습을 보인다면, 상대는 당신과의 관계를 고민하고 있을 확률이 높습니다. 이것 역시 이별의 강력한 신호 중 하나입니다.

여섯 번째 신호, 남자가 잠수 탈 때
아무리 불러도 돌아오지 않는

아무리 불러도 돌아오지 않는 메아리 같습니다. 이것이 이별인지 아닌지, 내가 실수라도 저질렀는지, 잘못이라도 한 건지 알 수조차 없습니다. 그는 잠수 중입니다. 몇 번이고 전화를 걸어보아도, 문자를 보내보아도 그는 대답이 없습니다. 이보다 더 답답한 게 있을까요? 남자들은 도대체 왜 잠수를 타는 걸까요?

여자들은 사소한 일 하나에 대해서라도 주변 사람들과 대화를 합니다. 대화를 나누며 자신의 감정을 공유하고, 고민거리가 있다면 그것을 해소하고자 합니다. 반면, 남자들은 문제가 발생했을 때 혼자서 해결하려 합니다. 예를 들어, 여자가 화를 내거나 짜증을 낼 때, 남자는 두 사람 사이에 감정의 골이 깊어질 것을 염려합니다. 남자는 여자의 감정이 잠잠해질 때까지 차라리 잠수에 돌입하는 것을 선택합니다.

한두 번 잠수 타는 것 정도야 그럴 수 있습니다. 그렇지만 불편할 때마다 남자의 잠수가 마치 조건 반사처럼 반복된다면, 조치를 취해야 합니다. 깊은 대화를 통해 문제를 해결하려고 노력해야 합니다.

일곱 번째 신호, 장거리 연애
그와 나의 거리는?

눈에서 멀어지면, 마음에서도 멀어진다던가요. 장거리 연애에서 불거지는 이별의 신호들은 입대로 인한 이별의 경우와 상당히 흡사합니다. 장거리 연애를 할 때에는, 사랑하는 사람을 보고 싶을 때 보러 가는 간난한 일조차 할 수 없습니다. 너무 멀기 때문에 돈도 시간도 노력도 더 많이 들여야만 합니다. 서로 좋아하는데도 왜, 물리적인 거리가 연인들을 이토록 힘들게 할까요?

　장거리 연애에도 장점은 있습니다. 비교적 사생활이 자유롭다는 것입니다. 하지만 이 장점은 사소한 오해로 인해 단점으로 둔갑할 때도 많습니다. 상대가 다른 사람을 만나는 것 같다는 의심, 나에게 거짓말을 쉽게 할 수 있을 거라는 의심 등, 서로가 눈에 보이지 않는다는 이유로 이러한 불신이 쌓이기 쉽습니다. 그렇다고 매번 만나러 갈 수도 없는 것이 현실입니다. 한번 만나러 가는 데 돈과 에너지가 적잖게 드는 것이 장거리 연애의 특징이지요. 상대가 나를 만나러 오는 것이 얼마나 큰 수고인지 알기 때문에 느끼는 부담감도 만만치 않고요. 서로에 대한 적절한 신뢰와 책임, 희생이 없다면 장거리 연애를 지속하기가 쉽지 않습니다.

여덟 번째 신호, 권태기
권태기와 이별 사이

　처음에는 설렘이 가득했는데, 그것은 어느새 사라져버리고 건조해진 그의 음성이 서운합니다. 재미있게 하던 게임이 슬슬 질리기 시작하는 것, 늘 맛있게 먹던 음식도 먹고 싶지 않아지는 것, 같은 것을 반복하다 보면, 이런 상황을 겪게 되지요. 사람과의 관계에서도 마찬가지입니다.

　오랫동안 사귀다 보면 서로가 편하고 익숙해진 나머지, 조금은 소홀해지기도 합니다. 권태감을 느끼게 되는 경우가 있는데, 이 과정이 정말 권태기에 접어들어서인지 아니면 이별 전 단계인지 혼란스러울 때가 있습니다. 애정 없는 스킨십, 의무적인 만남, 잦은 싸움, 점점 뜸해지는 연락은 혹시 이별의 신호일까요? 아니면 권태기일까요?

이별이 두려우신가요? 이별은 물론 슬프고 아픕니다. 하지만 억지로 만남을 지속한다면 그 만남은 이별보다 더 큰 상처를 남길 것입니다.

이별, 그 후

우리는 왜 헤어졌을까요? 이별의 이유는 수도 없이 많겠지만, 근본적인 원인은 분명히 있습니다. 사람들은 저마다 다른 이별을 하는 것 같아 보입니다. 하지만 결국은 어떤 이유가 있든, 서로에 대한 애정이 식었거나, 어떤 상황을 견디기 힘들기 때문에 이별하는 것입니다. 수십 년간 다르게 살아온 두 사람이 같은 생각을 하기란 어렵습니다. 어쩌면 서로 맞춰가는 데 성공하는 것이 오히려 기적입니다.

서로 맞지 않는다는 것을 알았고, 그것을 더는 맞춰가기 힘들다면, 헤어져야 합니다. 이별의 순간이 왔다는 것을 인정하고, 그것을 잘 받아들여야 합니다. 이별이 나에게 찾아올 수 있다는 사실을 받아들여야 합니다.

당신이 진심으로 상대를 위해 헌신하고, 인내하고, 노력했음에도 불구하고 관계에 어떠한 변화도 일어나지 않는다면, 자신을 위해, 또 상대를 위해 각자의 길을 가는 것이 옳습니다. 아직 사랑하고 있는데 헤어진다? 무척이나 힘든 일입니다. 하지만 결단을 내려야 합니다. 이미 손쓸 수 없는 문제를 그대로 방치한 채 시간만 흘러가게 하는 것보다는 훨씬 현명하지 않을까요?

헤어지자, 라는 말을 들었나요? 아니면 헤어지자, 라고 말했나요? 당신이 어떤 입장에 속했든, 이별을 선택하고 받아들인 당신의 용기에 박수를 보냅니다.

당신은 이별의 이유를 되짚어보겠죠. 그 과정을 거치고 나면 더욱 가슴이 아플 거예요. '내가 어떻게 했어도 안 되는 사이였구나', '조금 더 노력할 수도 있었을 텐데, 내가 그렇게 하지 못했구나', 이런저런 생각에 가슴이 아프거나 아쉬움과 후회가 밀려올 수도 있습니다.

지금, 많이 아픈가요? 그렇다면 당신은 가슴으로 사랑을 했군요. 머리로만 사랑을 했던 사람은 이별의 아픔을 진정으로 알지는 못할 겁니다. 가슴으로 사랑한 사람만이 이별과 진정으로 직면할 수 있습니다. 자의였든, 타의였든 용기 있게 이별을 선택한 당신. 충분히 슬퍼했으니, 이제는 일어나야 할 시간입니다.

이별을 두려워하지 마세요. 제가 아는 동생의 이야기를 들려드리지요.

"아무리 사랑해도 있지, 결국엔 헤어짐을 말할 사람과 헤어짐을 당할 사람, 이렇게 둘로 나뉘는 거야. 만남이 있으면 헤어짐이 있고, 결혼을 하지 않는 이상 반드시 헤어진다는 걸 우리는 알고 있단 말이지. 그런데 그걸 알면서도 만남을 지속한다는 게 말이야, 그게 의미가 있는 걸까?"

만남을 지속하는 게 의미가 있겠냐는 동생의 말은, 사랑과 이별에 있어 어쩌면 가장 솔직한 말이자, 본질을 꿰뚫는 말일지 모릅니다. 이별이 아프다는 것을 이미 알고 있는 우리는, 다시 찾아오고야 말 이별이 두렵고, 그래서 누군가를 선뜻 만나기가 어렵습니다. 그리고 이것은 나이가 들어갈수록 더욱 그렇습니다.

이별 이후 우리는 만남 자체가 허무하다는 생각과 이별을 두려워하는 마음에 파묻힙니다. 그렇지만, 그렇다 해도, 우리는 다시 사랑할 수 있습니다. 다시 한번 새로운 만남을 향해 나아가 봅시다. 설령 당신이 그것을 거부하더라도, 새로운 만남은 어느새 당신 곁에 다가와있을 겁니다.

모든 것을 인정합니다

사랑하는 이여
상처받지 않은 사랑이 어디 있으랴

김종해 〈그대 앞에 봄이 있다〉 중에서

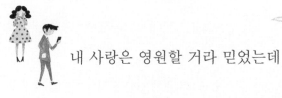

내 사랑은 영원할 거라 믿었는데

처음엔 누구나 사랑이 영원할 것이라 믿습니다. 적어도 나의 사랑은 영원할 것이라 믿으며 만남을 이어갑니다. 그러나 이내 이 사랑도 다른 사랑처럼 영원하지 않다는 것을 깨닫게 되고, 그 순간 우리는 혼란스러워집니다. 고통스럽지만 그 사람은 이제 없습니다. 가끔 그리움이 극에 달할 테지만, 어쩔 수 없습니다. 우리는 이별했습니다.

고통과 슬픔의 시간을 어느 정도 가졌다면 이제 그 사람이 없다는 사실을, 그 상실감을 받아들이세요. 이미 돌아선 마음은, 내가 노력을 더 한다고 해서, 내가 돈이 더 있다고 해서 돌릴 수 있는 것이 아닙니다.

저 역시 고통스럽게 이별한 후 글을 쓰면서, 주변 사람들의 이별을 살펴보았습니다. 그러던 중, 흥미로운 사실 하나를 발견했습니다. 우리는 생각보다 다른 사람들의 이별에 대해 잘 알지 못하고 있다는 것입니다. 친한 친구가 누구와 무엇 때문에 이별했다는 것은 기억했지만, 그때 그의 감정이 어땠는지, 그것을 어떻게 극복했는지는 기억나지 않았습니다. 저는 이렇게 생각했습니다. 우리는 어쩌면 이별을 말하지 않아야 하는 사회에 살고 있는 것은 아닐까 하고요.

우리는 잘 이별해야 합니다. 헤어진다는 것에 대해 우리는, 수동적인 태도를 취합니다. 그저 시간이 흐르고 흐르다 보면 어느새 마음속에서 잊히기를 바라면서, 그 어떤 대책도 없이 그저 견딜 뿐입니다.

어떻게 하면 잘 이별할 수 있을까요? 우선 어린 시절의 이별을 떠올려봅시다. 심리학에서는 '애착'이라는 개념으로 이를 설명합니다. 애착을 가졌던 누군가를 이미 떠나보냈음에도, 이제는 다시 만날 수 없다는 것을 인정하기까지 시간이 걸립니다. 어린 시절에도 우리는 이별을 해왔습니다. 잠시 한 사람의 어린 시절을 따라가볼까요?

어머니, 그리고 외할아버지와 함께 사는 소년이 있었습니다.

아버지가 없는 소년에게 외할아버지는

최고의 친구이자 버팀목이었습니다.

소년은 외할아버지가 웃는 것이 좋았고,

자다 깼을 때 외할아버지가 눈앞에 없으면 무서워하곤 했습니다.

어느 날 소년의 어머니가 소년을 데리고

외국으로 훌쩍 이민을 떠났습니다.

더 좋은 환경에서 소년을 키우기 위해

쉽지 않은 결정을 내렸던 것입니다.

타지에서 처음 아침을 맞았을 때, 소년은 잠에서 깨어 눈을 떴고,

곧 외할아버지가 없다는 사실을 알았습니다.

소년은 하염없이 눈물을 흘렸습니다.

노는 것도, 먹는 것도, 학교에 가는 것도 잊은 채 울고, 또 울었습니다.

그러다 소년은 깨달았습니다.

아무리 울고 보채도 외할아버지를 만날 수 없다는 것을 말이죠.

소년이 슬퍼하는 것 때문에 어머니가 힘들어하는 것이 보입니다.

소년은 마음이 아픕니다.

수화기 너머로 외할아버지의 목소리가 들려왔습니다.

소년이 있는 곳으로 여름에 놀러 오신다고 하는군요.

그 말을 들으니 기운이 납니다.

그날을 기다리며 소년은 밥도 맛있게 먹고,

학교도 꼬박꼬박 열심히 다녔습니다.

외할아버지 없이도 씩씩하게 생활하기 시작했습니다.

이별을 겪은 어린아이들은 이별했다는 사실을 부정합니다. 아무것도 하고 싶어하지 않고, 울기를 반복합니다. 어떤가요? 이별을 겪은 우리의 모습과 비슷하지 않나요?

외할아버지와의 이별을 인지하고 받아들인 소년은, 기적처럼 자신의 삶을 살기 시작합니다. 이별을 인정하는 것이 얼마나 중요한지 보이시나요? 또 의외로 이별을 인정하는 것은 순간입니다. 억지로 한다고 받아들여지는 것은 아니지만, 조금만 이성적으로 생각해봅시다. 우리가 부정한다고 해서 달라지는 것은 아무것도 없습니다.

영원한 사랑은 없습니다. 연인과 결혼을 하더라도, 나이가 들고 죽음이 찾아오면 이별할 수밖에 없습니다. 만남이 있으면 반드시 헤어짐이 있다는 것을, 이것이 특별한 것이 아니라 인생의 일부라는 것을, 이제는 당신도 알잖아요. 이제는 마음으로 받아들여야 합니다. 우리는 헤어졌습니다.

그 사람은 돌아오지 않습니다. 우리는 그 사실을 받아들여야 합니다. 그리고 다시 또 살아가야 합니다.

그럼에도 불구하고 사랑은

헤어진 지 어느새 6개월이나 지났어요.

길다면 긴 시간인데

아직도 저는 과거에서 헤어 나오지 못하고 있어요.

혹시 그녀가 제 생각을 하고 있지는 않은지,

좋았던 기억들을 떠올리다가 그리워져서

다시 제게 연락하고 싶어진 것은 아닌지,

혹시 저를 배려하기 위해

연락하고 싶은 마음을 억지로 참으며

울고 있는 건 아닌지 걱정이 돼요.

아네요, 다시 생각해보니 그녀가 제 생각을 할 리가 없어요.

제가 그다지 세심하지도 못했고,

좋은 데이트 장소에 데려간 적도 별로 없었고,

그녀에게 상처 주는 말만 하고, 짜증도 꽤 많이 냈거든요.

그녀가 이런 제 모습들만 기억하고 있으면 어쩌죠?

미안했다는 그 말이라도 전하고 싶어요.

제가 이별했다는 것,

그걸 받아들이기가 정말 너무 힘이 드네요.

온 정신이 과거에 가있는 것 같아요.

몸만 지금 여기 남아있는 것 같아요.

그 무엇보다 그녀의 기억 속에서 제가 사라지게 될까봐,

그게 너무 두렵습니다.

헤어지던 순간,

그녀가 남기고 간 몇 마디 의미 없는 희망의 말들이

제 마음을 뒤흔드네요.

그녀와의 모든 기억이 사라진다면,

이렇게 힘들지는 않을 텐데.

아, 이제는 정말 사랑이라는 것을 다시는 하고 싶지 않아요.

과거의 좋았던 기억까지 부정하지는 마세요. 서로를 정말 사랑했던 커
플이라면, 이별했다 하더라도 좋았던 기억이 훨씬 더 많이 남습니다. 이제

조금 덜 힘들다면 사랑했던 기억들을 떠올려봅시다. 얼마나 아름다웠는지, 얼마나 예쁜 만남이었는지, 얼마나 서로의 진심이 소중했었는지를요.

사랑했기 때문에 잘 헤어질 수 있습니다. 사랑했기 때문에 비로소 한 단계 성숙할 수 있습니다. 많은 사람들에게 친숙한 이형기 시인의 〈낙화〉라는 시가 있죠. '가야 할 때가 언제인지를 아는 이의 뒷모습은 아름답다'라는 아름다운 시 구절로 유명합니다. 그러나 이별하고 나니 유명한 그 구절보다 마지막 연이 더욱 마음에 와닿습니다. 이별 후 한층 성숙해지는 우리 영혼이 그려져있기 때문입니다.

가야 할 때가 언제인가를
분명히 알고 가는 이의
뒷모습은 얼마나 아름다운가.

봄 한철
격정을 인내한
나의 사랑은 지고 있다.

(…)

헤어지자

섬세한 손길을 흔들며

하롱하롱 꽃잎이 지는 어느 날

나의 사랑, 나의 결별,

샘터에 물 고이듯 성숙하는

내 영혼의 슬픈 눈.

이형기 〈낙화〉

사랑했었다면, 그 사람의 마음도 헤아려주세요. 내가 아픈 만큼 그 사람도 많이 아플 것입니다. 내가 괴로운 만큼 그 사람도 괴로울 것입니다. 시를 읽을 때 내 이야기라고 생각하며 읽었듯이, 이번에는 그 사람이 읽는다고 한번 생각해보세요. 그 사람도 당신과 똑같은 마음으로 이 시를 읽고 있을 것입니다. 이제 당신은, 그리고 저는 이별을 맞이하고 있습니다.

애도하세요, 당신의 끝난 사랑을

"지금 바로 많이 움직이지 마십시오. 밥을 먹고 잠을 잘 자는 것에만 집중하세요. 아프면 아프다고 꼭 말씀해주시고요. 시간이 지나면서 조금씩 몸이 좋아지게 되면, 약간의 운동을 병행해 치유해나가도록 하겠습니다. **너무 서두르시면 오히려 회복에 좋지 않습니다.** 조금씩, 많은 시간을 투자해야 합니다."

이것은 의사 선생님이 했던 말입니다. 저희 어머니가 갑작스런 사고로 병원에 입원하셨을 때였죠. 이별한 제게도, 그리고 당신에게도 꼭 맞는 말처럼 들리지 않나요? 몸의 병과 마찬가지로 마음의 병도 치유에 많은 시간을 들여야만 합니다. 서두르지 말고 차근차근, 치유에 온 정신을 쏟아야 합니다. 그러다 보면 조금씩 괜찮아지는 것을 느끼게 될 것이고 회복은 빨라질 것입니다. 그렇지만 절대 억지로 마음을 회복하려고 하지는 마세요. 무리하지 말고 자연스럽게 풀리도록 두어야 합니다. 의사 선생님의 말처럼요.

앞의 내용에서 우리는 이별의 다양한 원인을 찾고, 마음속의 아픈 곳도 짚어보았습니다. 그렇지만 무엇보다 중요한 것은 당신의 마음이 동해야 한다는 것입니다. 억지로, 무리하게 할 필요는 없습니다. 아직 통증이 심한 상황에서 이별의 구체적 이유를 군이 찾으려 들지 마세요. 일부러 하지 않아도, 때가 되면 자연스레 알고 싶어질 것입니다. 마음은 전혀 움직이지 않는데, 억지로 어려운 문제를 풀듯 섣불리 해결하려고 할필요는 없습니다.

어느 정도 극복의 의지가 생길 때까지는 자신을 그냥 두세요. 눈물이 흐를 때는 그냥 울고, 짜증이 나거나 화가 치밀 때는 한 발자국 떨어져 그것을 가만히 바라보세요. 술이 마시고 싶으면 술을 마시고, 소리를 지르고 싶다면 노래방에 가세요. 마구 소리를 지르세요. 이런 과정을 일컬어 '애도의 시간'이라고 누군가는 말했습니다. 애도하세요, 당신의 끝난 사랑을.

슬픔이 가슴에 머무르는 것을 받아들여야 이별을 이겨낼 수 있습니다. 헤어진 후, 가슴에 먹먹함이 남는 상황에서 인내심을 갖기란 엄청나게 어렵습니다. 이별한 지 얼마 되지 않는 사람들은 그 고통에 잠도 못 자고 밥도 먹지 못한다며 아픔을 호소합니다. 사랑하던 사람의 부재에 슬퍼하는 것은 지극히 정상입니다. 저는 그 아픔에 충분히 공감합니다.

악성 코드를 컴퓨터에서 삭제하듯, 우리의 아픔, 고통, 슬픔을 깔끔하게 삭제할 수 있다면 얼마나 좋을까요. 하지만 사람은 이별을 받아들이기 위해서 반드시 괴로움이라는 과정을 거쳐야만 합니다. 보이지 않는 이 마음의 상처들을 몸에 생긴 상처라고 생각해보세요. 쓰라리다고 하면서 상처만 하염없이 바라보는 사람이 있다고 해봅시다. 어때 보이나요? 그 사람이 현명해보이나요? 상처에 쏠린 신경을 돌릴 만한 다른 것을 찾아보는 편이 낫겠다는 생각이 들지 않나요? 이별에 온 신경을 집중하고 있는 당신도, 저도 마찬가지입니다. 집중할 만한 다른 것을 찾아보세요. 그 사이 당신의 상처는 어느새 아물어 있을 거예요. 그리고 당신은 온전히 행복한 사람으로 다시 태어날 겁니다.

"지금 힘든 것은 앞으로 나아가고 있기 때문이고, 도망치고 싶은 것은 지금 현실과 싸우고 있기 때문이고, 불행한 것은 행복해지기 위해 노력하기 때문이다."

최근에 친구의 SNS를 보니 이런 글이 적혀있더군요. '좋아요'를 백 번 누르고 싶었어요. 지금 당신이 힘든 이유는 '더 행복할 다음 만남을 준비하기 위해서다'라고 생각하세요. 인내 끝에 달콤한 성공의 열매를 맛볼 수 있을 것입니다.

명심하세요. 이별은 당신 탓이 아닙니다. 그렇다고 상대의 탓도 아닙니다. 서로 달랐을 뿐이죠. 그것을 서로 인정하지 못했을 뿐이고요. 그러한 차이 때문에 함께하는 것이 힘들어져 각자의 길을 선택했을 뿐입니다.

세상에는 참 다양한 사람들이 살고 있습니다. 인생을 돌아보면 쉽게 알수 있습니다. 나를 좋아하는 사람도 있고, 이유 없이 나를 싫어했던 사람도 있습니다. 나 역시 마찬가지입니다. 누군가를 좋아하기도 하고, 이유 없이 미워하기도 했습니다. 그뿐입니다. 나를 좋아해주고 내가 좋아하는 사람들에게만 신경 쓰고 살아도 인생은 짧습니다.

사람이라면 제각기 생각이 다르기 마련입니다. 연인 관계였던 두 사람도 마찬가지입니다. 서로 다르다는 것을 인정하세요. 나와 상대의 입장을 잘 생각해보세요. 혼란스러웠던 마음이 조금은 가라앉을 것입니다. 그 후에 당신은 이별을 극복할 수 있고, 이별로부터 보다 자유로워질 수 있습니다.

소설가 이외수는 이렇게 말했습니다.

"하나의 장애물은 하나의 경험이고, 하나의 경험은 하나의 지혜다. 모든 성공은 언제나 장애물 뒤에서 그대가 오기를 기다리고 있다."

눈앞에 직면한 하나의 장애물을 통해 하나의 지혜를 얻게 될 것입니다. 그러나 이 장애물을 넘지 못한다면, 늘 똑같은 장애물만 만나게 될 것입니다.

내 행동, 습관, 생각 중 어떤 것이 잘못되었는가를 직시하고 받아들여야 합니다. 그렇지 않으면 미래의 인연들과도 똑같은 장애물 때문에 어려움을 겪을 것입니다. 이 과정을 극복하면 당신은 지혜와 커다란 깨달음을 얻게 될 것이라고 확신합니다. 오직 당신을 위한 지혜를 말이죠. 그리고 당신은, 반드시 극복할 수 있습니다.

'아프다, 아프다' 대신, '소중한 나, 내가 지켜야지! 나 아니면 누가 지켜줘?'라고 생각하세요. 차분한 마음가짐을 그대로 쭉 유지하십시오. 치유되기까지 생각보다 오래 걸릴지도 모릅니다. 그러나 꼭 필요한 시간입니다. 그 시간 동안만큼은 자기 자신에게 집중하십시오.

이제 당신은 제어되지 않았던 상실감과 고통을 극복하고, 조금은 이별을 덤덤하게 인지할 수 있게 되었습니다. 당신은 곧 이별을 받아들이게 될 것입니다. 그리고 치유의 시간을 보내기 시작할 것입니다. 그것은 아직 어두운 마음속에 서서히 빛을 비추는 것과도 같은 과정이 될 것입니다. 이별을 겪은 당신은 예전의 당신보다 성숙하고 현명합니다.

이제는 너를 보낸다

사랑하는 것은
사랑을 받느니보다 행복하나니라
오늘도 나는 너에게 편지를 쓰나니

그리운 이여 그러면 안녕
설령 이것이 이 세상 마지막 인사가 될지라도
사랑하였으므로 나는 진정 행복하였네라

유치환 〈행복〉 중에서

나쁜 놈,  하며 끝이 나는

촤악, 그녀가 남자에게 커피를 끼얹었다.

시끌시끌하던 카페 안에 순간 적막이 흘렀다.

스피커에서 흘러나오는 음악 소리만이 적막을 잠시 메웠다, 사라졌다.

조금 전, 카페 안으로 남자가 들어왔고,

두 사람은 내 앞에서 조용히 이별의 말을 나누고 있던 터였다.

자리에서 벌떡 일어나는 그녀를 올려다보며 나는 생각했다,

헉, 정말 하다니!

그 사람한테 커피라도 끼얹어야겠어,

어젯밤 그녀에게서 전화가 걸려왔고, 그녀는 내게 이렇게 말했다.

그놈은 그래도 싸다며 네 맘대로 하라고 나는 말했다.

혼자서는 용기를 내지 못하겠다며

약속 장소에 같이 가달라고 하기에 따라나선 참이었다.

용기가 없기는 무슨, 들어온 지 몇 분도 채 되지 않았는데,

벌어진 입을 다물지 못하고 나는 생각했다.

그녀는 일어선 채 나를 내려다보더니 내 손목을 붙들고 말했다.

뭐해? 이제 가자! 의기양양해보이는 그녀의 옆 얼굴을 바라보며

나는 그녀를 따라 카페를 나섰다.

잘했지? 잘한 것 같아. 나쁜 놈.

나를 두고 다른 여자를 만나? 나 괜찮았지?

그녀가 후련해하며 쉴 새 없이 말을 쏟아냈다.

나도 덩달아 후련한 기분이 들어 기분 좋게 집으로 돌아온 지

얼마 되지 않았을 때였다. 전화벨이 울렸다.

그녀였다.

괜히 그랬어. 그가 너무 창피하지는 않았을까?

그렇게까지 할 필요는 없었는데. 옷에 물이 많이 들었겠지?

흰옷이던데. 그게 내 마지막 모습이라니.

그 사람에게 나는 이제 그렇게 밖에 남지 않을 거야.

나 이제 어떡하면 좋아.

그녀는 흐느꼈고, 이렇게 말했다. 나는 그제야 깨달았다.

그녀가 남자를 진심으로, 많이 사랑했다는 것을.

이별 후에 상대는 쉽게 '나쁜 놈'이 됩니다. 나를 평생 사랑하겠다더니. 나와 있으면 항상 즐겁다고 하더니. 나 이외에 다른 누구도 생각할 수 없다고 하더니. 나와 결혼하고 싶다고 하더니. 사랑은 어느덧 사라지고, 즐거움은 무관심으로 탈바꿈하고, 다른 사람 생각을 못 한다는 말이 무색하게 몸도 마음도 모조리 다른 사람에게 가버렸고, 결혼은커녕 살면서 다시

108
109

는 볼 수 없을지도 모르게 되었습니다. 괘씸하기도 합니다. 숱한 약속들을 뒤로 하고 이별을 고하다니!

한편으로, 마음은 이성적으로 컨트롤할 수 없다는 점을 감안하면 그 사람이 이해되기도 합니다. 사람이니까 뜻대로 되지 않는 게 있었을 뿐이죠. 무작정 나쁜 놈이라 칭하기 전에, 그 사람을 이해하려 해봅시다.

인간관계에 빗대어 생각해봅시다. 원래부터 착하거나 나쁜 사람이 있던가요? 관계 속에서 좋은 인연과 좋지 않은 인연이 형성되는 것뿐입니다. 다른 사람들에게는 좋은 사람이지만, 유독 나와는 서로 불편하거나 나쁜 사람일 수도 있습니다. 반대의 경우도 마찬가지입니다.

물론 그 사람이 정말 나쁜 사람일 수도 있죠. 당신을 배신했거나 상처를 줬거나 괴롭혔거나 했을 수 있겠죠. 당신이 만약 그런 사람을 만났다면 이렇게 되뇌세요. 너도 참 불쌍하구나, 하고. 타인에게 상처를 주는 사람을 살펴보면 대부분 자신이 큰 상처를 안고 있는 경우가 많습니다. 현재 힘든 상황에 처했기 때문에, 성장하는 과정에서 큰 상처를 받았기 때문에, 지니고 있던 예민함이나 분노가 표출되어 다른 사람들을 쿡쿡 찔러 대는 것입니다. 그 사람이 정말 이런 '나쁜 사람'이었다면, 이별해서 다행입니다. 그렇지 않은가요?

나에게 오려는 인연도, 내게서 떠나가려는 인연도 있습니다. 집착한다고 해서 강제로 되는 것이 아닙니다. 물은 흐르게 두어야 새 물을 받고 고인 물을 빼낼 수 있습니다. 인연은 내 마음대로 되지 않습니다. 그대로 받아들이세요.

혹시 상대의 불행을 바라고 있나요? 나를 잊지 않았으면 좋겠나요? 그런 마음이 쌓이고 쌓여 상대의 아픔을 바라는 저주가 되어있진 않나요? 이별 후 상대에게 전화를 해서 울고불고 매달린다거나, 나쁜 놈이라며 욕을 퍼붓는다거나, 상대의 불행을 바라거나, 나보다 못난 사람을 만나 나의 소중함을 깨닫게 되기를 바라기도 합니다.

상대의 불행을 바라지 마세요. 떠나간 사람의 뒤에 대고 이야기를 해보아도 아무것도 전달되지 않습니다. 오히려 상대를 향한 원망이나 저주가 나 자신에게 고스란히 돌아와 더 힘들어질 수 있습니다. 나부터 케어해야죠. 상대를 욕하기 전에 말입니다. 내 마음을 어루만지고, 보살피고, 사랑해야 합니다. 이것은 마음을 더 빨리 치유할 수 있는 원동력이 되어줍니다.

용서하세요, 그 사람을

미움이 한순간에 사라질 수 없듯, 나를 아프게 한 사람을 용서하는 것은 정말 쉽지 않습니다. 더군다나 치유까지 완벽하게 하기란 더욱 어렵겠지요. 그것은 사실상 불가능합니다. 마음의 상처는 몸에 난 상처보다 훨씬 오래 남습니다. 후유증도 더 심합니다. 마음의 상처는 치료한다고 해서 무조건 낫는 것이 아닙니다. 치유책이 따로 있는 것도 아닙니다. 그렇지만 이제는 그 사람을 용서해야 합니다. 그 사람을 위해서라고 생각하지 마세요. 오직 나를 위해 그 사람을 용서하는 겁니다. 언제까지 스스로를 괴롭히려 하나요? 그 사람 때문에 자신의 행복을 막지 마세요. 어리석은 일입니다.

그땐 그랬지. 어쩔 수 없었지. 나는 최선을 다했어.

용서가 어려울수록 이렇게 생각해봅시다. 이별이 아무리 아프더라도 이별을 덤덤하게 추억할 수 있을 것입니다. 삶의 모든 과정은 다 소중합니다. 이별을 극복하려는 의지만 있다면 못할 일이 없지요.

'그 사람을 용서했어. 두 번 다시 스스로를 아프게 하지 않을 거야. 괜찮아질 거야. 괜찮아, 이제……' 하고 계속 생각하세요. 그러다 보면 조금씩, 마음속에 휘몰아치는 소용돌이로부터 벗어나게 될 겁니다. '좋은 사람을 만나 다시 행복할 수 있을 거야. 반드시 그럴 거야.' 주문을 외듯 이렇게 말해보세요. 이렇게까지 애써야 하나, 하는 생각이 드시나요? 용서해보세요. 의외로 당신에게 큰 도움이 된다는 사실을, 당신은 그걸 알게 될 거예요.

어떠한 노력도 상처받은 마음을 순식간에 치유하는 것은 불가능합니다. 용서하는 일은 내 안에 깊이 박힌 커다란 못을 빼내는 것과 닮았습니

다. 커다란 못이 완전히 빠지려면 시간이 걸립니다. 그것은 당연한 일입니다. 그동안 고통스러운 것도 당연합니다. 그렇지만 일단 빼내고 나면 오히려 후련해질 겁니다.

상대를 용서했다면, 반드시 자기 자신 또한 용서하세요. 상대를 미워하고, 저주하고, 원망했던 모든 감정들을 반성하세요. 상대를 멋대로 판단하고 단정지었던 것을 반성하세요. 이제 모든 것을 내려놓아야 합니다. 더는 휩쓸리지 마세요. 자신을 용서하세요. 그것이 더 나은 미래를 위한 길입니다.

용기 있는 사람이 용서할 수 있습니다. 용서를 하려면 상황을 직시하고, 이성적으로 판단하며, 감정을 제어할 줄 알아야 합니다. 힘들다는 이유로 많은 사람들이 상황을 제대로 보지 않으려 합니다. 자신만의 동굴에 들어가 나오지 않으려 합니다. 당신은 용기 있는 사람입니다. 그러므로 상대를 용서하고 자신을 용서하며, 이별에서 자유로워져야 합니다. 당신은 그럴 자격이 있습니다. 이제 당신은 그 사람을 용서했습니다.

 다시 나로 돌아오기

자, 이제 그 사람을 보내야 할 때가 왔습니다. 과거의 그 사람을 원래 있던 그 자리에 남겨두세요. 그 사람은 당신의 곁에 없습니다. 함께 놀이공원에 놀러 갔던 것, 함께 맛있는 음식을 먹었던 것, 여행을 갔을 때 함께 보았던 경치도, 둘만의 기념일에 행복해했던 기억도 이제는 과거의 추억입니다. 그 사람을 과거에 두세요.

이제 그 사람을 과거에 남겨두세요. 당신의 곁에 여전히 그 사람이 있어야 한다고 생각하지 마세요. 그 사람은 이제 과거의 사람입니다. 과거의 자신도 보내야 합니다. 사람은 자신의 무언가를 버리면서, 그리고 그 과정을 반복하면서 성장합니다. 지적받아온 단점을 버리고, 타인에게 잘못했던 행동을 버리고…… 우리는 모두, 이렇게 버리는 것을 반복하면서 비로소 성장해올 수 있었던 것입니다. 그러니 연애를 했던 자신의 모습도 버리세요. 그것을 통해 우리는 또 한 번 성장할 수 있을 것입니다.

잘 보내셨나요? 그렇다면 이제, 이곳에 남아있는 나 자신을 받아들일 차례입니다. 당신은 이제 그 사람의 연인이 아닙니다. 그 사람도 이제 당신의 연인이 아닙니다. 생각해보면 당신은 원래 있던 당신의 자리로 돌아온 것입니다. 그 사람을 몰랐던 때로 다시 돌아왔을 뿐입니다. 모든 것은 그대로입니다. 변한 것이 있다면 이별을 겪고 성숙해진 나뿐입니다.

이별이라는 사건이 벌어졌고, 이제는 이것을 받아들이고 대처해야 한다는 사실을 인지하세요. 모든 것을 주도적으로 받아들이고 판단하고, 대처해야 합니다. 다른 누구도 아닌 당신의 일이니까요. 그 사람을 만나기 전, 당신은 독립적인 사람이었습니다. 잠시 연애를 하는 동안 그 사람에게 의존했던 마음을 다시 내게로 가지고 오면 되는 것입니다.

복잡하게 얽힌 내면을 스스로 통제하는 훈련은 고통을 견뎌내고 스스로를 제어할 수 있을 힘을 길러줍니다. 살아가는 동안 수많은 고통이 찾아올 것입니다. 그때마다 그 아픔과 고통에 힘들어하실 건가요? 그 대상이 무엇이든 당신이 스스로 용서할 수 있게 된다면 모든 것을 정리하고 마음을 잔잔한 호수처럼 만들 수 있습니다. 이때 인정하고 놓아주고 벗어날 수 있게 됩니다.

"다 잊었다고 생각했는데, 그래도 생각날 때가 있다면…… 바로 함께 갔던 장소에 갔을 때입니다. 그때의 감정이 다시 살아나는 것 같아요."

이별 후, 가장 힘든 순간이 언제인지 주변에 물어보니, 위와 같이 대답하는 사람이 많았습니다. 우리는 그 사람이 없는 환경에 적응해야 합니다. 함께 갔던 장소에 혼자 가고, 함께 보냈던 일상을 혼자 보내야 합니다. 물론 당신이 '혼자'라고 생각할 필요는 없습니다. 수많은 인연 중 한 명의 연인과 헤어진 것일 뿐입니다. 살아가면서 만날 수 있을 수많은 인연 중 하나와 이별한 것입니다. 우리 주변에는 그 사람 말고도 내 편이 되어주는 많은 사람들이 있습니다. 그들과 함께 조금씩 환경에 적응해보세요. 그 영화관은 처음부터 우리가 함께 갔던 영화관이 아니라, 내가 좋아해서 가던 영화관이었습니다. 이 음식은 그 사람과 함께 먹었던 음식이 아니라, 원래 내가 즐겨 먹던 음식입니다.

혼자가 뭐 어떤가요? 나를 중심으로 두고 생각하세요. 다시 나 자신에게 익숙해지세요. 당신은 성숙해지고 있는 겁니다.

2부

치유하기

그대의 사랑 문을 열 때

내가 있어 그 빛에 살게 해

사는 것의 외롭고 고단함

그대 있음에

삶의 뜻을 배우니

오, 그리움이여

그대 있음에 내가 있네

나를 불러 그 빛에 살게 해

김남조 〈그대 있음에〉 중에서

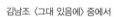

나의 마음 정밀 진단

지금 그 사람에게 연락하고 싶어

자니……?

〈새벽 2시 = 전 애인의 문자 타임〉 이것은 이제 하나의 공식처럼 되었습니다. 감성이 최고조가 된다는 그 시간, 전 애인의 연락이 유독 많이 오기 때문에 그런 말이 굳어졌습니다. 술에 취해 전화가 오기도 하고, 문자나

메신저로 대화를 걸어오기도 합니다. 그리워하던 사람에게서 연락이 왔을 때 우리는 흔들리고 마음 한구석이 쓰라립니다.

다시 한번 확인해보세요. 자신의 현재 마음 상태가 어떤지. 슬픔, 쓸쓸함, 분노, 혹은 복수심이 가득 차있지는 않은가요? 괜찮다고요? 그렇다면 다행입니다. 그런데요. 괜찮다는 그 말, 정말인가요?

당신의 감정을 부정하지 마세요. 억지로 부정하면 더 괴로워지고 상처는 깊어집니다. 우울하고 힘들고 화가 날 때, 가장 좋은 방법은 마음을 그대로 내버려두는 것입니다.

저의 경험을 이야기해보겠습니다. 괴로움이 찾아왔을 때 저는 그것을 그저 바라보았습니다. 아무 생각도, 어떤 판단도 없이 그것을 바라보다 보니, 신기하게도 괴로움이 조금씩 사라졌습니다. 그러다 나중에는 조용히 소멸되더군요. 반드시 감정을 폭발시켜야 그것을 정리할 수 있는 건 아니더군요. 그것을, 저는 그때 알게 되었습니다. 그렇게 했는데도 여전히 괴롭다면, 한발 물러서서 자신에게 이렇게 물어보세요.

지금 그 사람에게 연락하고 싶어.

그런데 내가 그 사람 목소리를 듣는 것 외에 얻을 수 있는 게 뭐지?

헤어지고 나서 다시 연락했을 때,

상대가 내 마음을 알아준 적이 한 번이라도 있었나?

예전에, 통화하고 나서 기분이 어땠었더라?

헤어진 상대와 연락한다는 것은 이별을 재확인하는 것에 지나지 않습니다. 헤어진 상대와 연락한 후, 기분이 좀 더 나아진 적이 있던가요? 그나마 회복되던 마음이 다시 고통으로 물들지는 않았었나요?

이별 후의 연락은 대개 이런 결과를 낳습니다. 그러니 연락하고 싶은 마음을 억지로라도 붙들어놓으세요. 이성적으로 생각하세요. 이미 떠난 사람에게 매달린다고 얻을 것은 아무것도 없다고. 또다시 상처 입을 뿐이라고.

당신을 괴롭히는 것이 정말 그 사람 맞나요? 혼자 있을 때는 물론이고, 새로운 사람을 만나게 되었을 때도 혹시 그 사람을 떠올리지는 않나요? 당신을 괴롭히는 것은 그 사람이 아닙니다. 당신의 생각입니다. 그 사람에 대한 잘못된 기억과 환상, 그리고 기대를 바로잡으세요. 아직도 상대가 나를 잊지 못했다고 생각하고 있나요? 그건 아마 당신의 착각일 겁니다.

말 못 할 사정이 있었을 거야.

내가 더 잘하겠다고 하면? 그 사람이라면 돌아올지도 몰라.

혹시 내 연락을 기다리고 있는 것 아닐까?

갑작스러운 이별이 이해가 되지 않고, 한편으론 억울하기도 하겠지요. 그래서인지 더욱 집착하게 됩니다. 그럴수록 상대는 나에게 냉담하게 굴 테고, 나는 그런 상대를 보며 더 좌절하고, 상처받게 되겠죠. 냉정하게, 그 리고 차분하게 뒤로 물러나세요, 당신의 모든 착각들로부터. 아래로 아래 로, 한없이 당신을 함몰시켜 가는 미련의 늪으로부터. 그리고 인사합시다, 안녕, 내가 알았던 사람.

나에게만 특별한 이별

이별은 다시 없을 줄 알았어요.

나를 그렇게도 아껴주고 사랑해준 그 사람이,

이젠 절 다시 만나고 싶지 않다고 해요. 좋은 사람 만나래요.

다정했던 그 사람이 말예요.

간절하게 붙잡는 저를 못 본 척하네요.

그대로 돌아서서 가고 있어요. 저는 이제 어떻게 하죠?

온몸에 화상을 입은 듯 괴로워요.

이제 어떻게 하죠? 어떻게 제 마음을 치료하면 좋죠?

게시판을 보다 발견한 글입니다. 익명으로 올라왔군요.

어떤가요? 이별 직후에는 혼자만 이별한 것 같은 기분이 듭니다. 슬픔이 모두 내 것인 것만 같고, 세상에서 가장 아프고 힘든 사람은 바로 나인 것 같습니다.

왜 내게만 이런 절망스러운 일이 생기는 거지? 왜 나만 이렇게 아프지? 조금만 덜 사랑할걸…….

이별의 고통을 느끼는 정도는 사람마다 다릅니다. 극심한 절망과 우울에 빠지는 사람이 있는가 하면, 며칠 만에 아무렇지도 않게 회복하는 사람도 있습니다. 사랑의 깊이에 따라 이별의 깊이가 달라지는 것은 당연합니다. 그러나 그것이 절대적이지는 않습니다. 개개인에 따라 이별을 느끼는 강도가 다릅니다.

당신의 이별은 특별하지 않습니다. 당신이 처한 상황에서 한발 뒤로 물러나보세요. **세상에서 수많은 연인 중 하나가 사라졌을 뿐입니다.** 수많은 이별 중 하나가 생겨났을 뿐입니다. 내 연애가, 내 이별이 특별했다고 여기는 마음이 당신을 더욱 옥죄었을 겁니다. 모두가 똑같이 겪는 아픔이라고 생각한다면, 이별을 견디는 일도 한결 수월해집니다.

그 사람의 상태메시지, 나와는 관계없어

저는 오늘도 SNS 목록에서 그녀의 이름을 찾습니다. 어느새 습관이 된 것 같아요. 그녀가 어떻게 지내고 있을지 궁금해서 참을 수가 없군요. 그녀의 바뀐 프로필 사진을 누릅니다. 카페 사진이군요. 테이블에는 커피 두 잔이 놓여있습니다. 저와 만나고 있을 때는 본 적 없던 사진입니다. 그녀는 이별 후 카페에도 갔네요. 저는 이렇게 괴로운데, 대체 누구와 간 걸까요? 한 장의 사진 때문에 저의 머릿속은, 마음은 복잡해집니다. 그녀가 상태메시지에 '…'이라고 써 놓은 걸 봅니다. 말줄임표를 상태메시지에 적어 놓는 걸 본 적이 없는데 참 이상합니다. 그녀도 저와의 이별이 힘든 걸까요? 그녀도 힘들어하고 있는 거겠죠? 이렇게 하루를 뒤숭숭한 마음으로 보냅니다. 저는 또 후회합니다. 다시는 보지 말아야지. 저는 다짐해보지만, 쉽지 않을 것 같습니다.

헤어진 연인과의 연락을 끊으세요. 전화, 인터넷 메신저, SNS 모두 말입니다. 처음엔 익숙하지 않을 겁니다. 매일 연락하던 그 사람과 연락하지 않는다는 것이 어색할 테니까요. 요즘 특히 헤어진 연인의 SNS를 수시로 체크하는 사람들이 많아졌습니다. 상대의 소식을 살피는 것이죠. 상대가 어떻게 지내는지 보면서 당신의 마음이 흔들린다면, 지금 당장 그만두세요. 자제하는 것이 어렵다면 SNS 자체를 멀리하는 것도 방법입니다.

눈에서 멀어지면 마음에서도 멀어진다는 말이 있죠. 당장은 헤어진 연인의 소식이 궁금할 겁니다. 그러나 그 사람의 소식을 알게 될수록 이별의 고통은 연장됩니다.

그 사람을 마지막으로 꼭 한 번 만나야겠다고, 그러면 깔끔하게 마음을 정리할 수 있을 것 같다고, 혹시 이렇게 생각하고 있나요? 물론 마음먹은 대로 되는 경우도 있겠지만, 가급적이면 그 사람과의 만남을 생각하지 마세요. 그 사람의 얼굴을 보는 순간, 이별의 과정이 다시 처음부터 진행될 테니까요. 마음을 잡기까지 참 어려웠다는 것, 이제 당신도 알고 있잖아요. 그동안의 노력을 물거품으로 만들지는 말아야죠.

그와는 3년을 만났어요. 그를 잊기 위해 많은 사람을 만났어요.

그런데도 그를 완전히 잊을 수는 없었죠.

헤어지자고 먼저 말한 건 저였어요.

하지만 견디기 힘들더라고요. 보고 싶을 때마다 그에게 연락했어요.

만나자고 조르기도 했어요.

그도 그런 저를 받아줬고, 우리는 만나면 보통의 연인들처럼

손잡고 길을 걸었고, 잠자리를 하기도 했어요.

그렇지만 어쩐지 어색함을 감출 수는 없었죠.

우리는 그렇게 몇 차례 만났어요.

그러다 깨달았어요. 그와 헤어지고 집으로 돌아가는 길은,

그를 만나기 전보다 몇 배나 더 허무하다는 것을요.

사실 마음은 이미 이별한 상태라는 것을요.

몸이 이별을 받아들이지 못한 거라는 것을요…….

마음 없이 몸만 가까이 둔다고 해서, 다시 사랑할 수는 없다는 것을요.

그 후 저는, 우리는 진짜로 이별을 하게 됐어요.

다시는 그를 만나지 않았어요.

헤어진 후, 연락하지 않고 만나지도 않는다면 상처를 치유하고 이별을 극복하는 시간이 단축되겠죠. 그러나 위의 사례처럼, 헤어진 후 마음이 도무지 정리될 기미가 보이지 않는다면, 그 사람을 만나보는 것도 나쁘지 않습니다. 그러나 결과적으로 깨닫게 되는 건, 우리가 헤어졌다는 사실, 서로가 인연이 아니라는 사실뿐일 겁니다.

난 이제 다시는 사랑할 수 없을 거야

남자와 여자는 캠퍼스 커플이었다.

사람들은 보기 좋은 커플이라며 모두 그들을 부러워했다.

남자는 남자답고 화끈한 성격으로

남자들 사이에서 인기가 좋은 타입이었고,

여자는 밝고 활발해서 사람들과

두루두루 사이좋게 지내는 타입이었다.

남자와 여자는 성격이 판이했지만,

미래에 대한 비전, 그리고 매사에 적극적이라는 점이 비슷했다.

그 덕분인지 서로를 격려하고 응원하면서

10년이라는 기간을 연애했다.

남자는 여자와의 결혼을 꿈꾸었다. 긍정적이고 강단 있는 그녀라면

맏며느리 역할을 잘 해낼 것이라고 생각했다.

남자는 집안의 장손이었다. 남자는 그녀가 현명한 아내,

그리고 좋은 엄마가 되어줄 것이라고 믿었다.

남자가 고시공부를 할 때에도 여자는 한결같았다.

고시를 포기하고 직업을 선택해야 했을 때,

남자는 지방 근무를 하지 않는 곳에만 지원했다.

남자는 집안의 문화를 간소화해보려고 노력했다.

그의 집안은 보수적인 편이라 제사가 많기도 했고,

복잡하고 까다로운 절차로 진행되는 집안일이 많았기 때문이다.

남자는 그것이 자신을 기다려준 여자에 대한 보답이라고 생각했다.

그것이 남자가 여자를 사랑하는 방식이었다.

여자는 회사에서 능력을 인정받고 있었다.

영어 실력이 좋았기 때문에 해외에 나갈 일도 많았다.

하지만 남자는 여자의 잦은 해외출장을 반기지 않았기 때문에

여자는 가능하면 출장을 줄이도록 노력하고 있었다.

여자는 해외 MBA를 가고 싶었다.

그렇지만 남자는 여자가 가지 않기를 원했고,

여자 역시 그 기간 동안 남자와 떨어지고 싶지 않았다.

그래서 포기했다.

평소에 여자는 세계를 돌아다니며 자유롭게 살고 싶었다.

그렇지만 남자와 함께하기 위해

어느 정도 마음을 비우고, 상황에 타협했다.

주변에서는 여전히 남자와 여자를 부러워했다.

자기 일에 대한 욕심이 강한 두 사람이 부딪히지 않고,

오히려 서로 도움을 주고받으며 만나는 것을 보며 놀라워했다.

사람들은 이들이 결혼하는 것이 시간 문제라고 생각했다.

그들이라면 행복하게 살 것이라고, 모두 입을 모아 말했다.

그러다 어느 날, 그들이 헤어졌다는 이야기가 들려왔다.

서로 성격이 맞지 않아 결혼하지 않기로 했다고.

여자는 이별 후 제대로 생활하지 못했다.

울면서 쓰러져있거나, 일할 때도 멍하니 있는 일이 잦았다.

남자를 위해 많은 것을 포기했던 만큼, 상실감이 컸다.

이별로부터 많은 시간이 흐른 지금, 여자는 여전히

이렇게 되뇌고 있다.

"난 이제 다시는 사랑할 수 없을 거야.

이제 절대 사랑을 믿지 않아."

두려움, 이별 후 가장 이기기 어려운 감정 중 하나입니다. 깊은 상실감에 빠지면서 자신감을 잃는 거지요. 이제까지 노력했던 것은 아무런 소용이 없고, 내 힘으로 되는 것은 아무것도 없다는 생각이 머릿속을 지배합니다. 그리고는 허무감이 찾아옵니다.

오랜 기간 연애 중인 연인들은 이별을 외면할 때가 많습니다. 이를테면, 헤어질 만한 상황이 왔음에도 그저 참거나 넘겨버리는 거죠. 오랫동안 만나오면서 했던 노력들이 아쉽기도 하고, 서로가 너무 익숙하기 때문이기도 합니다. 오랜 기간 함께 해왔기 때문에 서로의 빈자리가 너무나 클 것이라는 것을 잘 알고 있기 때문이지요. 두려운 겁니다.

사랑에 대한 믿음을 잃게 되면 이렇게 생각하게 됩니다.

'다시 이런 사람을 만날 수 있을까?'

'이제 적당한 사람을 찾아, 사랑 없이 결혼하게 되겠지. 따분한 인생을 살게 될 거야.'

숱한 약속들, 수많았던 사랑의 맹세들…… 이별 후 우리는 그것들이 무너져내리는 것을 봅니다. 사실은 모든 게 아무것도 아니었다는 것을, 그 모든 게 사라지고 마는 것은 이렇게 한순간이라는 것을. 사랑이라는 것 자체를 신뢰할 수 없게 됩니다. '사랑 허무주의'에 빠져들기 시작하죠.

'사랑은 다 가짜야'

'어차피 다 변해'

'아무리 거창해봤자 언젠가는 이별할 텐데, 뭐'

그럼에도 불구하고 여전히, 사랑을 믿는 사람들은 많습니다. 그 이유가 분명히 있을 겁니다. 주변을 한번 둘러보세요. 그렇게 힘들게 헤어졌어도, 다시 또 새로운 사랑을 시작하잖아요.

내 사랑만 특별했다고 믿는 생각 때문에 이 같은 '사랑 허무주의'가 생기기 쉽습니다. 내 사랑처럼 모두의 사랑은 특별합니다. 다른 이들이 이렇게 '특별한' 사랑 후에도 이별을 견뎌내고 새로운 사랑을 시작하는 것처럼, 당신 역시 다시 또, 새로운 사랑을 시작하게 될 거예요. 꼭이요.

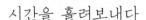

시간을 흘려보내다

슈타인을 만나지 않게 되면서
나는 그가 했던 말도 잊어버렸다.
그를 잊어버렸듯이.

유디트 헤르만 〈여름 별장, 그 후〉 중에서

지금 당장 이 아픔을 모두?

당장 이 아픔으로부터, 이 괴로움으로부터 벗어나고 싶은가요? 이렇게
생각해보세요. 발목이 부러져도 다 낫기까지는 충분한 시간이 필요하잖
아요.

마음의 상처도 마찬가지입니다. 많이 아프다는 것은 진실한 사랑을 했
다는 증거겠죠. 그러나 아무리 마음의 병이 깊어도, 시간이 지나면 아픔

이 사라지기 마련입니다. 그래서 '시간이 약'이라는 말은 불변의 진리 같습니다.

다 낫기까지 긴 시간이 걸릴까봐 두려운가요? 소중한 사람을 지워내는 것이 그만큼 힘듭니다. 정상적인 생활을 하기까지 오랜 시간이든 잠시든, 한동안은 그 사람과의 이별이 마음속에 자리잡고 있을 것입니다.

제가 중학생 시절, 친구가 죽었습니다. 그렇게 친한 친구가 아니었는데도 친구의 죽음은 당시 제게 큰 충격이었습니다. 그 친구를 알고 지낸 기간은 3년이었는데, 죽음에 대한 기억들은 세세한 것까지 남아 저를 5년 동안 괴롭혔습니다. 친구가 사고를 당한 날짜, 그날의 날씨, 친구 부모님의 표정까지…….

지금은 어떠냐고요? 예전처럼 그 기억들이 저를 괴롭히지는 않습니다. 이제는 '그런 친구가 있었지' 하고 추억합니다. 가끔 생각이 날 때는 있지만, 저는 어느새 그 친구와 이별을 한 겁니다.

결국 시간이 약입니다. 정말이에요. 시간은 약입니다. 시간이 흐르면 그 사람도, 그때의 기억도 과거의 일이 될 거예요. 힘들게 이별한 사람들은 아주 많습니다. 그 사람들도 지금은 편안하고 행복하게 살아가고 있습니다. 많은 사람들이 이미 견뎌낸 일이잖아요. 그러니 당신도 할 수 있어요. 반드시!

스스로를 격려해주세요

이별한 후에는 열등감에 빠지고 무기력해질 수 있습니다. 낮아진 자존감을 조금이라도 회복할 수 있도록 계속해서 말로 스스로를 격려해야 합니다. 긍정적으로 말하는 것은 마음도 긍정적으로 만들어줍니다. 몸도 마음도 내 맘대로 통제되지 않을수록, 말을 통해 좋은 영향을 만들어내야 합니다. 정말 그럴 수 있을까요? 네, 말로 내뱉는 것과 생각만 하는 것은 다릅니다. 긍정의 말로 스스로를 격려해보세요. 마음에 정말로 힘이 나는 것을 느낄 수 있을 겁니다.

'괜찮아. 마음은 아프지만 잘된 일이야. 어차피 그 사람과 함께일 때에는 행복할 수 없었어. 현명한 선택이었어. 나도 더 행복해질 수 있고, 그 사람도 행복해질 거야. 나는 지금까지 정말 잘했어. 나는 최선을 다했고 이보다 더 잘할 수 없었다고! 앞으로도 더 잘할 수 있어. 이별도 충분히 이겨낼 수 있어. 잘했어. 정말 잘했어. 그리고 괜찮아. 나는 더 이상 아프지 않아.'

현재 상황을 굳이 되새길 필요는 없습니다. 내가 바라는 나의 모습을 반복해서 계속 이야기하는 것이 중요합니다. 말에는 강력한 힘이 있습니다. 그러므로 스스로에게 계속 말을 걸면서 자기 최면을 거는 것은 커다란 도움이 됩니다. '그 사람이 있으면 좋을 것 같아' 같은 생각이나 말을 한다면 마음만 더 아파지고, 이별을 이겨내기 어려워집니다.

무슨 일이 있더라도 절대 스스로를 비난하지 마세요. 스스로를 응원하고 격려해줘야 합니다. 마음이 아플 때마다 괜찮다고 스스로를 위로하다 보면, 어느 순간 조금씩 치유가 되는 자신을 느끼게 될 것입니다. 친구도 있고 가족도 있지만, 자신의 가장 든든한 응원군은 바로 자신입니다. 잘하고 있다고 스스로를 응원하세요.

힘을 내세요. 세상에 존재하는 모든 것들이 무의미하다는 느낌, 이별 후 느끼는 모든 감정들……. 그런데도 다들 힘을 내서 살아가고 있습니다. 연애, 혹은 다른 무언가를 실패하더라도, 담담하게 받아들이세요. 자신을 추스르고 다시 일어날 수 있는 힘을 기르세요. 다른 누구도 아닌 나 자신을 위해서 말입니다. 밥도 잘 먹어야 하고, 잠도 잘 자야 합니다. 괜찮다, 괜찮다, 하고 스스로를 위로해주세요.

마음에 바르는 약은 없나요

희망은 무거운 짐이며,
무거운 가방을 들고 기다릴 때의
어깨 아픈 고통입니다.
우리는 무겁지만 그것이 희망이기 때문에
결코 내려놓는 법이 없답니다.

장정일 〈가방을 든 남자〉 중에서

이별에 가장 좋은 약

　미국 드라마 〈섹스 앤 더 시티〉의 주인공 캐리는 극중에서, 이별의 고통을 없애는 가장 좋은 약은 '친구들'이라고 말했습니다. 미란다, 샬럿, 사만다…… 그녀들이 없었다면 캐리는 이별의 아픔, 파혼의 아픔을 견디고 다시 일어설 수 있었을까요? 친구나 주변 사람들의 도움 없이 혼자서 이별의 아픔과 고통을 감내하기는 어렵습니다.

저의 경우는, 말 못 할 사정이 있어서, 주변 사람들에게 이별했다는 사실을 털어놓을 수 없었습니다. 혼자서 끙끙대며 마음의 병을 앓았을 때, 누군가에게 이야기할 수 없다는 사실이 저를 더욱 고통스럽게 만들었습니다. 물론 혼자서 과거를 정리하고 마음을 치유하는 사람들도 있지만, 보통 다른 사람들과의 만남과 위로를 통해 이별을 극복합니다.

사랑하는 사람은 떠나갔어도, 친구들은 그 자리에 그대로 있습니다. 내가 지금 얼마나 슬픈지, 나를 떠난 그 사람이 얼마나 소중하고 중요한 사람이었는지를 이야기하면, 친구들은 나를 격려하고 위로해줍니다. 누군가가 나의 상황을 이해해줄 때, 나 혼자가 아니라는 것을 느낄 때, 우리는 위로받습니다.

'힘들 때 함께해주는 사람이 진짜 내 사람'이라는 말이 있습니다. 주변을 돌아보면, 나의 아픔에 공감해주면서 돕고 싶어하는 내 사람들이 생각보다 많습니다. 친구란 서로 도움을 주고받는 사이입니다. 힘이 든다면 그들에게 기대세요. 나중에 당신도 그들에게 힘이 되어주세요. 아프다고 솔직하게 이야기하고, 그들 앞에서 울어버리는 것도 좋습니다. 세상은 절대로 혼자서 살 수 없는 곳입니다. 있는 그대로의 나를 보여줄 수 있는 친구들이 있고 가족들이 있으니, 당신은 절대 외롭지 않습니다. 그들과 함께 이겨내세요. 그리고 그동안 소원했던, 혹은 잘 알지 못했던 그들과 우정과 사랑을 나눠보세요. 당신은 혼자가 아닙니다. 누군가로부터 사랑받고 있는, 행복한 사람입니다.

어디론가 무작정 떠나라

"남자친구와 헤어지고 곧바로 해외여행을 갔어요. 이별 후 정말 슬프고 힘들었기 때문에 여행 가기 전에는 망설이기도 했고, 걱정도 많이 했어요. 비싼 돈 주고 여행 가서 혼자 방에 틀어박혀 울기만 하다 오는 건 아닐까 걱정했거든요. 그런데 다녀오고 나니까, 가길 정말 잘했다는 생각이 들어요. 함께 여행갔던 일행들을 챙기거나 바쁘게 여기저기 구경하러 다니다 보니 시간도 금방 지나갔어요. 기분 전환에 최고였던 것 같아요."

망설이지 마세요. 마음이 복잡하거나 기분 전환을 하고 싶을 때, 어디론가 홀가분히 떠남으로써 주변 환경을 바꾸는 것만큼 좋은 것이 없습니다. 이별을 한 후에는 혼자가 되었다는 생각에 주변 환경들이 낯설게 느껴지겠지요. 그러니 여행을 통해 낯선 환경에 나를 던져놓는 연습을 하는 겁니다. 혼자 떠나는 여행도 좋고, 마음이 맞는 누군가와 함께 떠나는 여행도 좋습니다.

여행지에서는 가만히 있지 말고 최대한 몸을 많이 움직이는 것이 좋습니다. 미리 일정을 짠다든지, 유적지나 관광지를 방문한다든지, 여행지의 맛집을 찾아 돌아다닌다든지, 이왕이면 평소 떠나던 여행과 비슷하게 해 보세요.

육체적으로 너무 지쳤다거나 힘들다면 물론 침대에 누워만 있어도 괜찮습니다. 그것만으로도 기분 전환이 된다면 뭐든 좋습니다. 중요한 것은 나를 위한 시간을 만드는 것이니까요.

시간이 여의치 않다면 하루나 이틀도 괜찮습니다. 새로운 환경 속에 자신을 두기만 하면 됩니다. 그리고 거기에 적응하고, 또 즐기는 과정을 통해 우리의 이별을 조금씩 치유해봅시다. 이런 이유들 때문일까요, 최고의 이별 극복 방법으로 '여행 떠나기'가 많이 꼽힌다고 합니다.

미친 듯이 노는 게 제일

"남자친구와 헤어졌을 때요? 친한 친구들 다 불러 모아서 술 마시며 미친 듯이 노는 게 제일인 것 같아요. 그렇게라도 재밌게 놀다 보면 잠깐이라도 그 사람 생각을 안 하게 되잖아요? 이걸 반복하면서 점점 아픈 것도 잊게 되는 것 같아요. 하지만 여기에도 단점이 있어요. 술에 취하면 헤어진 남자친구에게 자꾸 전화를 하게 되더라고요. 다음 날 항상 후회를 하죠."

맨 정신으로 이별의 아픔을 견뎌내는 것이 어려울 수도 있습니다. 이별을 겪고 나면 사람들은 술로 마음을 달래곤 합니다. 나름대로 좋은 방법일 수도 있습니다. 이로써 빨리 아픔을 치유하고 정상적인 삶으로 돌아올 수 있다면 말이지요. 하지만 과도한 음주는 내 몸을 망친다는 것, 아픔을 잊게 해주는 것도 아주 잠시뿐이라는 것을 기억하세요. 절대 오랫동안 사용할 방법은 아닙니다. 특히 이것은 나를 사랑하는 방법이 아니라는 것, 그것을 꼭 명심하세요.

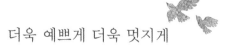

더욱 예쁘게 더욱 멋지게

우리에게는 더 멋진 만남이 찾아올 것입니다. 더욱 낭만적이고 더욱 운명적인 사랑이 우리를 기다리고 있습니다. 이를 위해서라도 아픔에서 벗어나세요. 다음 사랑을 준비해야죠. 원래 당신의 모습으로 돌아가세요. 예쁘고 멋진, 그 모습으로요.

"안 되겠어. 그동안 너무 폐인처럼 살았던 것 같아. 나 이제 예뻐질 거야. 운동도 다시 시작할 거고, 피부관리실도 끊어놨어. 내일은 미용실에 가려고 예약해놨어. 오랜만에 헤어스타일을 바꿔봐야지. 쇼트커트는 어떨까? 요즘은 짧은 머리가 대세라는데. 안 되겠다, 너무 실연당한 사람 같으면 어떡해? 그냥 파마나 할래. 야, 우리 내일 옷 사러 갈까? 내일 시간 되니, 혹시? 가는 김에 네일아트도 받고 오자. 요즘은 남자들도 네일숍에 간대. 내가 쏠게!"

친구의 횡설수설한 전화를 받은 저는 당황스럽기도 했지만, 한편으로는 기뻤습니다. 실연의 아픔 때문에 오랜 시간 동안 자신만의 세계에 갇혀 있던 그녀였습니다. 하늘이 무너진 것처럼 힘들어하던 그녀가, 이제는 자신을 생각하기 시작한 겁니다. 참 예뻤던 그녀였는데, 실연 이후에는 전혀 스스로를 꾸미지 않더군요. 화장도 하지 않고 옷도 대충 입고 다니는 모습이 마치 스스로를 벌주는 것처럼 보여서 안타까웠습니다. 이제야 그녀가 돌아오려나 봅니다. 저는 그녀의 제안에 기꺼이 응했고, 그녀를 따라나섰습니다.

네일아트도 받아보고, 헤어스타일도 바꿔보고, 새로운 스타일의 옷도 사보세요. 과거 그 사람과 함께였을 때의 내 모습이 아니라, 새로워지는 겁니다. 외모에 변화가 생기면, 마음 역시 그 영향을 받아 밝아질 것입니다.

우리는 이제 과거에서 벗어나 미래로 나아가는 겁니다. 아파하던 과거의 모습을 벗고, 나비처럼 아름답게 다시 태어나야 합니다. 운동을 하고, 화장을 하고, 멋진 옷을 꺼내 입고, 다시 좋은 시계를 차고, 밖으로 나가세요. 세상은 당신을 환영할 것입니다. 그리고 이별 후 한층 성숙해진 당신을, 미래의 사랑이 어딘가에서 기다리고 있을 겁니다.

새로운 취미를 찾아라

 따로 집중할 곳이 없을 때 새로운 취미를 만들어보는 것도 아주 좋습니다. 연애하느라 바빠서 평소에 해보고 싶던 것을 미루기만 하지는 않으셨나요? 이별 후 누군가는 기타를 배우고, 노래를 배우고, 또 플라멩코를 배웁니다. 누군가는 주말마다 보드를 타러 다니고, 중국어 공부를 다시 시작하고, 틈나는 대로 책을 읽기 시작합니다. 제빵 기술을 배우는 사람도 있고, 바리스타 자격증을 취득하려고 준비하는 사람도 있습니다. 헬스나 축구 등 운동에 매진하는 사람도 있습니다.

 새롭고 다양한 취미 활동은 우리 인생을 즐겁고 더욱 윤택하게 만들어줍니다. 특히 마음이 어지럽고, 집중이 잘 되지 않는 이런 시기에 새로운 취미를 갖는 것은 많은 도움이 됩니다. 이러한 취미들은 우리를 상념에서 꺼내주고, 새롭게 집중할 대상이 되어주기 때문입니다. 취미를 갖고 그것에 집중하는 것은, 혼자 있는 시간도 줄어들게 하고 새로운 사람들을 알게 하기 때문에 더욱 좋습니다. 이왕이면 감정을 자극하는 활동이나, 몸을 움직이는 활동이 좋습니다. 책을 읽는 것도 도움이 됩니다.

예를 들면, 노래를 부르는 취미는 내면의 감정을 분출하고 스트레스를 푸는 데 도움이 됩니다. 노래를 통해 내 몸 안에 축적된 스트레스를 밖으로 분출하는 겁니다. 그래서 노래를 할 때 스트레스가 가장 많이 풀린다고 합니다.

가사에는 나의 상황이나 감정과 유사한 내용들이 참 많지요. 그런 노래를 들으며 예전의 감정에 취해보고, 괜찮다며 스스로를 위로해보기도 하고, 잘될 거라며 희망을 가져보세요.

저는 개인적으로 노래 부르는 것을 좋아합니다. 이별 후 며칠 동안 혼자 노래방에 가서 스트레스를 풀었던 적도 있습니다. 내면의 감정을 밖으로 내뱉으니 스스로도 위안을 얻게 되었던 것 같습니다.

독서는 우리의 내면을 돌아볼 기회를 주기 때문에 좋은 취미입니다. 이별 후의 당신에게 희망을 주는 책, 치유할 수 있도록 하는 책을 선택하는 것이 좋습니다. 특히 자신과 비슷한 상황을 극복한 사람의 이야기가 있는 작품을 읽으면 많은 힘을 얻을 겁니다. 한 번만 읽지 말고, 반복해서 읽거나 비슷한 소재를 다루는 책을 여러 권 읽어야 머리에 남습니다. 상처에 반복해서 계속 약을 발라줘야 효과가 있는 것처럼요.

자고 일어나면 다 괜찮을 거야

잠이 잘 안 오시나요? 잠을 자도 그 사람이 나오거나, 이별 장면이 꿈에 나와 너무 괴롭다고요? 이별 후에는 깨어있어도 괴롭고, 잠이 들어도 괴롭습니다. 불면증에 시달리기도 하고, 평소보다 빨리 깨지요. 자는 것만큼 힘든 것이 없다는 생각까지 듭니다.

그래도 잠을 잘 자야 합니다. 마음이 아무리 복잡하고 괴롭더라도, 잠을 푹 자고 일어나면 개운해질 것입니다. 잠을 자면 마음의 병에서 조금씩 회복된다고 하지요.

잠이 잘 오지 않는다면, 자기 전에 운동을 해서 몸을 조금 피로하게 만들어보세요. 따뜻한 물로 샤워를 하는 것도 도움이 됩니다. 뜨거운 우유를 마시거나, 술을 한잔 마셔보는 것도 방법입니다. 화가 나거나 걱정거리를 가지고 있으면 체온이 올라가고 혈압이 높아져 잠들기가 어렵다고 합니다. 그러니 잠들기 직전에는 가급적이면 괴로운 생각을 하지 않도록 하는 것이 좋습니다.

이별한 후 줄곧 잠만 자는 사람들도 있다고 합니다. 자신을 괴롭게 만드는 일로부터 회피하려는 본능이겠지요. 그러나 잠을 너무 많이 자면 무기력증이 찾아와 오히려 우울증에 걸릴 확률이 높다고 하니 조심해야 합니다. 적당하지만 깊은 수면이 이별을 극복하는 데 도움을 줍니다.

잠자기 전에 몰두했던 생각이나 평소의 소망, 근심 등이 꿈으로 표출되기도 한답니다. 그러니 잠자리에 들기 전에는 긍정적인 기억들을 떠올려보세요. 헤어진 그 사람에 대한 것 말고 억지로라도 다른 생각을 하는 것이 좋습니다. 학교에서 상을 받으며 자랑스러웠던 기억, 다른 사람을 돕는다는 생각에 뿌듯했던 봉사활동의 기억, 가족과 함께 즐거웠던 기억 등 기뻤던 일들을 다시 떠올려보세요. 그 후의 숙면은 이별을 극복하게 하는 좋은 약이 될 테니까요.

다시 나를 채워줄 누군가

사람으로 얻은 아픔은 사람으로 치유한다고 합니다. 헤어지고 나서 새로운 사람을 만나는 것도 헤어진 사람을 잊는 방법 중 하나입니다. 뻥 뚫린 가슴의 구멍을 채워줄 누군가를 찾는 것이지요. 실제로 이별한 사람을 가장 확실하게 잊는 순간은, 다음 사람을 만나 사랑을 느낄 때라고 합니다.

상대를 진심으로 사랑했다면, 새로운 사람을 만나는 것도 쉽지 않을 겁니다. 바구니를 완전히 비워야 다시 새로운 것을 담을 수 있듯, 이별의 아픔이 채 아물지도 않은 상태에서 성급하게 구멍 난 가슴을 메우려고 하면 오히려 구멍만 더 커질 수 있습니다. 특히 이별 후 새로운 사람을 만나는 것을 헤어진 사람이 알게 된다면, 그동안의 소중한 기억들까지 나빠질 수 있지요.

시간이 어느 정도 지났다면, 새로운 사람과의 만남으로 내 마음을 채워 줄 필요가 있습니다. 꼭 사귀는 관계가 아니더라도 괜찮습니다. 새로운 사람을 만나는 것만으로 세상에는 좋은 사람이 많이 있다는 것을 깨닫게 될 테니까요. 당신이 잃은 그 사람이 전부가 아닙니다. 당신은 더 좋은 누군가를 만나게 될 겁니다.

새로운 만남을 두려워하지 마세요. 헤어진 그 사람은 이제 환상일 뿐입니다. 잠시 동안이라면, 환상에 빠져있는 것도 좋지만, 계속 환상 속에만 머물다보면, 현실의 만남에 집중하지 못하게 됩니다. 현실로 돌아와 새로운 인연을 만드세요. 지나간 사랑 때문에 새로운 사랑이 찾아오는 것을 막지 마세요.

지금까지 정말 잘했다

네가 만지고 간 가슴마다
열에 열 손가락 핏물자국이 박혀
사랑아
너는 이리 오래 지워지지 않는 것이냐
그리움도 손끝마다 핏물이 배어
사랑아
너는 아리고 아린 상처로 남아 있는 것이냐

도종환 〈봉숭아〉 중에서

실패한 게 아니에요

살다보면, 생각지 못했던 일들이 많이 일어납니다. 정말 좋았다고 생각
했던 일이, 나중에 보면 나에게 좋지 않았던 일이었음을 깨닫는 경우도 있
지요. 반대로 최악의 선택이었다고 생각했던 일이 나중에는 아름다운 추
억으로 기억되기도 합니다. 지금 당장 안 좋은 일도, 나중에 보면 어떻게
생각하게 될지 모르는 일입니다. 그러니, 지금 좋은 것은 좋은 대로 받아

들이고, 좋지 않은 것은 그만큼 나를 발전시키는 계기로 삼으세요. 어떻게 받아들이고 해석하는가는 오로지 본인의 몫입니다.

살면서 좋은 일들만 가득하기를 모든 사람들은 바랄 겁니다. 하지만 살다보면 힘든 일도 생기고, 믿었던 사람에게 배신을 당하기도 합니다. 예기치 못했던 이별 때문에 괴로워하기도 합니다. 그중에서도 참 다루기 어렵고 내 뜻대로 되지 않는 것이 사람 마음이지요. 내가 좋아하는 사람이 나를 좋아해주면 좋을 텐데, 내가 아끼는 사람과 나의 생각이 같으면 좋을 텐데, 그렇지 않은 경우가 참 많습니다. 멀어지고 나서야 비로소 그 사람을 제대로 바라볼 수 있게 됩니다.

쏟아진 물을 다시 담을 수는 없고, 지나간 시간을 되돌릴 수도 없습니다. 과거를 부정적으로 생각하고 후회하기보다, 그저 '좋은 경험이었다' 이렇게 생각하세요. 매 순간 최선을 다했다면, 후회하거나 현실을 부정하지 마세요. 과거를 토대로 발전하기 위해서는 말이죠.

자신을 책망하거나 부정적인 쪽으로 몰아가지 마세요. 당신이 현재 처해있는 상황, 그것을 받아들이세요. 그리고 한층 더 성장할 기회로 삼아보세요. 무조건 긍정하라는 말이 아닙니다. '내가 잘했구나' 정도의 마음으로 스스로를 칭찬하고, 그대로 흘러가게 두세요. 살다보면 사람들과 갈등이 있을 때도 있고, 돈이 없을 때도 있고, 크고 작은 문제도 있기 마련입니다. 이별도 한 단계 위에서 한번 내려다보세요. 나에게 일어날 수 있는 수

많은 일들 중 하나라고 인정하는 것이지요.

이별을 통보받은 쪽은 특히, 자존심도 많이 상하고, 패배감에 젖게 됩니다. 헤어질 당시에 상대가 거친 욕설을 하거나 당신에게 수치심을 안겨 주었다면, 부정적인 감정은 이루 말할 수 없이 커질 것입니다. 그러나 그 감정은 오로지 당신 혼자만 가질 수 있는 감정입니다. 누군가에게 툭 터놓고 이야기하더라도 그 감정을 온전히 전할 수 없습니다. 그래서 답답함과 패배감은 더욱 많이 쌓여만 갈 것입니다.

이러한 패배감은 우울증으로 이어지기 쉽습니다. 그러므로 여기에서 빠져나오려는 노력이 필요합니다. 아무리 자책해봐도 결국 화살은 자기 자신에게 돌아옵니다. 지금 이 순간의 아픔에 열중하느라 나중에 더 큰 아픔이 오는 것을 방관하지 마세요. 머릿속에 부정적인 생각만 가득하더라도 이를 긍정적인 생각으로 바꾸어야 합니다. 사랑했던 사람의 마지막 말을 곱씹을 때마다, 그 말은 날카로운 화살이 되어 당신의 가슴에 박힐 것입니다. 그러니 무시하세요. 그 사람이 무슨 말을 했든 깊이 생각하지 마세요. 이별은 만남의 마무리일 뿐입니다. 실패한 것이 아닙니다.

실연당했다 해서 그것이 당신의 가치를 깎아내릴 수는 없습니다. 당신의 모든 것은 그대로입니다. 단지 누군가와 만나고 헤어졌다는 그 사실만 남을 뿐이지요. 아무리 한심한 이유로 헤어졌더라도 자신의 자존심을 깎아내릴 필요는 없습니다. 자기 자신까지 잃어버리는 일이니까요. 패배한

게 아니라, 오히려 이기고 있는 거예요. 잘하고 있는 거예요.

지금은 헤어진 그 사람이 보고 싶고, 그 사람이 없으면 살 수 없을 것 같겠지요. 다시는 새로운 사랑을 시작할 수 없을 거라는 생각이 들기도 합니다. 그러나 시간이 흐르고 나면, 이렇게 아픈 이별도 하나의 추억이자, 하나의 기회였음을 깨닫게 될 것입니다. 마감된 인연은 이제 그만 청산하세요. 새로이 흘러들어올 눈부시게 아름다운 새 인연을 위해 준비하세요. 절대 자책하지 마세요. 당신은 아주 소중한 존재입니다.

후회하지 마세요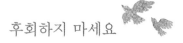

흐르는 강물은 막을 수 없습니다. 그처럼 불가항력적인 일이 세상에는 언제나 있기 마련입니다. 그리고 그것은 우리에게 반드시 찾아오고야 맙니다. 삶과 죽음, 만남과 헤어짐 역시 마찬가지입니다. 우리의 힘으로 거부할 수 없죠. 어쩌면 '우주의 법칙' 같은 것이 아닐까 싶어요. 지구가 태양 주위를 빙빙 도는 것처럼요. 아침에 태양이 떠오르는 게 싫어도, 저녁에는 또다시 지는 게 싫어도, 내 힘으로 그것을 막을 수 없는 것처럼요. 내가 어째서 태어났는지 그 이유를 캐내려 하는 것보다, 현실을 묵묵히 살아가는 것이 어쩌면 더 현명하겠죠. 언젠가는 내 육체와도 이별할 날이 올

겁니다. 우리 모두 그걸 알면서도 지금 이 순간은 웃으며, 즐겁게 지내잖아요.

기쁨, 즐거움, 사랑, 슬픔, 증오, 분노……. 감정의 종류는 실로 다양합니다. 살다보면, 즐거움과 기쁨을 느끼게 하는 일이 있는 반면, 슬픔이나 아픔을 느끼게 하는 일도 있지요. 무언가를 잘 해냈을 때 뿌듯함도 느끼지만, 과거의 일에 얽매여 죄책감을 갖거나 후회하기도 합니다. 인간이기에, 이렇게 감정의 변화를 겪는 것이 당연합니다.

자존심이 땅바닥에 곤두박질쳤나요. 나에게 이별을 통보한 사람에게 화가 나나요. 분노에 얽매이지 마세요. 이미 헤어졌다는 사실을 두고, 화를 내고 스트레스를 만들기보다는, 나에게도 책임이 있다는 것을 받아들이고, 이별의 경험으로부터 무언가를 배울 소중한 기회를 얻는 게 좋습니다.

상대에게 아픔을 주었을 때 드는 죄책감, 그것의 몸집은 점점 불어나, 마침내 나를 온통 집어삼키죠. 이별을 통보한 사람이, 통보받은 사람만큼 아파하고 힘들어하는 것을 우리는 자주 봅니다. 사랑했던 사람에게 실망과 아픔을 안기면서까지 선택한 이 결과가 정말 옳았던 걸까, 그들은 거듭 고민하며 괴로워합니다.

후회하지 마세요. 그 사람이, 혹은 당신이 이별을 해야겠다고 마음먹었다면, 거기에는 분명 그만한 이유가 있었을 테니까요. 저도 떠나보낸 사람이 간혹 보고 싶을 때가 있었습니다. '대체 내가 그 사람을 왜 떠나보낸 걸까?' 하는 생각이 들 때마다, 당시에는 그럴 만한 분명한 이유가 있었을 것이라고 생각하며 후회의 감정을 밀어내곤 했습니다. 상대를 떠나보내는 입장이었던 분들도 마찬가지입니다. 자신의 결정을 후회 없이 받아들이세요. 그리고 무조건 잘했다고 자신에게 말하세요.

두 사람이 만든 우주, 오로지 두 사람만 있던 곳, 그곳에서 일어나는 모든 일들은 두 사람이 아닌 우주의 것입니다. 내 힘으로 막을 수 없이 그저 벌어지고 마는 일입니다. 관계를 망친 것은 당신이 아니에요. 상대도 아니에요. 이별이란 두 사람이 서서히 균형을 잃어가다가 결국 한쪽으로 무너지는 것입니다. 그러니 후회할 필요도 자책할 필요도 없습니다. 삶은 한정되어있습니다. 당신이 후회하는 시간만큼 행복할 수 있는 시간이 줄어듭니다. 끊임없이 자신을 격려하세요. 괜찮다고, 잘했다고 토닥이세요.

긍정적으로

그녀는 결혼식을 앞두고 있었습니다. 예식장도 잡았고, 신혼여행지도 정했고, 청첩장도 나온 상태였습니다. 그런데 그녀는 그와 헤어졌습니다. 주변에서는 아직도 "너희들 날 잡았다고 하지 않았니?" 하고 물었습니다. 사내 커플이었던 두 사람이 헤어진 이유를 모두들 궁금해했습니다. 그럴 때마다 그녀는 어떻게 대답해야 할지 몰랐습니다.

그와는 대학생 시절에 만났습니다. 동아리에서 그녀와 그는 사랑을 키웠습니다. 그러다 그녀가 먼저 취업을 하게 되었고, 후에 그는 그녀의 회사에 입사했습니다. 그는 박식했고 능력도 있었습니다. 자상한 성격에 센스도 갖추고 있는, 정말 누가 보아도 멋진 사람이었습니다. 주변에서는 모두 그녀에게 이렇게 말했습니다. "너 남자 참 잘 만났다!"

그렇지만 그에게는 남들이 모르는, 그녀만 아는 면들이 많았습니다. 그는 예민했습니다. 또 화가 나면 그녀에게 험한 말을 했습니다. 그녀의 집안과 부모님을 욕하는 일도 있어서 여러 번 싸웠습니다. 결국 헤어졌지요.

그녀는 처음에 친구들을 만나지도 못할 정도로 힘들어했습니다. 대학 친구, 회사 동료, 그리고 주변 사람들 거의 대부분이 그녀와 그의 공통된 지인들이었습니다. 그래서 주변 사람들에게 자신의 이야기를 하는 것조차 쉽지 않았습니다. 부모님께도 죄송스러운 마음이 들었고, 그녀 자신에게 실망스럽기도 했습니다. 결혼식을 올리기로 했던 날이 되자, 그녀는 도대체 무엇을 해야 할지 몰라 혼란스러웠습니다. 그렇지만 시간이 지나자 이별의 아픔을 이겨낸 그녀는 친구에게 담담히 이야기했습니다.

"어차피 이루어질 수 없는 인연이었어. 그대로 결혼하지 않은 게 어쩌면 다행일지도 몰라. 결혼하고 서로 안 맞는다는 것을 알았으면 어쩔 뻔했어! 그 누구의 잘못도 아니었잖아, 사실. 그 사람도 그때 힘들었고, 나도 그걸 현명하게 받아주지 못했으니까. 후회는 없어. 충분히 사랑했고, 최선을 다했는데 그래도 안 됐으면 인연이 아닌 거야. 혹시라도 길에서 마주치게 되면, 목 인사 정도는 하지 않을까? 난 할 수 있을 것 같아."

지금 너무 힘들고 아파서, 이 세상에서 사라지고 싶다는 생각이 드나요? 하지만 시간이 흐르면 이 고통은 눈 녹듯 사라질 것입니다. 그 사람이 없어도 밝고 즐겁게 생활할 수 있을 것입니다. 이별하기 전의 나로, 그 사람을 만나기 전의 나로 돌아갈 수 있습니다.

사례 속 그녀도 그랬겠지요. 그녀 역시 누구 못지않게 힘든 시기를 거쳤을 것입니다. 자기 안의 상처를 바라보고 되뇌다보면 그때의 고통이 떠올라 따끔따끔할 수는 있겠지요. 하지만 그러한 과정을 통해 이별 후유증을 극복하고 한층 더 성숙해진 자신의 모습을 발견할 수 있을 것입니다. 하나의 소중한 경험을 마쳤기에 당신은 더 지혜로워지고, 더 행복할 수 있습니다.

한 시간, 하루, 한 달, 두 달……. 이렇게 시간이 지나다보면, 나의 마음속에 종일 머무르던 그 사람이 어느새 사라진 것을 알게 될 것입니다. 그토록 잊어버리고 싶을 때는 잘 되지 않더니, 모르는 사이 그 사람이 이미 잊혀졌다는 사실을 깨닫게 될 것입니다. 그때가 되면 드디어 모든 고통과 아픔에서 벗어났다는 기쁜 마음이 들겠지만, 한편으로는 약간 쓸쓸할 수도 있습니다. 허전하다든가 가슴에 구멍이 뻥 하고 뚫린 듯한 기분도 들 거고요. 그래도 받아들이세요. 나를 지배하던 마음속 그 사람이 나갔다는 증거니까요.

누군가에게는 이 시간이 빨리 올 수도 있고, 또 누군가에게는 천천히 올 수도 있습니다. 그때가 오기 전까지는 이별의 후유증을 받아들이는 수밖에 없습니다. 긍정, 희망, 치유, 이것만 생각하세요. 이별을 받아들인 그녀를 보며 저는 긍정의 여왕 같다고 생각했습니다. 하지만 다시 생각해보니 그녀가 이렇게 되기까지 얼마나 많은 아픔을 견디고 노력했을지 상상할 수 있었습니다. 이별을 인정하고 긍정적으로 받아들인 그녀의 용기에 박수를 보내고 싶습니다.

사람 만나기

먼 훗날 당신이 찾으시면
그때에 내 말이 「잊었노라」

당신이 속으로 나무라면
「무척 그리다가 잊었노라」

그래도 당신이 나무라면
「믿기지 않아서 잊었노라」

오늘도 어제도 아니 잊고
먼 훗날 그때에 「잊었노라」

김소월 〈먼 후일〉

사람은 사람으로 잊는다

군 복무 시절에 만났던 그녀에게는 신비로운 매력이 있었다.

보통 여자들처럼 구속도 하지 않았고, 질투도 하지 않았다.

그렇다고 내게 자주 연락할 것을 강요하지도 않았다.

모든 것에 약간 초연한 듯한,

어쩐지 아스라하고 서늘한 매력이 그녀에게는 있었다.

나는 심지어 그녀를 '서늘한 미녀'라고 부르기도 했다.

나는 그녀의 독특한 매력에 빠져들었다.

그녀가 나를 필요로 할 때,

나는 그녀에게 힘이 되어주고 있다는 생각이 들어 좋았다.

한 사람을 만나고, 그 사람에 대해 깊게 알게 되기까지는

더 많은 시간이 필요했던 것일까?

아니, 어쩌면 평생 알 수 없는 건지도 모르겠다.

사람의 마음이 한결같지 않다는 것을,

어쩌면 수시로 변하기도 한다는 것을 나는 그녀를 통해보았다.

그녀는 연애하기 전, 연애 중, 헤어질 즈음의 모습이 모두 달랐다.

나중에는 그녀가 변한 것인지,

그녀를 바라보는 내가 변한 것인지 혼란스러울 정도였다.

연애 초기에는 행복하기만 했다.

그녀가 정말 예뻐 보였다. 서로 가치관도 비슷하다고 생각했다.

그녀의 독특해보이는 모습마저도 크게 신경 쓰이지 않았고,

오히려 그것이 내게 매력으로 다가왔다.

그녀가 좀 유별나다는 소리를 주변에서 할 때마다

나는 오히려 우리의 관계가 운명이라고 생각했다.

유별난 그녀의 세계를 이해하는 사람은

세상에 나 하나뿐이라고 생각했으니까.

그러나 만남을 지속하다 보니,

나는 자꾸만 그녀에게서 또 다른 모습들을 발견하기 시작했다.

그녀는 우울증을 앓고 있었다.

처음에는 그녀가 내게 감정을 기대오는 것이,

내가 무언가 도울 수 있다는 것이 그저 기뻤다.

그런데 어느 순간부터 너무 힘들어졌다.

이유없이 곧잘 우울해하는 그녀를 볼 때,

그리고 그것이 점점 잦아지고 정도가 지나치게 되었을 때,

나는 매우 당황했다.

게다가 환경적으로 제약이 있는 군대라는 곳에 있다 보니,

그녀가 원할 때마다 곁에 있어주는 일조차 하기 힘들었다.

그녀는 우울감이 극에 달할 때마다 자책하고 자해했다.

물론 나는 마음이 아팠다. 사랑했지만, 더는 무리였다.

심해져만 가는 그녀의 우울감을,

그녀의 곁에서 늘 지켜줄 수 없는 현실을 나는 감당할 수 없었다.

힘들어하는 그녀를 떠났다는 죄책감이,

그녀에게 해준 것이 별로 없다는 생각이 나를 괴롭게했다.

남겨진 그녀가 걱정됐다.

한때는 운명이라고 생각했는데, 막상 헤어지는 것은 너무 쉬웠다.

인연이라는 게 너무 허무하기만 했다.

다시는 누군가에게 마음을 열 수 없을 거라고, 나는 그렇게 생각했다.

시간이 흘렀고, 나는 새로운 인연과 만났다.

새로운 그녀는 편안하게 만날 수 있는 사람이다.

그녀와 함께 있으면 부정적인 생각보다는

밝고 긍정적인 생각을 하게 된다.

가끔 그녀와 함께 있을 때마다, 괴로워하던 나를 위해

신께서 그녀를 보내주신 것은 아닐까 생각한다.

그 정도로 그녀는 내게 선물 같은 존재다.

이제야 나는 오래도록 나를 괴로움에 빠지게 했던 예전 그녀를,

완전히 잊은 것 같다.

'사람은 사람으로 잊는다'라는 말이 있습니다. 그 말이 야속하게 들리
던 때도 있었습니다. 그 사람을 아직 다 보내지도 못했는데 어떻게 다른

사람을 내 마음에 들이나 싶었지요. 그렇게 생각하다 보니, '그 사람을 다 보내는 순간이 정말 올까?' 하는 생각이 들어 마음이 혼란스럽기도 했지요. 어찌 되었든 지난 사랑을 잊고 다른 사랑을 들인다는 사실 자체가 이전 사랑에 대한 배신 같기도 하더군요.

이 사람을 잊기 위해 억지로 다른 사람을 사랑하라는 것은 아닙니다. 마음을 그렇게 쉽게 움직일 수 있겠습니까? 정말 아프고 괴로울 때, '다른 사람을 사랑하게 되면 좋겠다'라는 생각이 들면서도 마음이 따라주지 않아 더 힘들기도 합니다.

과거의 사람 때문에 다음 사람이 들어오지 못하게 문을 잠가 놓는 것은 좋지 않습니다. 떠나간 사람을 계속 마음에 담고 혼자만의 세계에 빠져있으면, 다른 사람을 바라볼 여력이 없어집니다. 다른 사람이 나를 좋아해도 별 관심이 가지 않습니다. 물론 내가 그만큼 다른 사람에게 매력을 못 느끼는 것일 수도 있어요. 하지만 과거의 사람에 대한 미련이나 생각 때문에 다른 사람에게 줄 수 있는 마음의 여유가 없는 경우도 많습니다.

'이별을 극복했다'라고 말하게 되는 순간은 분명 옵니다. 과거의 사람이 더는 생각나지 않거나, 생각해도 아프지 않고 아름답게 추억할 수 있는 순간이 바로 그것입니다. 그러나 그런 순간이 찾아와도, 옛 사랑에게서 오는 연락을 완전히 끊지 못하는 이들도 많습니다. '나는 다 잊었는데, 자꾸 전화가 오니 받지 않을 수 없었어'라는 말도 다 그 전화를 받고 싶고, 상대의 안부가 궁금하기 때문이라는 것을 모두가 알고 있지요.

이러한 행동들이 싹 사라질 수 있는 순간은 바로 더 좋은 사람을 만났을 때입니다. 새로운 사랑이 오면 사람은 자기도 모르게 과거의 사랑을 잊습니다. 그렇습니다. 과거의 연인을 끊는 것이 냉정하고 슬프기만 한 것은 아니지요. 현재의 자신이 행복하기 때문에 가능한 일입니다.

사람은 또 다른 사람으로 잊히기 마련입니다. 새로운 사람은 과거의 상처를 치유해주고, 우리가 한 단계 더 나아갈 수 있도록 도와줍니다. 새로운 미래를 함께 설계하고, 새로운 분위기, 새로운 느낌을 공유합니다. 새로운 만남을 두려워하지 마세요. 과거의 사랑은 추억으로 아름답게 남기 마련이니까요. 나를 위해서도, 새로운 사랑을 위해서도, 또 과거의 사랑을 위해서도 사람을 사람으로 잊는 것을 거부하지 마세요.

인연은 특별한 것입니다

인연은 특별합니다. 수십억 명이 살고 있는 지구에서 누군가와 관계를 맺고, 함께 살아간다는 것에는 각별한 의미가 담겨있습니다. 그중에서도 한 명의 이성을 만나 사랑의 감정을 느끼는 것은 정말 보통 인연이 아닌 것이지요. 만나고 헤어지는 동안 사랑이 강했던 만큼 행복했을 것이고, 딱 내가 주었던 사랑만큼 아픔도 느낄 것입니다.

만나는 방법도 가지각색입니다. 지인의 소개를 받기도 하고 학교, 학원, 동호회를 통해 만나기도 합니다. 그러다가 이 사람이다 느껴질 때면 연애를 거쳐 결혼을 결정하기도 하고요. 마치 천생연분인 것처럼 만났다가도, 인연이 다하여 헤어지기도 합니다. 참 재미있지요.

외로움을 느껴 다른 사람과 쉽게 관계를 맺는 사람들이 있습니다. 결혼에 대한 부담감 때문에 억지로 결혼을 선택하는 경우도 있습니다. 순간적인 감정으로 잘못된 선택을 하는 사람들도 적지 않습니다. 그렇지만 그렇게 하지 마세요. 앞서 말했듯 인간관계는 특별한 것이니까요. 내 주변에 어떠한 사람들이 존재하는가는 아주 중요한 문제입니다. 그들의 말과 행동, 수준에 따라 내 인생이 변화하기 때문입니다.

마음이 맞는 사람을 만나는 것은 원래 어렵습니다. '참 잘 만났다!' 하는 만족감은 처음 만났을 때가 아니라 오랜 시간을 함께한 뒤 찾아옵니다. 어디에서 어떻게 만났는지는 그다지 중요하지 않습니다. 두 사람이 어떻게 지내는지, 그 관계를 어떻게 마무리하는지는 오로지 두 사람이 만드는 것이니까요.

사람 간의 '연緣'이라는 것은 좋게 맺어질 수도 있고, 안 좋게 결론이 날 수도 있습니다. 이 '연'이라는 것에 너무 연연하면 힘들어집니다. 혹시 이 세상 사람들을 한 사람도 빠짐없이 모두 좋아하시나요? 그렇다면 당신은

이 세상 사람들 모두에게서 사랑받을 수 있는 사람입니다. 그러나 많은 사람들이 자기가 좋아하지도 않는 사람들을 신경 쓰며 괴로워합니다. 혹여 이 글을 읽는 당신 역시 누군가가 나를 미워하고 기억에서 지우고 있다는 사실에 마음 아파본 적은 없나요?

인맥이 아주 넓어서 마당발로 불리는 친구가 있습니다. 이 친구에게 인맥 관리 비결이 뭐냐고 물었더니 의외의 대답이 돌아왔습니다. 그것은 '가장 싫어하는 사람에게 가장 친절하게 대하는 것'이었습니다. 불편하고 싫은 사람 앞에서 그 사람을 좋아하는 '척' 해야 한다는 것이 내키지 않을 테지만, 나 자신을 위해서 다른 사람의 좋은 면만 보려고 노력해보세요. 싫어하는 사람보다 좋아하는 사람이 더 많아질 겁니다. 그렇게 되면 굳이 애쓰지 않아도 나에게는 '좋은 인연'들이 늘어나게 되겠죠.

내가 알고 있는 사람들 모두를 좋아할 수 없듯, 다른 사람들이 모두 나를 좋아할 수는 없고, 또 그럴 필요도 없습니다. 내가 좋아하는 사람을 보았을 때는 그 사람의 좋은 면이 보이게 마련이고, 내가 싫어하는 사람을 볼 때는 그 사람을 보기만 해도 짜증이 나고, 밉고 싫은 점만 보이지요. 사실 따지고 보면 대단한 사람이라서 내가 그 사람을 좋아하는 것이 아니고, 못난 사람이라서 내가 싫어하고 미워하는 것이 아니라는 걸 알게 됩니다. 나 자신이 그렇게 생각할 뿐이지요.

사랑하는 이성이든, 아끼는 친구, 혹은 동료든, 인연이라는 것은 특별하고 소중합니다. 좋아하는 사람들에게 마음을 다해 대한다면 좋은 인연을 많이 만날 수 있을 것입니다. 물론 인연이라는 것이 내 맘대로 되지는 않지요. 내가 좋아하는 사람이 나를 좋아하지 않을 수도 있으니까요. 이럴 때는 그냥 받아들이세요. 그리고 또 다른 좋은 인연에게 최선을 다하면 됩니다. 그리고 다음 인연을 위해 마음의 문을 열어두세요.

가장 친한 친구가 되어줄 사람

어떤 사람과 어떻게 사는 것이 행복한 결혼 생활일까요? 서로 어디까지 이해하고 양보해야 할까요? 서로 사랑하는 마음만 있으면 되는 걸까요? 서로 믿기만 하면 되는 걸까요? 수십 년 넘게 서로 다른 환경에서 살아왔는데 어떻게 비슷할 수가 있을까요? 어쩌다 조금 비슷할 수는 있을 테지만, 그렇다 해도 모든 것에 만족하는 것은 거의 불가능에 가까울 겁니다.

오랫동안 행복한 결혼생활을 해온 사람들을 조사했을 때, 그 비결을 묻는 질문에 가장 많았던 대답은 '젊은 시절 제일 친했던, 제일 재미있게 놀았던 친구와 결혼을 한 것'이었습니다. 또한 비교적 행복하지 못한 결혼생활을 했던 사람들에게서는 '그 사람의 과거나 현재는 신경쓰지 않았다, 강렬하게 불타는 사랑을 느꼈기 때문에 결혼을 했으나, 그런 사랑이 결혼 후에도 지속되지는 않았다'라는 대답이 많이 나왔다고 합니다.

사랑의 감정이 지속되는 기간은 3년을 채 넘기지 못한다는 연구 결과가 있습니다. 아무리 뜨겁고 진실된 사랑에 빠졌다고 해도, 남은 50년, 60년을 함께하겠다고 마음먹는 것은, 그러므로 별개의 문제일 수 있습니다. 진정으로 중요한 것은, 두 사람이 만나고 있을 때 얼마나 즐거운가, 얼마나 재미있는가 하는 것입니다. 사랑으로 맺어진 부부나 연인 사이에도 사랑이라는 감정 이외에 다른 것이 필요하다는 의미입니다.

우정이란 무엇인가요? 살다보면 대화가 통하지 않는 친구와는 점점 멀어지지요. 반면, 대화가 잘 통하는 친구와는 함께 보내는 시간이 많아지고, 사이가 더욱 탄탄해집니다. 그 이유는 바로 편안함에 있습니다. 편안함은 두 사람이 서로 속내를 털어놓도록 해주고, 두 사람 사이에 정과 신뢰가 쌓이도록 만들어줍니다.

친구든 이성 관계든 사람 관계는 모두 똑같습니다. 친밀한 사이끼리는 서로가 잘 되도록 응원합니다. 또 마음을 다해 믿어주고, 지지해주고 싶어합니다. 친구뿐 아니라 연인 간에도 무한한 신뢰와 의리가 필요합니다. 서로 힘든 일을 함께 견디고, 서로 격려하고, 서로의 편이 되어주는 관계가 가장 바람직합니다. 그래서 가장 친한 친구가 될 수 있는 사람을 만나야 합니다.

반면, 사랑하는 감정 하나만으로 연애를 하는 커플도 많습니다. 물론 이성 간의 끌림으로 시작하더라도 강한 믿음이 형성될 수도 있습니다. 하지만 그러한 믿음 없이 오직 두근거리는 설렘과 이성에 대한 환상 때문에 만난다면, 설렘이 없어지는 시점은 언젠가 올 것이고, 그때가 오면 두 사람은 대화가 통하지 않고, 서운함만 쌓여가는 관계가 됩니다.

얼굴, 몸매, 조건, 환상에 끌려 시작하고 그것만으로 지속되는 만남은 오래가기 어렵습니다. 우정으로 관계를 지속시켜나갈 사람을 찾으세요. 그런 사람이 바로 정답일 겁니다.

그와 그녀, 20人의 실제 이야기

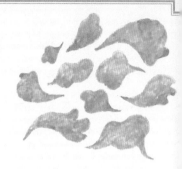

사랑해본 자의 생활은 지옥일 거야
환멸은 계속되는 사랑일 거야
믿음은 열어도 나갈 수 없는 바깥일 거야

정한아 〈이웃 사랑의 위생 관념〉 중에서

 여자들의 이야기

이야기 하나 💬

정말 사랑했던 사람과 얼마 전에 헤어졌어요. 첫사랑이었죠.

평생 함께할 거라고 믿었는데, 그건 나만의 생각이었나 봐요.

전 일방적으로 차였어요.

3년 가까이 만남을 지속했어요.

그런데 이상하게 3개월 전부터 자꾸만 싸우게 됐어요.

그러는 과정에서 그 사람 말에 상처도 많이 받았고,

아무튼 너무 힘든 시간들이었어요.

그에게 사랑받을 때는

세상에서 제가 가장 예쁘고 행복한 여자라는 생각이 들었어요.

그런데 나중에는 자꾸만 스스로를 몰아세우는 나,

세상에서 제일 못난 여자라고 스스로를 힐난하는 나만 남았더라고요.

그가 정말 미웠어요. 하지만 헤어지고 싶었던 건 아니었어요.

그에게 자꾸만 헤어지자고 했던 제가 참 미워지네요.

싸우고 화해하는 것을 반복했어요.

그러면서 마음속에 저도 모르는 앙금이 계속 쌓이고 있었나 봐요.

헤어지자는 말을 자꾸 꺼내다 보니, 생각도 자연히 말을 따라갔어요.

'어쩌면 이 사람과 인연이 아닐지도 몰라' 이렇게 말이에요.

제가 필요할 때 옆에 있어주지 않았던 그 사람,

그런 그에게 차인 후 너무 힘들었어요.

회사 동료들과 친구들의 응원으로 저는 힘을 낼 수 있었고,

이제는 제가 그때 왜 그런 사람을 만났는지,

그런 사람 때문에 왜 마음고생을 했는지 이해가 되지 않을 정도예요.

지금은 어떠냐고요? 당연히 괜찮죠.

이야기 둘 💬

한동안은 시간이 어떻게 가는 줄 몰랐어요.

이별 후 저는 너무나 아파했죠.

회사도 그만두고 거의 1년 동안 방안에 틀어박혀

드라마나 영화, 만화를 보면서 시간을 보냈어요.

친구도 거의 만나지 않았고 SNS에도 우울한 얘기들만 올렸죠.

그때로부터 1년이 지난 지금, 제가 왜 그랬나 싶어요.

슬퍼해봤자 달라지는 것은 아무것도 없잖아요.

감정만 소모한 것 같아요. 시간도 낭비한 것 같고요.

어쨌든 돌이킬 수 없는 일이잖아요.

그냥 시간을 흘려보냈다는 것, 그게 너무나 아깝고 후회가 돼요.

이야기 셋 💬

그와는 헤어졌다 다시 사귀기를 여러 번 반복했죠.

저는 그를 정말 많이 사랑했어요. 그렇지만 결국 이별하게 되었죠.

아무 영향이 없는 듯했지만,

이별과 재회를 반복할 때마다 조금씩 지쳐가고 있었나 봐요.

그와 헤어진 지도 4년이 지났어요.

저는 그동안 짧은 연애를 몇 번 거쳤어요.

그리고 현재의 연인을 만났죠. 이번엔 진짜라는 생각이 들어요.

진짜 사랑 말이에요.

절대 다시 사랑할 수 없을 거라고 생각했었는데,

그토록 힘들어했었는데, 결국은 시간이 다 해결해주네요.

이야기 넷 💬

그와 이별하고 나서요? 힘들었지요. 많이 울었고 술도 많이 마셨어요.

술 때문에 몸도 좋지 않아졌고,

'무슨 여자애가 술을 그렇게 많이 먹냐'라는 부모님의 질책에도

매일매일 술이었어요.

계속 연락을 이어가는 게 저에게 좋지 않다는 걸 알고 있어요.

그러면서도 저는 그에게서 오는 연락을

아직도 완전히 끊어내지 못했어요.

지금도 저를 잊지 못한다며 계속 연락하는 그에게 휘둘리고 있습니다.

이제 절대 그러지 않을 거예요.

그래서 집중할 만한 다른 것을 찾고 있어요.

요즘 커피에 대해 공부하기 시작했어요.

이제 자연스럽게 잊을 수 있겠죠?

이야기 다섯 🗨

얼마 전에 이별했어요. 그날은 너무 슬퍼서 밤새 걷기만 했죠.

걷는데 처음에는 계속 눈물이 나더라고요.

그런데 걷고, 또 걷다 보니까

방 안에 웅크려서 우는 것보다는 훨씬 낫다는 생각이 들었어요.

제가 얼마나 걸었는지 모르겠어요.

다음 날 병원 신세를 졌을 정도니, 어지간히도 많이 걸었겠죠.

그런데요, 몸이 아픈 것보다도 마음이 훨씬 아팠어요.

나를 가장 많이 아프게 했던 건, 이별하던 날의 제 모습이었어요.

화내고, 짜증내고, 그에게 상처를 주고…….

그날 그 사람 앞에서 제가 얼마나 추해보였을까요.

좋은 사람으로 기억되길 원했어요. 그런데 그런 모습이라니…….

그래서 스스로에게 더욱 떳떳할 수 없었나 봅니다.

어느 순간부터는 스스로를 돌아보고

그때의 내 모습을 자연스럽게 받아들이기 시작했어요.

시간이 더 지나면, 예전의 나로 완전히 돌아올 수 있겠죠?

쉽지는 않겠죠. 하지만 극복할 수 있을 거예요.

저에게 이런 경험을 하게 해준, 크게 성장하게 해준,

그 사람이 이제는 고마울 정도예요.

이야기 여섯 💬

이별요? 정말 힘들었죠.

이별을 극복하는 데 도움이 된다고 하는 건 다 해봤던 것 같아요.

그의 연락처도 지우고, 책도 많이 읽고, 음악도 많이 듣고,

운동도 시작했죠. 제일 좋은 방법을 찾아냈어요.

허무하게도 그건, '웃는 것'이었어요.

제 이별이 별로 힘들지 않았을 것 같나요?

아뇨, 절대 그렇지 않았어요.

너무 괴로워서 잠시도 가만히 앉아있을 수가 없을 정도였어요.

가만히 있으면 자꾸 생각이 났고, 뭘 해도 눈물이 났어요.

억지로라도 웃지 않으면 정말 안 될 것 같아서,

정말 말 그대로 살기 위해서, 개그 프로그램을 보기 시작했어요.

억지로 웃는 것인데도, 나중에는 제가 정말로 웃고 있더라고요.

웃음이 터져나오는 순간은 아주 잠시였지만,

그래도 웃을 수 있다는 것은 다행이었고, 제게 찾아온 큰 변화였죠.

'행복해서 웃는 게 아니라 웃으니까 행복한 거다'라고

누가 그랬던가요? 세상에는 재미있는 것들이 참 많더라고요.

그 덕에 내가 이렇게 웃을 수 있다고,

웃을 수 있으니 그다지 힘들지 않다고, 이렇게 생각하게 됐어요.

이야기 일곱 💬

이제 헤어진 지 6개월째입니다.

한번에 이별을 받아들이지 못하고 그에게 두 달 동안이나 매달렸어요.

알아요, 찌질했죠. 그렇지만 오히려 충분히 매달렸기 때문에

후회는 더 없는 것 같아요.

저 스스로 이별을 받아들였다고 생각하게 된 게

이제 겨우 한 달 남짓입니다.

처음에는 매달리고 울며 정말 많이 힘들어했습니다.

왜 이런 힘든 일이 나에게만 일어나는 걸까 생각했어요.

모든 것이 제 잘못 같았어요.

절대 연락하지 말라는 친구들의 조언을 뒤로하고,

저는 하고 싶은 대로 했습니다.

그의 집 앞에서 무작정 기다려보고, 울고, 매달리고,

일하는 곳에 몰래 찾아가기도 했어요.

혹시라도 그의 마음을 돌릴 수 있지 않을까 하는 생각에

매일 긴장했고, 불면증과 거식증에 시달렸어요.

그래도 그는 돌아오지 않았어요. 처음에는 야속한 마음도 컸어요.

하지만 확실히 마무리 지어준 그 사람이 나중에는 고마워지더라고요.

무슨 노력을 해도 그가 돌아오지 않는다는 사실을 깨달았을 때,

그때서야 그와의 모든 관계를 끊어버릴 수 있었어요.

SNS를 탈퇴했고, 전화번호, 사진, 동영상 전부 다 삭제했어요.

처음에는 그를 완전히 지워버리는 것 같아서 마음이 타들어갔지요.

하지만 그런 기록들을 계속 가지고 있으려니까

나중에는 그것 때문에 더 힘들더라고요.

스스로를 바늘로 콕콕 찌르는 것 같은 느낌이랄까요?

결국 그동안 하고 싶었던 모든 말들을 담아 그에게 메시지를 보냈어요.

그것을 끝으로 인연을 확실히 마무리 지었죠.

하루하루 시간이 지나니, 마음 정리도 조금씩 되는 것 같고,

할 만큼 해봤기 때문에 더 쉽게 미련을 버릴 수 있었던 것 같아요.

이야기 여덟 💬

그 사람을 만난 게 봄이었는데, 우리는 겨울이 다 되어 헤어졌어요.

그와 함께했던 봄과 여름은 정말 따스하고 행복했어요.

조금씩 다툼이 시작되던 가을과 겨울에는

시리도록 외로웠고 아팠습니다.

그와의 갑작스러운 이별을 받아들이지 못하고

매일 울다 보니 어느새 한 달이 지났고 새해가 밝았습니다.

새해가 밝으니 조금씩 정신이 들더군요.

더는 그와 만날 수 없다는 것을,

이제는 정말 떠나보내야 한다는 것을 사무치게 깨달았습니다.

겪어보신 분들은 이런 느낌, 다 아실 거예요.

아픈 손가락을 달고 사는 것보다 떼어내는 것이 더 낫다는 사실,

인정하기가 얼마나 어려웠는지 몰라요.

결국은 헤어졌지만, 그는 참 좋은 사람이었어요.

1년간의 짧은 사랑을 마치며,

그 시간을 저만의 소중한 추억으로 남기려고 해요.

지우려고 해도 지워지지 않던 그 기억을

이제는 젊은 날의 아름다웠던 추억으로 남겨놓으리라 다짐했어요.

저는 그와 처음 만났던 날부터

마지막 날까지의 기록들을 메모로 남겼어요.

소소한 일상 이야기들, 재미있었던 일,

툭탁툭탁 싸웠던 일까지도 말이죠.

그때그때의 일들을 떠올리며 미소 짓다가, 눈물이 나기도 했지만,

다 쓰고 나서야 우리가 얼마나 서로 사랑했었는지 느끼게 되었어요.

추억이 담긴 많은 물건들과 편지들,

그리고 사진들도 버리지 않고 박스에 모아

비밀 서랍 속에 깊숙이 넣어두었습니다.

그렇게 정리를 하고 보니, 이제야 나 자신이 보이더라고요.

잊히지 않을 것만 같았던 그와의 추억은 '나의 기억'이 되었고,

흘러간 시간은 '나의 시간'이 되어버렸어요.

몸에서 멀어지면 마음에서도 멀어진다는 말이 맞나 봐요.

어느새 저는 저 자신을 생각하고 있더란 말이죠.

난 이제껏 뭘 했지? 벌써 이십대 중반인데,

내 인생을 위해 무엇을 준비했지?

과거의 기억들을 다 정리하고 나서는

저의 목표를 적어나가기 시작했어요.

그 사람 말고도 내가 신경 써야 할 일들이 이렇게 많다니,

하고 놀라면서 말이죠. 자격증도 따야 하고,

책도 읽어야 하고, 면접 준비도 해야 하더라고요.

사랑에 대한 책도 좋았지만,

자기계발서는 저에게 더 큰 힘을 주었어요.

헤어지고 힘들어해봤자 아무것도 달라지지 않았어요.

마음을 다잡고 얼른 자기 자신을 위한 시간을 가져야 해요!

저는 열심히 잘 살고 있어요.

이제는 밥도 잘 먹고, 잠도 잘 자고,

무엇보다 정말 열심히, 살고 있습니다.

5년여의 기나긴 연애가 10분 정도 나눈 문자로 끝이 나버렸어요.

참 허무했습니다. 그렇게도 소중했던 사랑이었는데,

무너지는 것은 한순간이더라고요.

만난 기간이 길어서인지, 이별하고 나서는

주변에서 하는 말이 하나도 들리지 않았어요.

시간이 약이라고는 하던데 저한테는 그 약발이 언제 오는 것인지⋯⋯.

헤어지고 나서 일주일은 정말 아무것도 할 수가 없었어요.

매일 울기만 하고 밥도 제대로 못 먹었지요.

그런데 2주일이 지나고 3주일이 지나니,

조금씩 눈앞의 현실이 보이기 시작하더라고요.

마음을 그토록 아프게 만들었던 것은,

그가 이별할 때 했던 말들이었어요.

그 사람은 자기 자신도 감당하는 것이 어렵다며,

저까지 챙기기는 힘들다고 했지요.

앞으로 꿈을 위해 준비할 것들이 많은데, 제가 거치적거린다고 말이죠.

그는 그렇게 '내가 짐밖에 안 되는 사람인가'라는

마음을 갖게 하고는 사라졌어요.

쿨하게 헤어지고 싶었지만, 그럴 수 없었어요.

그 사람의 SNS를 종류별로 돌아다니며

글과 사진이 바뀔 때마다 각종 의미를 부여하곤 했지요.

'아픔'이라는 프로필 문구를 보면

'그래, 그는 나를 떠나서 지금 아픈 거야. 나랑 헤어진 것을 후회하고

다시 나에게 연락을 할 거야'라고 괜한 기대를 했어요.

'새로운 시작'이라는 프로필 문구를 보면

'혹시 새로운 여자가 생긴 걸까? 나를 완전히 잊어버리고

이제 새로운 시작을 하려는 걸까?' 하는 생각으로 밤을 지새웠어요.

시간이 약이라는 말, 저는 이 말이 너무 싫었어요.

아파 죽겠는데 무작정 시간이 흐르기만을 기다리라는 말은

참 무책임하다고 생각했어요. 그런데 한 달 정도 지나고 나니

왜 다들 시간이 약이라고 했는지 알겠더라고요.

그 사람 생각을 1분, 2분 안 하게 되더니,

어느새 그를 떠올리지 않는 시간이

한 시간, 두 시간으로 늘면서 조금씩 웃음도 되찾았어요.

업무에도 다시 집중할 수 있게 되었고요.

생각이 날 때마다 괴로운 것은 어쩔 수 없지만

분명한 건 아픔의 크기가 조금씩 줄어들더라는 거예요.

견디세요, 지금도 시간은 가고 있으니까요.

이야기 열 💬

이제는 울고 싶다고 해서 소리 내어 울지 않으려고요.

이별하고 나서는 저 자신이 정말 초라하고 쓸쓸하게 느껴졌지요.

제가 너무 우울해하고 늘 기운 없는 모습을 보이니,

주변 사람들은 제 비위를 맞추기 바빴고, 저 때문에 항상 쩔쩔맸어요.

어느 날 이런 생각이 들더라고요,

'아, 나 하나 아픈 것 때문에 사랑하는 부모님, 친구들,

직장 동료들도 힘들어지는구나.'

저에게 힘이 되어주기 위해 애쓰는 주변 사람들을 위해서라도

제자리로 돌아와야만 했어요.

힘을 내기 위해 영어학원도 등록하고,

책도 많이 읽고, 머리도 잘랐지요.

다음 주부터는 소개팅도 해요. 이제 정말로 새롭게 시작하는 것이죠.

때늦은 후회를 할 때도 있지만, 그에게 아낌없이 주었으니,

더 빨리 극복할 수 있지 않았나 싶어요.

이제 저는 정말로 새 출발을 하고 있어요.

 남자들의 이야기

이야기 열하나

정말 죽을 것 같아요. 어떻게 하면 극복할 수 있는지 좀 알려주세요.

너무 괴로워요. 그녀가 보고 싶어서 하루도 살 수가 없어요.

힘들던 차에 이별한 사람들이 모인 인터넷 카페를 찾아 들어갔지요.

거기서 사람들의 또 다른 이야기들을 읽으니

조금은 위안이 되는 것 같기도 하네요.

그래도 저는 아직 멀었나 봐요.

시간이 지나면 괜찮아진다던데, 도대체 그게 언제일까요?

너무 힘들지만, 저도 카페에 글을 올리고,

사람들의 글에 댓글을 달면서 어떻게든 이겨내려고 합니다.

잘할 수 있겠지요? 응원해주세요.

이야기 열둘 💬

그녀는 저의 첫사랑이었어요.

다정한 그녀가 저는 정말 좋았고,

우리는 친구처럼 연인처럼 서로 애정을 키워나갔습니다.

저는 처음이라 아무것도 모른 채

'이런 게 사랑이구나' 하고 만났던 것 같아요.

그런데 어느 날 그녀가 저에게 헤어지자고 했어요.

제가 여자를 너무 모른다면서 말이죠.

사실 제가 뭘 모르는지조차 몰랐죠.

저는 그저 이별을 받아들일 수밖에 없었어요.

첫사랑, 그것이 달콤했던 만큼 이별은 엄청난 충격으로 다가왔어요.

단 두 달의 만남이었죠. 헤어지고 나서 한 달 동안 울었어요.

그리고 1년 동안은 아침에 눈 뜨면

제일 먼저 생각나는 사람이 그녀였지요.

그때는 이별을 극복하는 특별한 방법이 없었어요.

그냥 모든 마음의 고통을 온몸으로 받아냈어요.

7년이 지난 지금, 상처가 더는 아프지 않아요.

그런데 가끔 흉터는 눈에 보이네요.

좀 더 현명하게 대처할 수도 있었을 텐데 말이죠.

이야기 열셋

그녀는 문자 하나로 이별을 통보했어요.

그리고는 곧바로 다른 남자를 만나는 것 같았습니다.

하루 종일 울었어요. 정말 많이 힘들었습니다.

정신적으로 너무 힘들다 보니, 몸에도 증상이 나타나는 것 같았어요.

몸살이 심하게 걸려 병원에 입원하게 됐거든요.

병원 침대에 누워 그녀의 SNS를 보고 있었죠.

그녀가 새로운 남자친구와 찍은 사진이 있었어요.

'이제는 정말 내가 어쩔 수 없구나, 이제는 정말 인연이 아니구나'

저는 깨달았죠. 그리고 그녀가 행복하기를,

진심으로 바랐습니다. 이제는 헤어진 지 1년 정도 되었네요.

몸도 어서 회복하고 새로운 인생을 좀 살아봐야 할 것 같습니다.

저도 이제 행복해져야죠. 꼭 그렇게 될 거에요.

이야기 열넷 🗿

한 달 동안 그녀를 붙잡았어요.

그녀는 꿈쩍도 하질 않네요. 죽을 것 같았습니다.

이렇게 잡으면 돌아올 줄 알았는데,

그녀의 가장 냉정한 모습을 매일 보고 있습니다.

그녀는 참, 냉정하네요.

내가 싫다며 떠난 사람이니 욕이나 실컷 하고 보낼 거에요.

내일부터는 운동도 좀 하고, 소개팅도 하면서 제 삶을 살아야겠어요.

그녀는 잘만 살고 있는데, 힘든 건 저뿐이더라고요.

누군가 이런 조언을 하더군요.

'헤어진 사람이 쪼그려 앉아서 대변보는 모습을 상상해보라'라고.

그 말이 갑자기 생각이 나서 상상해보니,

나도 모르게 웃음이 나오더군요.

여러분도 꼭 한번 해보세요.

정말 도움이 되더라니까요?

이야기 열다섯 🗿

친구들 말이, 제가 정말 미친 줄 알았대요.

정말 깊이 사랑했던 그녀에게서 이별 통보를 받고 나서는

저 자신이 세상에 존재한다는 것 자체가 고통으로 느껴졌어요.

거짓말 같다고요?

정말입니다. 나를 포기해가면서까지 사랑했는데,

그런 사랑도 순식간에 없어진다는 것을 깨달아버린 거죠.

정말 존재의 이유를 잃어버립니다.

아무것도 할 수가 없었고,

수면제를 먹어야 겨우 잠이 들곤 했어요. 밥도 잘 먹지 않았죠.

그러다 몸에 무리가 왔고 결국 응급실도 다녀왔어요.

힘이 들어서 점을 보러 가기도 했어요.

지푸라기라도 잡고 싶었죠.

'그녀를 다시 만날 수 있을까요?'라고 질문을 했더니

점쟁이가 인연을 다시 붙여주는 굿을 할 수도 있다고 하더라고요.

지금 생각해보면 정말 바보 같은 행동이지만,

저는 200만 원을 들여서 굿을 했습니다.

그녀의 세컨드라도 될 수 있다면, 하고 생각했죠.

그렇게라도 그녀 옆에 있고 싶었어요.

그녀가 하자는 대로 다 해줄 수 있었어요.

그녀가 죽으라면 죽는 시늉이라도 할 수 있었어요.

'굿도 했으니, 이제 효과가 나겠지?' 하는 생각에

그녀에게 문자를 보냈습니다. 10통이나요.

저의 마음을 가득 담아서 보냈죠.

마지막에는 협박조로 보내기도 했습니다.

'이 문자에 답장 안 하면 오늘 정말 약 먹고 죽어버릴 거다'

10통의 문자에 딱 1통의 답장을 받았습니다.

'짜증 나니까 그만해라' 문자를 보는 순간 하하, 웃어버렸어요.

절대 되돌릴 수 없는 인연이라는 것을 새삼 깨달았어요.

이제는 모두 옛날 일이죠.

그때는 혈기왕성한 시절이었기에 그렇게까지 할 수 있었어요.

오히려 그렇게 많이 사랑했기 때문에 후회도 남지 않는 것 같아요.

이야기 열여섯

정말 오래도록 함께하고 싶었던 친구였어요.

이 사람을 영영 잃은 것만 같아 마음이 정말 아픕니다.

사귀지 말 걸, 좋아하지 말 걸, 그냥 친구로 지낼걸.

서로의 인생에서 절대 떨어질 수 없는 소중한 친구 사이였는데.

우리의 관계를 제가 다 망쳐버린 것만 같아서 가슴이 아파요.

짧은 연인 사이를 건너, 이제는 남이 되다니…….

이제 그녀는 나와 상관없어야 하는 사람입니다.

혹시 우리가 인연이라면, 어떻게든 다시 만나겠지요.

이야기 열일곱

그녀와는 3년 사귀고 헤어졌어요.

3년 전 다른 사람과 사귀다 헤어지고

이 친구와는 대학교에서 만났어요.

사귀면서 거의 싸워본 적도 없이 먹는 것, 노는 것

모두 취향이 비슷해서 정말 행복했어요.

서로 가정사도 거의 다 알고 지냈고,

취직 준비도 같이 하며 시간을 보냈지요.

그렇지만 시간이 지나면서 조금씩 변하더라고요.

저도 변했고, 그녀도 변했어요.

그녀가 헤어지자고 말했고, 저는 붙잡았어요.

다시 만났지만 상황은 나아지지 않았고, 결국 우리는 이별했습니다.

3년이라는 시간에 아무 의미도 없었나, 하는 생각에

가슴이 답답해졌어요.

그래도 그녀가 한 번쯤은 저를 잡아주지 않을까 하고

하루하루를 보냈지요. 하지만 제 마음만 더 아파지더라고요.

헤어진 날부터 매일 술을 마셨어요.

소주 두 병밖에 못 마시던 제가 어느새 세 병, 네 병을 비우고는

괴로워하고 있더군요.

마지막으로 그녀를 만나서 이별을 이야기하면

마음이 좀 나아질 것 같았습니다.

조르고 졸라서 커피숍에서 만나 이야기를 하였습니다.

제 앞에서 너무도 차가운 그녀 앞에서

편지와 작은 선물을 쥐여주고 고마웠다고

행복하게 지내라고 말하고 나왔어요.

괜히 만났다는 생각이 들었어요.

마음이 좀 나아질 줄 알았는데 오히려 더 많이 아프더라고요.

그 이후 완전히 폐인으로 살았어요.

일도 그만두고 한 달 넘게 매일 술을 마셨어요.

친구를 만나서 마실 때도 있었지만, 혼자서도 마시고,

우울증이 정말 심할 때는

괴로움에 욱해서 자살을 하려고 생각했던 적도 있었어요.

불면증이 심해서 많이 자도 3~4시간밖에 자지 못했어요.

도저히 고통을 이겨낼 수가 없었어요.

혼자서는 안 되겠다 싶어서 블로그에 글을 올리며

모르는 사람들과 제 감정을 공유하기 시작했어요.

일이고 뭐고 아무것도 하지 않고 말이죠.

그렇게 한 달 넘게 시간을 보냈지요. 그 안에서 여러 인연들을

만날 수 있었고, 서로가 정말 큰 힘이 되었어요. 정말로요.

이제는 잊을 수 있겠어요. 조금은요.

이야기 열여덟

'헤어져야 사랑을 안다' 이런 노래 가사가 떠오르네요.

이렇게 마음이 많이 아픈 걸 보니,

그녀를 많이 사랑하긴 했구나 하는 생각이 들어요.

쓸쓸함, 두려움, 먹먹함, 분노, 후회, 슬픔, 아쉬움, 그리움 등

모든 감정들이 뒤섞여 제 마음을 괴롭히네요.

다 모아서 갖다버리고 싶은데,

털어낼수록 더 가까이 붙어서 저를 괴롭히네요.

이별이란 게 잃는 과정이라고 생각했는데, 얻게 되는 것도 있더라고요.

그와 함께하는 동안 보지 못했던 부분들을 많이 알게 되었어요.

세상에 나를 아껴주는 사람이 이렇게나 많았구나.

내가 해야 할 것들이 이렇게도 많았구나.

내가 이렇게 소중한 사랑을 했구나.

감정이란 게 이렇게 수시로 바뀌는 것이구나.

만나는 동안 서로를 정말로 사랑하는지 많이 의심했어요.

헤어지고 나니까 그 의심 너머의 진심을 알게 되더라고요.

연애가 서툴렀지만 서로 정말 사랑했었구나.

부족한 사랑을 인정하고 나서야 이별을 인정하게 되었어요.

주변 사람들에게 이별을 극복하는 방법을 물어보기도 했어요.

하지만 누구에게도 정답은 없었어요.

내가 사랑했던 만큼, 딱 그만큼 아픈 것 같아요.

지금의 아픔도, 그녀가 준 소중한 선물이라고 생각해요.

다시는 느껴보지 못할 감정일 수도 있잖아요.

나중에 다시 꺼내보았을 때 모든 게 아름다운 추억이 되겠지요.

이젠 정말 이별이에요. 안녕.

이야기 열아홉

이제는 다 사라졌어요.

'굿모닝! 오늘 하루도 파이팅!', '피곤하지? 내 사랑을 받아라!'

'네가 세상에서 제일 좋아. 사랑해.'

매일 주고받던 문자들. 그녀의 재잘대던 목소리.

이제는 아무것도 남지 않았습니다.

슬퍼하는 것 말고는 할 수 있는 게 없네요.

그녀는 잘 지내고 있겠지요?

언젠가 지나가다가 다시 한 번쯤은 마주칠 날이 있겠지요?

그날을 생각하면서 좀 더 멋있어져야겠습니다.

그녀와 다시 만났을 때 저와의 이별을 후회하도록 말이죠.

이야기 스물 🌰

헤어진 후엔 온통 그녀 생각뿐이었습니다.

아침에 눈을 뜨고 나서부터 잠드는 순간까지

그녀와의 기억은 지워지지 않았지요.

마치 그녀가 귀신이 되어 매 순간 저를 괴롭히는 것만 같았습니다.

그녀를 떠올리는 것이 너무나 괴로운데,

왜 자꾸 머릿속에서라도 그녀를 보고 싶은 걸까요?

너무 힘들던 어느 날, 친한 친구 한 놈을 불렀습니다.

'술 한잔 할까?' 조용한 선술집에 들어가 한 잔 두 잔 기울였지요.

'정말 미안한데, 바보 같지만 내 얘기 좀 들어줘.'

저는 그날 친구 앞에서 그녀와의 수많은 추억들과

나의 감정들을 털어놓았습니다.

그리고 헤어진 제 여자친구 이야기를 해달라고 친구에게 부탁을 했죠.

친구는 그녀를 만나는 동안 내가 어떤 모습이었는지,

친구가 바라보는 그녀는 얼마나 예쁜 사람이었는지,

우리 커플은 얼마나 잘 어울렸는지 등 여러 가지 이야기를 했습니다.

그날 나는 참으로 무의미한 이야기들을 했습니다.

어찌 된 영문인지 속은 참 시원했습니다.

친구에게 정말 고마웠습니다.

친구야, 나중에 네가 힘들 때 언제든 찾아와.

내가 5시간이든 10시간이든 네가 꼭 하고 싶었던 말들 들어줄게.

3부

행복하기

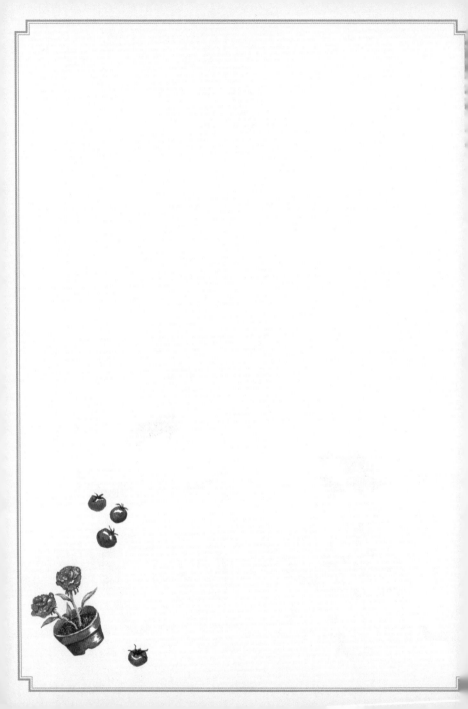

혼자여도 멋있게

겨울의 첫 입김이 흩어지고 있었다
언젠가의 네 이름이 생각나지 않았다

이제니 〈어둠과 구름〉 중에서

당신의 가치는 그대로

이별 후에 생긴 상처를 방치한다면? 치유하는 법조차 모른다면? 그러면 어떤 일이 일어날까요? 우리의 미래는 현재 집중하고 있는 것이 무엇인지에 달려있습니다. 외로움, 쓸쓸함, 고통, 원망 같은 감정에 집중할수록 더욱 부정적인 감정에 갇히게 됩니다. 오랫동안 부정적인 감정에서 빠져나오지 못한 나머지, 폐인이 되거나 스스로 삶을 마감하는 등 극단적인 선택을 하는 사람들도 있습니다.

지난 일에만 얽매이면, 예전의 좋지 않은 경험을 계속 생각하게 됩니다. 해결할 수 없을 일을 후회하고 자책하면, 괴로움이 쌓입니다. 하지만 긍정적인 시선으로 상처를 치료하고자 한다면, 그 상처는 반드시 나을 수 있습니다. 누군가를 만나기 전, 당신은 혼자였습니다. 지금은 함께였던 그때보다 더 외로울지도 모르겠네요. 하지만 친구들을 만나거나 취미생활을 하면서 충분히 재미있고 즐겁게 살아갈 수 있습니다. 모든 것은 시간이 지남에 따라 변화하게 되어있지요. 마찬가지로 '아주 약간의' 변화를 맞은 당신의 상황을 받아들이고, 스스로 '변화'할 준비를 갖추어야 합니다.

당신의 마음이 아무리 짓밟혔더라도, 아무리 상처를 받았더라도, 당신의 가치가 변하지는 않았습니다. 어느 강연 이야기를 한번 해볼까요. 강연 도중, 강사는 10만 원권 수표를 꺼내더니 그것을 구기고 밟았습니다. 그리고 너덜너덜해지고 더러워진 수표를 집어들고 강연을 듣는 사람들에게 물었습니다, 갖고 싶은가요? 사람들은 대부분 수표를 갖고 싶어했습니다. 10만 원은 더러워져도 그 가치가 떨어지지 않습니다. 사람도 마찬가지입니다. 상황이 어떻게 바뀌든, 그 사람이 가진 본연의 가치는 변하지 않습니다.

자존심이 많이 상해서, 상처받았다는 생각이 들어서, 스스로 초라하다고 느끼셨나요? 주변의 다른 사람을 보세요. 내 가치와는 비교도 안 될 정도로 그들의 가치가 높게 느껴지시나요? 당신의 가치는 다른 사람에 의해 만들어지지 않습니다. 누군가가 당신에게 하는 말이나 행동에 따라 당신의 가치가 좌우되지는 않습니다. 당신의 가치는 오로지 당신만이 만들 수 있습니다.

"나는 당신을 너무 사랑했어. 그래서 내 인생, 내 종교까지 걸었어. 당신과 잘 되면 내 인생도 잘 되는 거고, 당신과 잘 안 되면 내 종교도 의미가 없어져. 나는 항상 뭐든 잘 결정해왔어. 난 당신을 선택했고 사랑했어. 그러니 당신과 헤어진다면 나는 나 자신의 판단력을 믿지 못하게 될 거야."

어리석은 이야기입니다. 당신은 원래부터 열심히 살았던 사람이고, 성실하게 종교 생활을 해왔던 사람이고, 항상 이성적으로 의사결정을 해왔던 사람입니다. 사랑을 탓하지 마세요. 당신 본래의 가치를 잃지도 마세요. 사랑 때문에 당신의 가치가 낮아지는 일은, 당신이 소중하게 지켜온 믿음을 포기하는 일은 결코 없어야 합니다. 아니면 혹시, 사랑 탓을 하고 있는 건 아닌가요?

못난 사랑을 했다고 해서, 부끄러운 이별을 했다고 해서 우리의 가치는 낮아지지 않습니다. 오히려 이러한 고통의 씨앗들이 사람을 더욱 성숙하게 만들어주기 때문에 당신의 가치는 훨씬 더 높아집니다. 그러니 지금만큼은 당신 자신에게 오히려 관대해져도 됩니다.

저에게도 이런 일이 있었죠. 아침부터 머리카락 하나가 삐죽 삐져나와 있는 거예요. 전 하루 종일 신경이 쓰여서 머리를 만지작거렸어요. 그런데 다른 사람들은 아예 모르더군요. 오히려 "오늘 머리 잘 됐네?" 하고 말을 건네더라고요. 사람이 가진 가치도 그렇지 않을까요? 가치가 낮아진 것 같다고, 혼자서 계속 신경 쓸 뿐이라는 거죠. 그러니 괜한 걱정하지 마세요.

당신은 예전처럼 아름답습니다. 이별을 했든, 하지 않았든 말이에요. 그리고 이별을 통해 당신은 더 성숙해질 것이고 더 아름다워질 것입니다. 지금의 나 자신을 받아들이세요. 이제는 새로운 출발을 해야 할 때입니다.

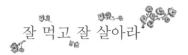

잘 먹고 잘 살아라

이별하니 아프죠? 이별 후에는 많은 사람들이 매일같이 술을 마시고 밥은 잘 먹지도 않으면서 자신의 몸을 망가뜨립니다. 몸이 아프다고 마음이 덜 아픈 건 아닐 텐데 말이죠. 저도 그랬습니다. 그래서 그들의 심정이 어떤지 이해할 수 있습니다. 생각이 많아지면 마음이 너무 아파서, 아무런 생각도 나지 않을 정도로 몸을 괴롭혔습니다.

술에 잔뜩 취해보기도 하고, 일부러 밤을 샌 뒤 다음 날은 하루 종일 자기도 했습니다. 밥도 목으로 잘 넘어가지 않았어요. 일부러 밥을 먹지 않았더니 피골이 상접했습니다. 얼굴에 마치 '저 무슨 일 있어요'라고 써 붙

이고 다니는 것처럼요. 피우지도 않는 담배에 손을 대고 일부러 하루에 한 갑을 꼬박꼬박 태우며 골초가 되기도 했습니다. 음악이 시끄럽고 파티 분위기인 클럽에 가서 정신 나간 사람인 양 휘청휘청 돌아다니기도 했지요.

달라진 것은 아무것도 없었습니다. 오히려 나중에는 몸도, 마음도 다 힘들더라고요. 어느 날 거울을 보니, 초췌해지고 멍한 제 얼굴이 보이더군요. 많이 힘들어 보였습니다. '힘들구나, 너.' 거울 속의 제가 참 안타깝더라고요. 왜 이렇게밖에 안 되는 걸까요? 참 답답했습니다.

이별 후 하루아침 만에 잘 먹고 잘 자며 정상적으로 생활할 수 있는 사람은 세상에 없습니다. 그렇지만, 억지로라도 잘 먹고 잘 자야 합니다. 자기 자신을 그렇게 구해내야 합니다. 절망 속으로 더욱 빠져들지 않게요. 너무 깊이 빠져버리면, 다시 돌아올 때 많이 힘들거든요.

당신의 가족이 힘들 때 당신 마음은 어땠나요? 취업에 실패한 동생이 식음을 전폐하고 방 안에만 들어앉아있다고 생각해보세요. '나는 아무것도 할 수 없을 거야, 나를 원하는 회사는 아무 데도 없는 것 같아.' 벽에 머리를 쿵쿵 박으며 괴로워하고 있는 거예요. 그러면 뭐라고 하실 건가요? '야, 뭐 그딴 것 가지고 그래? 너를 알아보지 못하는 회사들이 바보지. 기다려봐, 진짜 똑똑한 회사가 곧 너를 알아볼 거야. 그러니까 기운 내. 지금 여기서 무너지면 안 돼!' 응원하고 격려하실 거잖아요. '밥 먹고 힘을 내야 좋은 회사를 만날 수 있어. 자, 어서 먹어. 잘 먹고 잘 자야 해!'

왜 자기 자신한테는 그렇게 말하지 못할까요? 세상에서 가장 소중한 당신 자신에게는 왜 그리도 가혹한가요? 거울 속의 당신을 가만히 바라보세요. 마음이 치유되는 데는 시간이 필요합니다. 그때까지 당신의 몸을 잘 지켜주세요. 다 치유되었을 때 마음과 몸 모두 괜찮을 수 있도록 자신을 챙겨주세요. 힘든 친구를 위로해주듯이 그렇게 우리 자신도 위로해주고, 아껴주고, 사랑해주세요.

잠을 많이 자세요. 힘들 땐 몸에 수분 공급이 잘 되어야 한다니까 물도 많이 마시고요. 배가 고프지 않으면 꼭 밥이 아니더라도 무언가를 조금이라도 먹도록 하고요. 입맛이 없으면 친구를 만나는 것도 방법이겠죠. 친구를 만나면 뭐라도 먹게 되니까요. 감기나 몸살이 왔다면, 꼭 병원에 가세요. 자신의 초췌한 모습에서 위안을 얻지 마세요. 더 건강해질 필요는 없어요. 그냥 예전처럼만 지내세요. 잘 먹고 잘 자야 해요. 잘 지내셔야 해요. 힘내세요.

지친 마음에 물 주기

우리는 늘 누군가와 경쟁하며 치열하게 살아왔어요. 불확실한 미래에 대한 불안감 때문이었던 것도 같고, 살아남기 위한 몸부림이었던 것도 같습니다. 이렇게 급한 마음을 안고 학창 시절에는 스펙을 쌓는다면서, 그리고 사회에 나와서는 번듯한 사회인으로 살아가겠다면서 쉬지 않고 열심히 달렸지요. 이런 노력을 해야 최고의 인생을 살 수 있다고 믿었어요. 그런데 점점 왜 지쳐갈까요?

'내가 왜 이렇게 살아야 하지? 잠깐의 욕심 때문에 더 소중한 걸 놓치고 있지는 않을까? 지금의 나는 행복하지 않은 것 같아.'

이런 생각이 들면서 혼란에 빠집니다.

지쳤을 땐 아무 생각 없이 모든 것을 놓을 수도 있어야 합니다. 잠시 멈추서도 좋습니다. 당신이 너무 힘이 들어 아무것도 할 수가 없는데, 무엇을 더 어떻게 할 수 있을까요? 지친 마음을 위해 잠시 스위치를 꺼두세요. 아무 부담도 갖지 말고, 아무런 걱정도 하지 말고, 그냥 모든 것을 내려놓아보세요. 적절한 휴식은 에너지의 자양분이 됩니다. 아주 소중한 시간이지요. 급한 마음에 빨리 전진하려고만 한다면 정말 소중한 것을 잃게 될 수도 있습니다.

저도 이별을 경험하고 멍하니 있었던 순간들과, 아무것도 생각할 수 없었던 기간이 있었습니다. 울리지 않는 스마트폰을 멍하니 며칠째 붙잡고 쳐다보던 어느 날, 알게 되었습니다. 지친 마음을 위한 시간이 지나고 지나서 이제는 '시간이 흘렀고, 이 스마트폰 화면에는 그 사람의 이름이 더 이상 뜨지 않는다'라는 것을 깨닫게 된 것이지요. 이렇게 휴식을 취하고 나니, 아픔이 조금은 줄어들었고, 머리가 하자는 대로 마음도 조금씩 따라오더라고요. 사람의 마음에도 '금일 휴업'이라는 딱지를 붙일 수 있다면 얼마나 좋을까 생각했습니다. 그렇게 지친 마음에 '금일 휴업' 딱지를 붙이고 나니, 거짓말처럼 조금은 회복이 되었습니다.

어릴 때 제가 무슨 질문을 하면 어머니는 "때가 되면 알게 될 거야"라고 대답하시곤 했습니다. 그때는 '때가 되면'이라는 말이 참 잔인하다고 느꼈습니다. 그게 도대체 언제인 건지, 예고는 하고 오는 건지 알 길이 없었으니까요. 그렇지만, 어른이 되고 나니 '때가 되면'이라는 말에 순응하게 되었습니다. 좀 더 참을 수 있게 되었고, '때'를 기다릴 줄도 알게 되었습니다.

때가 되면 당신의 아픔은 어느새 말끔하게 치유될 것이고, 인생은 계속 흘러갈 것입니다. 어느덧 상처와 고통이 사라지고 모든 것이 분명해지는 순간이 찾아올 것입니다. 때가 되면 당신은 더 잘 살게 될 것입니다. 이별의 상처를 완벽하게 극복한 뒤, 씩씩하고 매력적으로 사는 사람들을 주변에서 볼 수 있을 것입니다. 당신도 그렇게 될 수 있습니다. 당신도 희망의 단계로 들어가게 될 것입니다.

당신이 겪은 이 헤어짐은 소중한 기회가 될 수도 있습니다. 지금은 이 말들이 마음에 들어오기 어려울 수 있지만, 좋지 않은 인연을 정리하고, 새로운 장을 열 기회가 생긴 것입니다. 마음의 회복이 가장 먼저 해야 할 일입니다. 지친 마음에 물을 주세요. 씨앗이 바로 싹을 틔우지는 않겠지만, 싹을 틔울 수 있는 충분한 준비를 하고 있을 것입니다. 지친 마음이 어느 정도 제자리를 찾은 다음에는, 그땐 싹을 잘 틔울 방법을 고민해보자고요.

회복할 의지가 생기지 않을 때

기운 내야지, 정신 차려야지, 머리로는 생각하지만, 정작 당신은 하루에도 몇 번씩 스마트폰을 만지작거리고, 헤어진 연인의 흔적을 찾아 헤맵니다. 탈퇴했던 SNS에 접속해서 '다시 가입할까? 보기만 하고 연락 안 하면 되잖아. 잘 지낼까?' 수백 번 고민하고 있지는 않으신가요? 핸드폰 번호를 지웠지만, 어느새 외워버린 그 번호가 머릿속을 헤집습니다. '문자만 한번 보내볼까? 내 번호 안 뜨게 전화해서 목소리만 듣고 끊을까?'

회복할 의지가 있어야 잘 지내려는 노력을 할 텐데, 그게 마음처럼 되나요? 절대로 되지 않습니다. 의지라는 것을 마음대로 만들 수 있다면 만들어보고 싶네요. 돈을 주고 의지를 살 수 있다면, 잊는 것을 도와주는 사람이 있다면, 그렇게라도 해보고 싶은 것이 우리의 마음이지요. 그럴 때는 잠시만 생각할 시간을 가지세요. 그냥 소용돌이치는 감정을 가만히 두어보세요. '아, 내가 슬퍼하는구나. 그래, 그리운 감정도 있구나. 음, 아프구나.' 그냥 그렇게 두세요. 미술관에서 그림을 보듯이, 마치 풍경을 바라보듯이 감정을 그냥 두세요. 감정이라는 것은, 오랫동안 그냥 두면 조금씩 자연스럽게 사라집니다.

그 다음에는 자신에 대해 생각하는 겁니다. 자, 이대로 그냥 있을 건가요? 새롭게 일어나야지요. '의지'를 억지로 가질 필요는 없지만, 일상생활과 원래의 자기 모습으로 하루빨리 돌아가야지요. 그렇게 평소 생활로 돌아오다보면, 또 그 하루하루에 익숙해지게 됩니다. 사람이 원래 그래요. 예전에 그 사람에게 익숙해졌듯이, 지금은 혼자인 나에게 또다시 익숙해지는 것입니다. 그렇게 되면 결국 '의지'라는 것이 새롭게 생기죠.

절대로 스스로에게 실망하면서 무너지지 마세요. 수많은 인간관계에서 실패해보지 않은 사람이 과연 있을까요? 애인과 헤어졌다고 해서, 친구와 절교했다고 해서, 배우자와 이혼을 했다고 해서, 가족과 사별했다고 해서 주저앉거나 모든 것을 포기한 채 살아가는 사람들이 생각보다 많습니다. 이별이 최선이 아니었을 수도 있겠지만, 이렇게 관계에 실패했다고 해서 주저앉거나 모든 것을 포기하는 것은 전혀 좋지 않습니다.

눈앞에 놓인 커다란 과거의 아픔 뒤에서는 성공과 행복이 당신을 기다리고 있습니다. 당신이 눈을 감고 있을 뿐이지요. 과거에 대한 집착을 버리려면 이미 지나가버린 과거를 들춰보지 마세요. 당신에게 칼을 들이댄 사람을 원망한다고 해서 지나간 일은 조금도 바뀌지 않기 때문이지요. 아프고 괴로운 이별을 맛보았다면, 자신에게 잠시 추스를 시간을 주고, 또한 내 앞에 놓인 또 다른 행복의 씨앗에 물 주기를 게을리해서는 안 됩니다.

지친 마음을 뒤로하고, 용기를 내어 한 걸음 나아가보세요. 그 걸음 앞에 새로운 문이 있을 것입니다. 어둠을 덮고 피어날 눈부신 새 출발을 위해, 바로 오늘 마음속 복잡했던 감정들을 싹 쓸어버리고 새로운 문을 열기 위한 준비를 하는 것입니다. 그 열쇠는 바로 당신이 가지고 있습니다.

나를 있는 그대로 사랑해줄 사람

내가 나를 좋아하고 사랑해야, 남들도 나를 좋아하고 사랑할 수 있습니다. 거울 속에 비친 자신의 모습을 한번 보세요. 어떤가요? 잘생겼나요? 예쁜가요? 아니면 자신의 모습에 실망하고 있지는 않은가요?

스스로를 좋아하고 사랑한다는 것은 자기 자신에 대해 자신이 있다는 뜻입니다. 자신이 초라하다고 느끼는 사람들의 외모에는 부정적인 마음이 그대로 나타납니다. 당장 표정이 어둡잖아요. 그러면 다른 사람들도 당신을 초라하고 어두운 사람으로 보게 되지요. 반대로 자신감과 확신이 가득 찬 사람들은 그 긍정적인 마음이 외부로 발산됩니다. 겉모습을 어떻게 꾸미는지는 중요하지 않습니다. 지금 조금 힘들다 해서 어둡고 의기소침

한 모습으로 다닌다면, 당신에게 다가올 수많은 인연들을 놓치고 있을 수도 있어요.

이성을 유혹하는 연애의 기술이 있다면 어떤 것이 있을까요? 화려한 말재주라든가, 소소한 감동을 줄 수 있는 그 사람만을 위한 이벤트 등 여러 가지가 있겠지요. 하지만 이 모든 것들은 나 자신이 나를 먼저 가장 소중히 여기고 사랑해야 비로소 효과가 있습니다. 이는 정말 중요합니다. 예를 들어 상대가 나에게 함부로 행동하거나 실망스러운 모습을 보일 때, 자기애가 없다면 이를 내치지 못합니다. 외롭거나 쓸쓸하다는 이유로 나를 괴롭히는 그 관계에서 벗어나지 못하는 거죠. 그 사람과의 연애는 조금 더 지속되겠지만, 과연 즐겁고 행복한 연애를 할 수 있을까요? 내 상처만 깊어져 결국 불행한 결말이 올 것입니다.

사람은 누구나 외로움을 느낍니다. 다만 정도의 차이가 있을 뿐이지요. 너무 외로워서 견디기 힘들 때는 누가 다가오기만 하면, 그 사람이 어떤 사람인지 알아보지도 않고 그저 외로움을 달래기 위해 만나기도 합니다. 그 사람이 당신과 딱 맞고 좋은 사람이라면 다행이지만, 그렇지 않다면 약이 아닌 독이 될 수 있습니다.

어떤 사람인지 잘 알지 못하고 만나게 되기 때문에 제대로 된 만남이나 연애를 할 수 있는 확률이 낮습니다. 수많은 사람들이 이런 과정을 거치지만 정작 자신이 그 늪에 빠진 것을 깨닫지 못하는 경우도 많습니다. 이런 글을 보는 것과, 자신이 처한 직접적인 현실을 비교해보기가 쉽지 않으니까요. 그러니 외롭다는 이유만으로 너무 쉽게 만나지는 마세요.

"나를 있는 그대로 좋아할 수 있는 사람은 없는 걸까?" 하는 의문이 드시나요? 당신을 있는 그대로 좋아할 사람은 반드시 있습니다. 당신은 이전에도 사랑스러운 모습 때문에 상대에게서 사랑받았잖아요. 앞으로 만날 사람은 당신의 더 좋은 면들을 발견하고 사랑해줄 거예요.

그렇지만 외적인 면을 간과해서는 안 됩니다. 새로운 사람을 만날 때 외모, 특히 인상은 당신이 어떤 사람인지 판단하는 첫 번째 조건이니까요. 어쩌다 몇 번 정도는 꾸미지 않은 당신의 모습에서 색다른 매력을 느낄 수도 있겠죠. 하지만 머리도 감지 않은 채 맨얼굴로 나온 당신을 항상 환영해주는 사람이 많지는 않을 겁니다. 있는 그대로를 좋아하는 사람을 만나야겠다고 마음을 먹는 것은 좋습니다. 하지만 '내가 꾸미지 않아도 나 그대로를 사랑해주는 사람을 만나겠어'라며 자기관리도 잘 하지 않은 채 기다리지는 마세요. 게으른 모습을 좋게 봐주는 사람은 없을 테니까요.

정말 '괜찮은 사람'을 만나려면 당연히 나 자신도 '괜찮은 사람'이 되어야 합니다. 꾸미지 않고 인위적이지 않은 평범한 모습, 진실하고 거짓 없는 내면이 멋진 사람이라는 것은 잘 압니다. 하지만 좀 더 특별하고 괜찮은 사람이 되고 싶다면 외모, 성격을 좀 더 업그레이드하는 것이 좋습니다. '튜닝'정도로 생각하면 어떨까요?

좀 더 나아 보이고 멋지고 예쁜 내가 되는 것이 그 누구에게도 사랑받을 수 있는 매력적인 사람이 되는 방법입니다. 먼저 상대의 호감을 얻은 뒤에 당신의 장점들과 매력으로 상대의 마음을 살 수 있게 해야 합니다. 바로 그 순서를 반드시 지켜야 합니다. 세상에는 당신만을 사랑해주고 아껴줄 누군가가 분명히 있습니다.

　　그렇다고 해서 다른 사람과 당신을 비교하지는 마세요. 당신이 멋있고 아름다운 이유는 다른 누군가보다 외모가 멋지고, 옷을 멋있게 입기 때문이 아닙니다. 이 세상에 당신은 오로지 한 명뿐이기 때문입니다. 아름다운 관계를 위해 스스로 노력하는 당신, 이 세상에서 최고로 멋진 사람입니다.

재회 프로그램

그 사막에서 그는
너무 외로워
때로는 뒷걸음질로 걸었다
자기 앞에 찍힌 발자국을 보려고

오르탕스 블루 〈사막〉

다시 돌아와줄래?

헤어진 연인을 붙잡아도 될까요? "괜찮아. 아무렇지도 않아"라고 말하
는 사람도, "이렇게 될 줄 알았어"라고 합리화하는 사람도, 진심 어린 사랑
을 했다면 이별했을 때 괜찮을 리가 없습니다. 다시 싱글 라이프를 즐기고
있지만, 아무리 해도 혼자인 것보다 커플이었을 때의 달콤함과 포근함이
계속 생각나서 재결합을 생각하게 됩니다.

헤어진 사람에게 계속 연락하거나 인연의 끈을 놓지 못하는 이유가 몇 개 있습니다. 가장 흔한 이유는, 어떻게 해서든 그 사람을 다시 돌아오게 만들 수 있다고 생각하는 것입니다. 두 번째는, 버림받는 것에 대한 두려움 때문에 이미 끝난 관계를 붙잡고 늘어지는 것입니다. 그 사람과의 관계가 끝났다는 것을 받아들이기 어려우시죠? 정말 눈에서 멀어졌으니 마음에서도 멀어질까봐, 그러다 정말로 완전히 관계가 끝나버릴까봐 불안해서 계속 연락을 하게 되지요?

항상 내 마음이 힘들 때 이야기하던 그 사람이 없어지니, 힘든 감정을 누구에게 이야기해야 할지 잘 모르게 됩니다. 전에도 힘들 때마다 의지가 되던 상대였는데, 그 상대가 없어지니 더더욱 힘든 이 감정을 이야기할 곳이 없습니다. 그 사람에게 내 감정을 전하지 않으면 못 견딜 것만 같습니다. 아프다고 연락하고, 괜히 서러워지고, 다시 돌아오면 안 되느냐고 묻고, 원망하는 마음이 들어 화를 내기도 합니다.

이 모든 행동들 속에는 '다시 돌아오면 안 될까?'라는 기대가 깔려있습니다. 상대도 나만큼 힘들어서 다시 돌아오겠다고 말할 거라는 그런 꿈을 꾸고 있는 것입니다. 그렇게 '힘들다'라는 얘기를 하면서라도 그 사람과 연락을 하고 싶고, 힘든 나의 마음을 빙자해서라도 그 사람의 곁에 있고 싶은 것입니다. 당신은 그 사람에게 미련이 있는 것입니다.

재회를 꿈도 꾸지 말라고 말하지는 않겠습니다. 때로는 재회가 관계를 더 분명히 해주기도 합니다. 그러나 당신에게 헛된 희망을 주고 싶지는 않습니다. 재회를 통해 관계가 더 깊어지기보다는, 전과 비슷한 이유로 헤어지는 경우가 훨씬 많으니까요. 떠난 사람을 붙잡고 싶다면, 진지하게 고민해보세요. 내가 다시 찾고 싶은 것이 정확히 무엇인지를 말입니다. 내가 원하는 것이 정말 그 사람인지, 아니면 그냥 내 옆에 항상 있어주는 사람인지 말입니다.

그 사람이 돌아오기만 하면 되나요? 그걸로 충분한가요? 떠나간 그 사람이 돌아오는 것을 애타게 바라기 전에 그 사람을 붙잡고 다시 찾는 것이 정말 옳은 선택인지 다시 한번 따져보세요. 정말 '그 사람'만을 원하나요? 그렇다면, 다시 만났을 때 관계를 어떻게 변화시킬 건가요? 한번 고민해보세요.

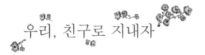

우리, 친구로 지내자

"우리 헤어지자."

"그래, 그렇게 하자. 나도 힘들다."

"힘들겠지만, 그게 맞는 것 같아. 친구였을 때가 참 좋았는데. 우리 친구로 다시 돌아갈 수는 없을까?"

"……."

헤어진 사람과 친구가 될 수 있나요? 글쎄요, 정말 그렇게 생각하시나요? 친구를 빙자해 옆에 있고 싶은 것이, 혹은 옆에 두고 싶은 것이 아닌가요? 만약 상대가 당신과 친구 관계로 돌아가기를 원하고 있다면, 그 사람은 미안하지만 당신에게 일말의 미련도 없는 것입니다. 반면 계속 불편하고, 다만 그 사람 옆에 있는 것이 좋고, '나중에……'라는 희망도 품고 있는 당신은 짝사랑 중인 것이지요. 더 좋아했던 사람이 지치는 관계, 이것이 바로 사랑했던 사람들끼리의 우정입니다.

"무슨 말씀이세요? 저는 헤어진 여자친구를 만나는 것이 완전 편한데요? 오히려 정말 가까운 친구를 얻게 된 느낌인데요?"

이렇게 말한다면, 천만에, 당신만 편한 것입니다. 지금 그녀는 당신 옆에서 행복하면서도 불행할 거예요. 이런 친구 관계는 한쪽에게 애인이 생기면서 위기를 맞습니다. 내가 사랑했던 사람이 다른 이성과 손을 잡고, 키스를 하고, 잠자리를 함께한다는 상상을 하는 순간, 분노는 폭발합니다.

헤어진 연인과 친구로 지내는 것은 마치 아슬아슬한 줄타기와 같습니다. 줄을 잘 타고 있는 동안에는 아슬아슬하면서도 멋있어 보이지만, 한 번이라도 기우뚱하면 한순간에 줄 아래 땅으로 떨어져버리는 것이지요. 그 사람을 만나고 있을 때는 내 것 같아서 행복하지만, 헤어지고 집에 돌

아가는 그 길이 너무 쓸쓸하고 외롭다면, 그 관계는 당신에게 도움이 되는 관계일까요? 줄타기는 그래서 위험합니다. 그 사람에게 마음을 두고 있는 당신이 결국 줄에서 떨어지고 말 것이기 때문입니다.

'우리 그래도 여전히 친구지? 넌 정말 좋은 사람이고,

언제나 내게 힘이 되는 사람이야.

좋은 친구로서의 너를 잃고 싶지가 않아.'

그가 이렇게 말했을 때 정말 화가 머리 끝까지 났습니다.

저는 그 사람처럼 그렇게 쿨하지 않습니다.

어떻게 저를 계속 볼 수 있을 것이라 생각했을까요?

저를 냉정하게 찼으면서도 제가 없으니 아쉬운 것이겠지요.

어쩐지 허전했던 것이겠지요.

너무 힘들다가 잊고 이제부터라도 잘 살아보려고 애쓰고 있는데

왜 제 속을 이렇게 뒤집을까요? 도대체 이유를 알 수가 없네요.

제가 그에게 그토록 쉬운 사람으로 보였나 싶어

서글프기까지 합니다.

심심할 때 제가 그를 만나주고, 고민을 들어주고,

한밤중에 전화를 걸어도 받아주었거든요.

어쩌면 그는 자신을 받아줄 사람이 없어졌다는 게
단순히 아쉬울 뿐인지도 모르겠습니다.
한때 가장 사랑했던 연인을 이제는 '친구'라는 이름으로,
편하게 대할 수 있는 많은 사람들 중
한 명으로 취급해버린 기분이 들어서, 오히려 너무 서운합니다.

당신은 그 사람에게 아직 마음이 있는데 상대가 친구로 남기를 권유한다면, 그 제안은 거절하는 것이 좋습니다. 서로 마음을 주고받을 것이라면 연인이고, 몸만 주고받을 것이라면 친구가 아닌 단순한 섹스파트너이며, 아무것도 주고받지 않을 것이라면 두 사람은 남남입니다. 그 사람이 없을 것이 두려워서 억지로 그 사람과의 관계를 남겨놓지 마세요. 그 사람에게 이야기하십시오. '진심으로 나를 생각한다면, 연인이거나 남남이거나, 둘 중 하나다'라고 말입니다.

그 사람 곁에 있고 싶다면, 상대의 마음을 돌려 연인으로 돌아올 방법을 고민해야 합니다. '친구'라는 말 뒤에 숨지 마시고요. 상대에게 당신의 마음을 다시 한 번 전하고, 부서진 관계를 재건할 방법을 제안하는 것이 좋습니다. 당당하게 부딪히세요. 당신이 바라는 것처럼, 그 사람이 다시 돌아올 수도 있잖아요. 당신이 원하는 만큼, 그 사람을 정말로 곁에 둘 수 있을지도 모르잖아요.

우리 다시 사랑할 수 있을까

영화 〈엽기적인 그녀〉 중 남녀 주인공의 재회 장면은 지금도 많은 사람들의 마음에 남아있습니다. 연인과 사별한 그녀(전지현 분)의 마음이 열리지 않아 헤어졌던 남녀 주인공은, 몇 년 후 맞선 자리에서 우연히 재회합니다.

"운명이란, 노력하는 사람한테 '우연'이란 다리를 놓아주는 거야."

타임캡슐을 묻었던 나무 아래에 앉아있던 노인이 이야기했던 말이 내레이션으로 들립니다. 살포시 미소 짓는 두 사람, 두 사람은 다시 만나 사랑할 수 있었을까요? '너와 내가 다시 만난다면' 같은 생각을 몇 번은 해보셨을 것입니다. 다시 만난다면, 다시 사랑하게 될 수 있을까요?

'우리 다시 만날 수 있을까?'와, '우리 다시 만나면 사랑할 수 있을까?' 중에서 어떤 것이 더 이루어지기 어려울까요? 이별한 사람을 다시 만나게 되면, 우리는 도대체 어떻게 해야 할까요?

옛 연인과 재결합하게 되었다면 반드시 지켜야 할 것들이 있습니다.

첫째, 새로운 데이트를 많이 할 것. 다시 만난 관계라면, 과거의 기억은 없애는 것이 좋습니다. 두 사람에게는 좋았던 추억들도 분명히 있지만, 아팠던 기억들이 더 많기 때문에 헤어졌습니다. 그러니 그 기억들을 다시 끄집어내면 서로 힘들어집니다. 새로운 공간에서 새로운 일들을 함께해보세요. 과거에 못 해줬던, 다시 돌아오면 꼭 해주고 싶다고 생각했던 그 모든 것들을 다 해주세요.

둘째, 대화를 많이 하세요. 과거에 우리가 어땠고, 어떤 점을 고치면 좋을지, 앞으로 우리가 함께할 새로운 미래는 어떤 느낌인지 등에 대해 계속 대화를 나누세요. 여자친구의 감정에 대해 많이 묻고, 남자친구의 생각이나 느낌을 많이 알고 싶어하세요. 대화를 통해 관계가 끈끈해질 수 있습니다. 과거에 대화를 많이 하지 않았었다면, 더더욱 대화를 많이 해야 합니다. 상대도 당신이 좀 더 마음을 열었다는 것을 느낄 거예요.

셋째, 사랑을 많이 표현하세요. 남녀가 서로 감정을 주고받는 것이 연애이긴 하지만, 깊은 감정을 자연스럽게 주고받기란 생각보다 쉽지 않습니다. 남녀의 표현 방법이 다르니까요. 지난 이별의 아픔 때문에 당신에 대한 신뢰는 무너졌을 것입니다. 지금 나는 전보다 훨씬 성숙해졌다는 것을 지속적으로 깨우쳐주어야 합니다. 그래야 상대도 마음을 열고 다시 한번 당신과 시작하고 싶어할 것입니다.

여러분의 재회를 진심으로 응원합니다. 상대도 당신의 진심을 알아줄 것입니다. 노력하는 아름다운 당신의 모습을 그 사람에게 보여주세요. 후회 없을 정도로 마음껏 표현하고, 또 사랑하세요. 그것을 두려워하지 않는 당신은 정말 최고입니다.

행복 만들기

나를 즐기렴!

다니엘 래딘스키 〈하나님이 보낸 사랑의 시〉 중에서

어떤 인생이 행복한 인생인가

5060세대는 정신없이 달려온 과거의 삶을 돌아보며 '내가 행복한가?' 묻기 시작했고, 3040세대는 가족을 부양하기 위해 일을 하면서 '내가 누구를 위해 사는가?' 생각하기 시작했습니다. 1020세대는 극심한 입시지옥과 취업난 속에서 '나는 무엇을 위해 사는가?' 생각하며 괴로워하기 시작했습니다.

이러한 고민과 생각의 근원에는 '나도 행복해지고 싶다'라는 마음이 자리잡고 있습니다. 모든 사람은 행복하게 살고 싶어 합니다. 행복이란 무엇일까요? 행복이란 '순간순간의 기쁨'일 수도 있습니다. '삶에 대한 만족감'일 수도 있습니다. 혹자는 '원하는 것에 대한 성취감 혹은 충족감'이라고도 이야기합니다.

행복을 정의내려보라고 하면 누구나 다른 답을 내놓을 것입니다. 행복에 대해, 그 어떤 대단한 학자가 답을 정할 수 있겠습니까? 사실 행복이란 것은 정신적으로 어떻게 느끼느냐에 대한 문제입니다.

제가 정의하는 행복은 순간의 감사함과 기쁨, 그것을 느끼는 것입니다. 행복은 멀리서 찾을 필요가 없습니다. 행복하다고 말하는 사람들에게 왜 행복한지를 물어보면 의외로 간단한 대답이 나옵니다. 집 앞에 핀 꽃이 예뻐서 행복하고, 일상을 이야기할 친구가 있어서 기쁘고, 지금 할 일이 있고 내일도 할 일이 있어 감사하다고 합니다. 그러니 행복하지 않을 수 있냐고 되묻습니다.

너무 식상하다고요? 그러나 우리도 바꾸어 생각하면 지금의 삶이 얼마나 행복한지 느끼게 될 것입니다. 내 옆에는 나에게 의지하는 부모님이 계시고, 힘을 주는 회사 동료가 있고, 심심할 때 만날 수 있는 친구가 있고, 언제나 나를 반기는 애완동물이 있으니까요. 얼마나 감사해야 할 일입니까? 이런 것이 하나도 없는 사람들도 있는데 말입니다.

행복이란 본인이 선택하는 것이라고 인생 선배들은 말합니다. 어떤 일이 벌어졌기 때문에 행복하거나 우울한 것이 아니라, 그 일을 어떻게 받아들이는지에 따라 행복하다고 느낄 수도 있고, 불행하다고 느낄 수도 있다고 말이지요. 자, 이제 생각해봅시다.

야근해서 우울하세요? 야근을 할 직장이 있다는 게 얼마나 행복합니까? 이별해서 슬프지요? 그래도 그 기억들은 아름다운 추억이 되고, 당신은 많은 것을 배우고 성장하셨을 겁니다. 사업이 망했다고요? 지금 어려움을 이겨내시면 다음에는 성공할 것입니다. 한번에 성공하는 사람은 없다고 하잖아요.

이렇게 생각하니 어떠세요? 훨씬 행복해지지 않았나요? 행복의 비결은 먼 곳에 있지 않습니다. 해석하기 나름이고 선택하기 나름입니다.

행복은 '삶에 대한 만족감'이라는 정의도 맞는 것 같습니다. '원하는 것에 대한 성취감 혹은 충족감'이라는 해석도 맞습니다. 행복 = 가진 것/원하는 것이라는 방정식이 있는 것처럼, 당신이 원하는 것에 대비하여 어느 정도를 가졌는지가 행복의 척도라고 말하는 사람들이 많습니다. 그럼, 원하는 것을 줄여야 할까요? 가진 것을 늘려야 할까요? 과도하게 많은 것을 바라며 욕심내지 않는 것, 그리고 지금 당신이 가지고 있는 것에 대해 감사할 것, 그것들만으로도 행복해질 수 있을 것입니다.

우리는 수많은 삶의 목표들을 세우며 살고 있습니다. 그런데 재미있게도 한국 사람들은 모두 비슷한 삶의 목표를 갖고 있는 것 같습니다. 바로 '돈', 그중에서도 '외부에 드러나 보이는 경제력'이 그것입니다. '이 정도 대학에는 가야 행복할 거야', '이 회사에 가야 내가 자존심을 세우며 다닐 수 있을 거야', '결혼식은 이 정도 규모로 해야 만족스러울 거야', '장례식은 이 정도로 해줘야 괜찮을 거야'라는 고민을 하며 평생 살아간다는 것이지요.

본인의 목표가 어느 정도 있는 것은 좋지만, 문제는 목표를 끊임없이 다시 세우며 스트레스를 받느라 행복해지지 못하는 것입니다. 왜 그러한 목표들을 세웠느냐고 물으면 모두가 "행복해지고 싶어서요"라고 이야기합니다. 그런 목표들을 달성했을 때 행복했느냐고 물으면 모두가 "아뇨, 다음 목표를 좇아야 하니까요"라고 답하더군요. 참 우습지 않나요?

어떤 경우에도 행복을 나중으로 미루면 안 됩니다. 만족해야 멈출 수 있고, 비로소 행복해질 수 있습니다. 한 번이라도 '무엇이 나를 행복하게 해줄 것인가?'를 고민해본 적이 있나요? 행복은 스스로 만들어가는 것, 스스로 규정해가는 것입니다. 지금 바로, 여러분의 행복을 만들 수 있습니다.

연애도 이별도 마찬가지입니다. 본인이 '만족한다, 기쁘다, 잘됐다, 후회하지 않는다'라고 생각하면 절대 온전히 불행하다는 느낌이 들지 않습니다. 그 어떤 고통과 어려움의 순간이 오더라도 거기에 매몰되지 말고 어떻게 더 나은 방향으로 나아갈 수 있을지, 어떻게 하면 행복해질 수 있는지를 생각하면 됩니다.

인생의 선배들은 이렇게 말합니다. 엄청난 스트레스나 감당하기 어려운 슬픔을 견디고 일어나는 행위가 이후의 삶에 긍정적인 영향을 미친다고요. '힘들지만, 그런데도 행복한' 태도는 만족스러운 삶을 살게 해주는 희망의 시작점입니다. 이제 조금 시간이 흘렀으니 많이 괜찮아지셨잖아요. 그러니까 우리는 행복합니다. 또 더 행복해질 것입니다.

행복은 의외로 가까운 곳에

아무리 들어도 인정할 수밖에 없는 말, 그렇지만 실천하기는 참 어려운 말, 그것은 '행복은 그것을 느끼는 사람의 곁에 있다'라는 말 아닐까요? 상대적인 것 같으면서도 절대적인 듯한 것이 행복이고, 같은 경험을 해도 이 사람은 행복하지만 또 다른 사람은 행복하지 못하지요. 그래서 철저하게 그 사람의 내면이나 생각에 달려있는 것이 행복인 것 같습니다.

새벽 2시가 전 애인의 공식 시간이듯, "행복하니?"라는 말 역시 전 애인들의 공식 질문입니다. 도대체 행복하다고 해야 할까요? "아니, 그냥 그렇게 지내" 하고 상대를 잊지 못한 척을 해야 할까요? 친구들끼리도 가끔은 "행복해?" 하고 묻는 경우가 있습니다. 그러면서 고민이 시작되는 것이지요. '행복하지 않을 이유는 없는데, 그렇다고 너무 행복해서 죽을 것 같지도 않은 내 상황을 어떻게 이야기해야 할까?' 차라리 "너, 꿈이 뭐니?"라는 질문이 더 쉬워 보입니다.

며칠 전, 친구들과 술자리에서 이런 대화를 나눈 적이 있습니다. 한 친구는 돈이 참 많지만, 부모님이 일찍 돌아가셨기 때문에 쓸쓸하고 힘들다고 했습니다. 다른 한 친구는 부모님은 계시지만 경제적으로 어려워 힘들다고 했습니다. "둘이 바꾸면 되겠네!" 장난스럽게 나온 말에 친구들은 '아차!' 하고 깨닫더군요. 첫 번째 친구는 이 어려운 시대에 경제적으로 부족함이 없으니 행복한 것이고, 두 번째 친구는 경제적으로는 좀 어렵지만 나를 사랑하는 부모님이 계시니 행복한 것 아니겠습니까.

행복은 이렇게 '비로소 느껴지는 것'입니다. 행복이 찾아오기만 기다리면서 '나는 왜 행복하지 않지?' 하고 묻고 있다면, 절대로 행복을 만나지 못할 것입니다. 행복은 마음이 준비된 사람에게 직접 찾아가니까요. 자, 이제 가만히 눈을 감고 행복을 느껴보는 겁니다.

가지지 못한 것보다는 가진 것에 대한 고마움을 생각하세요. '얼마나 많이 가졌는지'와 '얼마나 행복한지'는 어쩌면 전혀 관계가 없을지도 모릅니다. 다른 사람 때문에 서운해하기보다 그 사람에 대한 감사를 느끼세요. 참 많은 사람들에게 고마워하게 될 거예요. 기대했던 것에 대한 실망감보다는 기대할 수 있었다는 것에 대한 뿌듯함을 느끼세요. 행복은 의외로 가까운 곳에 있는데, 손만 뻗으면 잡을 수도 있는데, 우리는 손조차 뻗지 않고 있던 것은 아닐까요?

사랑은 행복의 중요한 요건 중 하나입니다. 테레사 수녀는 "오늘날 세상의 가장 나쁜 병은 결핵도 나병도 아니다. 그것은 '나는 이 세상에서 아무런 쓸모도 없는 사람'이라고 느끼는 정신적 빈곤과 고독이다"라고 말했습니다. 맞습니다, 각박한 세상에서 사랑은 우리를 숨 쉬게 합니다. 또 살아있게 합니다.

다른 이성을 사랑하고, 친구를 사랑하고, 세상을 사랑하는 행위는 삶에서 필연적인 것들입니다. 사랑 에너지가 넘치는 사람들은 기본적으로 '행복하다'라는 말을 많이 씁니다. 그만큼 남들보다 많이 느끼고 많이 감사하며 사는 사람들이지요. 그들과 함께 있으면 긍정 에너지가 넘치고, 만남이 즐겁고, 기분이 좋아집니다.

이별의 아픔은 지나갈 겁니다. 그리고 이제는 행복이 찾아올 거예요. '좋은 사람을 만나 좋은 사랑을 했고, 좋은 추억이 남았고, 나는 성숙했다!' 이 사실만 생각하세요. 그냥 그렇게 받아들이고, 그렇게 내가 성장했다는 사실에 감사하세요. 좀 더 행복에 가까워지고 있는 것이니까요. 행복 만들기, 어렵지 않아요.

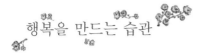

행복을 만드는 습관

행복은 느끼고 찾는 사람들이 얻게 되는 것이라 했지요. 그렇지만 행복을 만들어내는 습관도 있습니다. 억지로 만들자는 이야기는 아니고, 실천하고 나면 신기하게도 '마술처럼' 행복해진다는 것이지요. 영화 〈포레스트 검프〉에서 주인공의 엄마는 이렇게 말합니다.

"인생은 초콜릿 상자와 같다. 무엇을 집을지는 아무도 모르지."

달콤한 초콜릿을 집을 수도 있고, 쓰고 시큼한 초콜릿을 집을 수도 있습니다. 내가 좋아하는 초콜릿을 먹을 때는 그 맛을 더욱 즐기고, 좋아하지 않는 초콜릿을 먹을 때도 인내할 수 있는 것, 그것이 바로 행복해지는 습관입니다.

먼저 첫 번째 습관, 뻔뻔해지세요. 가끔 우리는 너무 많은 것들을 신경쓰며 산다는 생각을 합니다. 아침에 출근해서 옆 팀 동료랑 커피 한잔 마시고 왔더니 근무시간에 땡땡이쳤다며 부장님에게 야단을 맞아 짜증이 나시죠? 올해에는 일본어를 마스터하겠다는 당찬 목표를 가지고 학원에 갔는데 숙제를 안 해갔더니 강의에서 무슨 말들을 하는지를 몰라 스스로에게 실망하셨다고요? 엄마 생신이라 일찍 가봐야 하는데, 과장님이 야근하자고 해서 어쩔 줄 모르고 계시나요?

자, 이제 뻔뻔해지고 쿨해지는 변신의 시간입니다. 야단을 치는 부장님을 뒤로하고 생각하세요. '아침에 커피 한잔 마시는 것이 뭐 그리 안 될 일이라고. 오늘 너무 행복했으니 다음에 또 아침 티타임을 가져야지.' 학원에서는 팔짱 끼고 앉아 이렇게 생각하세요. '내 돈 내고 내가 다니는 건데, 숙제 못 하는 날도 있는 거지. 오늘은 편안히 일본어를 마음으로 느껴야겠군!' 야근하자는 과장님에게 집에 간다며 미안하다고 이야기하고 이렇게 생각하세요. '미안하긴 개뿔. 엄마의 55번째 생신은 오늘 한 번뿐이야. 가족이 제일 소중하지, 이런 가치를 아는 나는 참된 사람이구나! 하하하.'

어때요, 다 맞는 말이지요? 너무 빡빡하게 살지 말자고요. 우리는 기계가 아니잖아요. 가끔은 허술하기도 하고, 암묵적인 사회적 규칙을 못 지킬 때도 있지요. 그게 뭐 잘못인가요? 오히려 시키는 대로 하는 사람들보다는 더 즐거운 일탈을 하는 것 같지 않으신가요? 눈치 너무 많이 보지 마세요. 피곤해져요. 또 뻔뻔해지세요. '너희가 뭔데?' 하고 생각하면 즐거워진답니다.

두 번째 습관, 재밌어 보이거나, 하고 싶으면 무조건 하세요. 연예인 김제동 씨는 "저는 행복합니다. 행복하지 않을 이유가 전혀 없지 않습니까?"라는 말로 유명하지요. 개그 삼아 나온 말이지만, 사실 정말 맞는 말입니다. 그는 이런 말도 했습니다.

"예전엔 사람들 눈치를 보느라 식당에 가서 밥도 혼자 못 먹었어요. 사고 싶은 물건도 마음껏 못 사고요. 사람들이 '야, 김제동이 ○○샀다' 하고 뒷얘기를 할 것이 두려웠던 거죠. 그런데 요즘은 그러지 않아요. 얼마 전에는 사자 인형을 샀어요. 그냥 갖고 싶어서."

하고 싶은 것을 하고 사세요. 한 번 사는 인생이잖아요. 얼마 전에 제 친한 친구가 자랑을 하더군요. "나 야한 속옷 샀다!"라고요. 그래서 "그게 뭐?" 하고 되물었더니 이렇게 대답합니다.

"예전엔 그냥 속옷 가게에 가서 그런 걸 고르는 게 창피했어. 그런데 이러다 평생 그런 속옷을 못 입고 죽겠다는 생각이 드니까 마음이 급해지더라고. 그냥 얼굴에 철판 깔고 가서 사니까 또 별거 아니더라. 집에 있는데, 아주 좋아. 뿌듯해."

그래요, 마치 금기라도 깨는 것처럼 기분이 좋아질 거예요. 행복을 느끼는 비결이란 것도 별거 없습니다. 하고 싶었는데 사람들 눈치 보느라 못했던 일들, 자기 자신을 위해 한번 해보세요. 행복감이 바로 몰려올 것입니다.

저는 얼마 전에 회사 회식 때 걸그룹 노래를 불렀습니다. 전에는 적당히 회식 분위기를 띄우는 노래들만 불렀는데, 그냥 그날은 이상하게 어제 듣던 걸그룹 노래가 생각나더군요. 아무 생각 없이 예약을 하고 불렀더니, "오, 이런 것도 불러?" 하면서 다들 깜짝 놀랐습니다.

뭐 어때요, 노래방 가서 내가 부르고 싶은 노래도 못 부르나요? 그러면 내가 있는 그 시간이 나를 위한 시간이 맞는 건가요? 사람들은 한마음이 되어 노래를 따라 불렀습니다. 혹시 이상하게 생각하지 않을까 걱정했지만, 아무 일도 일어나지 않았어요. 오히려 저는 남녀노소를 모두 어우르는 최고의 노래방 분위기 메이커가 되었답니다. 걱정하지 마세요, 하고 싶은 대로 하면서 사는 것이 바로 당신의 인생이랍니다.

세 번째 습관, 혼자만을 위한 장소들을 만드세요. 우리는 매일, 많은 시간을 사람들에게 둘러싸여 살고 있습니다. 그렇다 보니 우리 영혼은 늘 쉴 시간이 부족합니다. 가끔은 혼자 있는 시간을 갖는 것이 좋습니다. 밖을 많이 신경 쓰지 않고, 나의 내면에 집중하는 시간이지요. 마음이 답답할 때 저는 집 뒷산에 혼자 올라갑니다. 높은 산도 아니고 아침 시간엔 특히 몇몇 동네 주민들뿐이라 기분이 참 상쾌하더라고요. 잡념으로 가득했던 머릿속이 깨끗해집니다. 산에 오르면서 가장 행복한 순간은 바로 산들산들 산바람이 불 때입니다. 산바람은 나의 고민을 모두 씻어주는 행복 비타민이지요.

네 번째 습관, 당신 주변의 소중한 친구들에게 마음을 전하세요. 우리는 직장에서 남의 눈치를 보느라, 또 바쁘거나 힘들다는 이유로 주변 사람들을 돌아보지 못합니다. 소중한 친구들을 떠올려보세요. 유치하지만, '내 인생의 10명의 친구'를 적어보세요. 10명의 친구들을 한 명씩 떠올리면 고맙고 또 보고 싶지요? 살다 보면 친구는 뒷순위로 밀리는 경우가 많습니다. 내가 공부를 해야 하니 친구는 다음에 만나고, 너무 힘드니 친구랑 애기는 다음에 하고, 회사 때문에 바쁘니 친구한테 연락은 다음에 하는 식이지요.

친한 친구처럼 내 편이 되어 나를 응원해줄 수 있는 사람은 많지 않습니다. 지금 친구들에게 얼마나 고마운지, 어떤 점이 미안하고 서운했는지, 친구를 얼마나 생각해주었는지에 대해 진실한 마음을 전하는 게 어떨까요? 쑥스럽지만 앞으로도 내 친구로 있어달라고 이야기해보세요. 지금 함께할 수 있다는 사실에 감사해보세요. 이렇게 좋은 친구가 있는 당신은 얼마나 행복한 사람입니까?

다섯 번째 습관, **힘들 땐 쏟아내버릴 장소를 만드세요.** 제 친구 중에 한 명은 얼마 전 SNS에 이런 글을 올렸습니다.

"변기야 고마워, 온갖 오물들을 받아줘서. 변기가 없다면 거리가 엄청 더러웠을 거야."

속상하고 아픈 마음도 이 친구처럼 변기에 배출해버릴 수 있다면 얼마나 좋을까요? 아마 우리는 이미 그렇게 하고 있을지도 모릅니다. 그래도 쏟아낸다는 것은 꼭 필요한 행위입니다. 부산 앞바다에 쏟아내버릴 수도 있고, 힙합 콘서트에서 마음껏 소리를 지르며 분출하기도 하고, 또 클럽에 가서 시끄러운 음악에 몸을 맡길 수도 있습니다. 어디든 쏟아낼 수만 있으면 됩니다. 이별을 하면 꼭 동남아시아로 떠나는 선배가 있습니다. 그녀는 "시간은 많이 안 걸리지만, 비행기를 타니 새로운 곳에 가는 기분이 난다"

라고 합니다.

"새로운 곳의 가장 좋은 점은?"

"'남자친구 잘 있니?' 하고 묻는 사람이 아무도 없다는 점!"

"그럼 가서 뭘 하고 오지?"

"바다를 보면서 마구 소리치기? 거리를 걷다 열 받으면 욕을 내뱉기?"

저는 그녀의 이런 점을 배우고 싶습니다. 감정을 어딘가에 다 쏟아냄으로써 감정 때문에 몸과 시간이 소모되거나 낭비되지 않도록 노력하는 것이죠. 어차피 시간은 한정되어있잖아요. 그래서 그녀는 행복합니다. 뭐, 행복하지 않을 이유가 없으니까요.

만나야 할 사람, 피해야 할 사람

친구여, 너는 왜 말하지 않았나
점점 여려지면서 조용히 끝나는 노래에 관해 불탄 숲에 관해
거기가 바위산인가 바람한테 집요하게 갉아 먹히는
돌멩이 같은 표정으로 넌 왜 입술만 달싹거렸나

김이듬 〈마임 모놀로그〉 중에서

내 주변에는 어떤 사람들이 있나

이별을 하고 나면 비로소 내 주변에 있는 소중한 사람들을 돌아보는 시간을 갖게 됩니다. 사실 그동안 연인에게 집중하느라 너무 간과하고 있었죠. 내 주변 친구들, 선후배들, 회사 동료들을 말이죠. 이전에는 눈여겨볼 생각도 못했던 그들을 살펴보면, '참 좋은 사람들이 내 주변에도 많았구나'라는 것을 깨닫게 됩니다. 장점을 위주로 보세요. 단점들만 보며 헤어진

사람과 비교하지 마세요. 그건 아무 의미가 없습니다. 이제 그 사람에게서 벗어나 새로운 장점을 가진 사람들에게 눈을 떠야 할 때가 왔습니다.

자, 당신의 주위에 어떤 사람들이 있는지 보세요. 긍정적이고 밝은 사람, 어둡거나 부정적인 사람, 개방적인 사람, 보수적이고 깐깐한 사람……. 세상에는 정말 다양한 사람들이 있습니다. 세상 사람들 모두는 외모도 성격도 다릅니다. 그러니 당신과 완전히 맞는 사람은 아마 없을 겁니다. '조금 더 잘 맞는 사람'과 '약간 덜 맞는 사람'이 있는 것이지요.

신이 처음부터 규격을 맞춰 놓고 인간을 창조하거나 조합하는 것은 아니잖아요? 우리 모두가 똑같은 환경에서 성장하는 것도 아니고요. 그러니 100퍼센트 나에게 딱 맞는 완벽한 짝을 찾으려는 당신의 생각을 이제 바꾸어야 할 때입니다. 세상의 그 어떤 커플도 처음부터 끝까지 딱 맞아떨어지고, 그래서 불만이 하나도 없는 경우는 없습니다.

이상하게도 우리는 사랑하는 사람을 찾을 때, 혹은 찾았을 때, 상대에게 지나치게 기대합니다. 나를 모두 이해해주기를 바라거나, 내가 이해할 수 있는 행동만 해주길 바라는 것이 그것입니다. 좋아하기 때문에 기대가 커지는 것일까요? 그러나 이런 것들은 지나친 욕심입니다.

수십 년을 같이 살아온 부모님과도 맞지 않는 부분이나 이해되지 않는 것들이 많잖아요. 가장 친한 친구에게도 실망스러운 부분이 있잖아요. 가끔은 친구가 미워지기도 하잖아요. 이렇게 오랜 시간을 함께한 사람들과도 차이가 있기 마련인데, **어떻게 생판 처음 만난 남녀가 서로 처음부터 잘 맞을 수 있을까요?** 그런 기대는 처음부터 버리는 것이 좋습니다.

서로에 대한 호감과 사랑을 기반으로 조금씩 맞춰나가면 되는 것이지요. 그러니 열쇠 구멍과 열쇠처럼 딱 맞아떨어지는 사람이 없다고 슬퍼하지도, 그런 사람을 찾느라 고생하지도 마세요. 욕심을 버리고 좋은 사람들을 찾는 데에 그런 에너지를 쏟는 것이 더 현명합니다. 그리고 더 잘 맞춰갈 수 있도록 내가 더 좋은 사람이 되기 위해 노력하세요.

자, 그럼 이제 당신이 좋아하는 사람들을 떠올려봅시다. 동성이든 이성이든 관계없이 당신이 친하게 지내거나 호감을 갖고 있는 사람들을 떠올려보세요. 성격, 취향, 외모 등 그들의 매력이 발견될 것입니다. 저 역시 이별 후 다른 이성에게 오랜 시간 마음을 열지 못했던 시간이 있었어요. 아래의 분석은 그때 활용했던 방법입니다.

> 친구 A: 상상력이 풍부하고 생각이 깊음. 성숙하고 상대를 배려함. 자기 일에 자신감이 있음. 예술의 여러 분야에 걸쳐 조예가 깊고, 다른 사람을 편안하게 해줌. 말이 잘 통함.

> 친구 B: 어른스럽고 술을 좋아함. 티는 잘 안 내지만 은근히 사람들을 잘 챙김. 사람을 편안하게 해줌. 유머가 있음. 솔직함.

친구 C: 자기 일에 자신감이 있고 성실함. 이해심이 있음. 새로운 것을 좋아하고 호기심이 많음.

친구 D: 개방적이고 새로운 것 체험하기를 즐김. 모험심이 많고 도전적임. 여행을 좋아함. 탐구심이 많고 책임감 강함. 자기 일에 최선을 다함.

친구 E: 이해심이 많고 이야기를 잘 들어줌. 유머가 있음. 여행을 좋아함. 아는 것이 많고 침착한 성격.

내가 좋아하는 그들의 성격을 쭉 적어 내려가다 보니, 내 옆에 있는 지인들은 참 좋은 사람들이라는 생각이 들더군요. 물론 제가 매력을 느끼는 사람들의 성격이 어느 정도 비슷하기는 했습니다. 그렇다고 해서 모두가 유사한 성격을 가진 것은 아니었습니다. 예를 들면, 저는 이해심이 많은 사람들을 좋아했고, 자기 일을 열심히 하거나 자신감이 있는 사람을 좋아했고, 또 유머가 있고 개방적인 사람을 좋아했습니다.

이러한 방법을 통해 내 주변에 좋은 사람들이 많다는 사실과, 또 동시에 내가 좋아하는 면들을 확인하기도 합니다. 어떤 사람에게서 주로 매력을 느끼고, 어떤 사람에게 끌리는지 알게 되는 거지요. 그러면 주변의 또 다른 좋은 사람들을 볼 때에 참고가 되기도 하고, 좋은 사람과 이성적으로 발전할 가능성도 생기게 되겠죠.

어떤 사람을 만나야 할지 너무 고민하지 마세요. 주변 사람들의 좋은 점들을 주로 보고, 내가 좋아하는 점들을 찾고, 그런 것에 감탄하며 관계를 쌓아가다 보면 당신의 인연을 만날 수 있습니다. '나는 다른 사람의 이런 점이 싫어, 저런 건 진짜 정말 싫어!'라면서 싫은 점들만 바라보며 마음을 꽉 닫고 있지는 않았나요? 그렇게 하면 대체 누가 당신의 마음속으로 들어올 수 있을까요? 마음을 활짝 열고 새로운 매력을 가진 사람들을 받아들이세요. 당신 주변엔 멋진 사람들이 많지요. 물론 그중에 당신의 인연이 있을지도 모르잖아요.

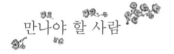

만나야 할 사람

'만나야 할 인연이라면 언젠가는 반드시 만난다'라는 말이 있지요. 상대가 나와 인연이라면 나의 장점을 사랑해주고, 나의 단점을 메워주는 사람이겠지요. 혹은 내가 그 사람의 장점을 사랑해주고 단점은 보완해주는 관계가 되겠죠. 혹은 내가 그 사람의 장점을 많이 사랑해주고 그 사람의 단점을 보완해줄 수 있는 관계가 되겠지요.

인연이기 때문에 자연히 보완되는 관계 외에, '객관적으로 누가 봐도 괜찮은 사람이야'라는 말을 듣는, 일반적으로 만남을 권장할 만한 성격이 있습니다. 주로 소개팅에서 "괜찮은 사람이었어"라는 평가를 많이 듣는 사람들이 공통적으로 가지고 있는 장점들이지요.

1. 목표가 있는 사람

삶에 목표가 있는 사람은 항상 노력합니다. 더 나은 삶을 꿈꾸고, 지금 좀 더 희생하더라도 미래를 위해 좋은 결과물을 내고자 하는 사람이지요. 목표를 위해 인내하고 희생하는 것이 무엇인지 아는 사람입니다. 또 한 단계, 한 단계 앞으로 나아가는 사람입니다. 이런 사람과 함께한다면, 당신도 항상 목표를 설정하게 될 것이고, 함께 발전하는 삶을 살 수 있습니다.

제 친구 중에 6년째 연애 중인 커플이 있습니다. 두 사람 모두 학창시절 공부도 잘 했고, 지금은 회사에서 인정을 받습니다. 소위 말하는 '능력자'들입니다. 이 두 사람이 연애를 한다기에 저는 내심 그들이 많이 싸울 것이라 생각했습니다. 두 사람 다 자기 일에 있어서 야무지기 때문에 고집이나 자존심이 강할 것이라 생각했고, 그래서 서로 부딪칠 일이 많지 않을까 예상했던 거죠. 그래서 지켜본 결과는 어땠냐고요? 오히려 사이 좋게 장기 연애를 하더군요. 저는 두 사람에게 물었습니다. 오래 연애할 수 있는 비결이 무엇이냐고요. 그들이 말하길, 비결 중 하나는 '공동의 목표'라고 했습니다. 각자가 인생의 목표로 삼은 것들이 있지만 '같이 이루어내고 싶은 목표'도 정하고 나니. 더욱 관계가 공고해졌다고 합니다. 그 결과 두 사람은 결혼까지 생각하는 관계가 되었습니다. 공동의 목표를 향해 함께 나아가는 인생의 동반자 같은 관계가 된 것이죠. 나중에 같이 사업을 하며 초과 수익은 사회에 기부하는 재단을 만들겠다고 하니, 두 사람의 미래를 더욱 응원하고 싶어집니다.

2. 긍정적인 사람

긍정적인 사람은 연애를 할 때도 긍정적입니다. 긍정적인 사람들은 힘든 상황에 직면했을 때 더 잘해볼 방법을 찾거나, 함께 찾자고 제안하기도 합니다. 긍정적인 사람은 상대를 바라볼 때, 먼저 긍정적이고 좋은 면들을 봅니다. 어려움에 직면했을 때도 부정적인 감정에 빠지기보다는, 어려움을 해결할 수 있는 방향에 대해 고민합니다. 그뿐만 아니라, 데이트를 할 때 상대의 기분을 좋게 만들어줍니다. 긍정적인 에너지는 자신뿐 아니라, 다른 사람에게도 엔도르핀을 주고, 웃음을 주는 행복 비타민이 됩니다.

지인 중에 10년을 연애하고 얼마 전 결혼 날짜를 잡은 커플이 있습니다. 두 사람 모두 긍정 에너지가 가득합니다. 학생 시절부터 연애를 시작한 두 사람은 힘들 때마다 서로를 격려해주고 서로에게 힘이 되어주었습니다. 그래서 두 사람 모두 생각했던 것보다 취업도 성공적으로 잘 했고,

직장 내에서도 승승장구할 수 있었습니다. '우리는 잘할 수 있어!'라는 생각이 깔렸으니 무엇을 해도 용감하고 즐겁게 할 수 있었던 거지요. 둘이 함께하는 시간이 언제나 웃음으로 가득한 것은 물론입니다.

3. 당신을 믿어주는 사람

남을 지나치게 의심하는 사람과는 관계를 맺고 유지하기가 매우 힘이 듭니다. 그렇지만 개방적인 마음으로 상대를 믿는 사람과는 관계를 발전시키기가 훨씬 쉽습니다. 내가 착한 사람이라는 것을, 나의 노력을, 나의 가능성을 믿어주는 사람이 있다면, 얼마나 행복할까요? 이런 성격을 가진 사람들과는 누구라도 관계를 잘 이어갈 수 있을 것입니다.

후배 커플은 평범하지만 참 예쁜 연애를 하고 있습니다. 남자는 고시생이고 여자는 일을 하기 때문에, 데이트 시간도 적고 서로가 처한 환경도 많이 다릅니다. 그래서 주변 사람들은 이 두 사람이 어떻게 저렇게 잘 지낼 수 있는지 궁금해합니다. 그렇지만 두 사람은 함께할 때 정말 행복해하더군요. 서로 가능성과 사랑을 믿는 것만큼은 누구에게도 지지 않습니다.

"이건 좀 아니지 않아? 네가 뭐가 아쉬워서 저 남자를 만나니?"라는 질문에 여자는 "그 사람은 잘 될 거야"라고 오히려 남자친구를 믿어주었고, "공부하는 데 방해되지 않아?"라는 주변의 질문에 남자는 "여자친구가 있어서 나는 더 열심히 할 수 있는 거야"라고 답합니다. 그들이 얼른 자리 잡고 지금보다 더 행복해지는 날이 왔으면 좋겠네요.

4 . 책임감과 의리가 있는 사람

연애는 사랑과 우정이 결합해야 합니다. 즉, 서로에 대한 호감만으로 관계가 유지되는 것이 아니라, 책임감과 서로에 대한 예의가 수반되어야 하는 관계인 것입니다. 불같이 서로 이성의 사랑만을 나누는 기간이 지나고 나면, 다음은 의리가 필요합니다. 자신이 힘들더라도 나의 동반자인 상대를 위해 희생을 할 줄 알아야 합니다. 모두 자신이 편한 대로 맞추려는 사람과의 연애는 힘듭니다. 본인도 힘들지만, 책임감과 의리로 나에게 맞춰줄 줄도 아는 사람을 만나야 합니다.

꽤 오랫동안 친구였다가 최근에 만남을 시작한 한 커플이 있습니다. 그들은 물론 서로 이성적으로 끌리기 때문에 사귀게 되기는 했지만, 타오르는 사랑보다도 진득한 우정의 관계에 가깝다고 했습니다. 두근두근하는 감정은 덜하지만, 서로에 대한 믿음과 의리로 가득한 관계이기 때문에, 마치 가족과 같은 느낌이라고 합니다. 책임감이 강하기로 유명한 남자와 의리가 있기로 유명한 여자, 이 두 사람의 사랑이 오래가기를 진심으로 바랍니다.

5. 배려하는 사람

인간관계에서도 마찬가지이지만, 연애는 더더욱 서로에 대한 배려를 전제로 삼아야 합니다. 항상 상대의 입장에서 생각하고, 상대의 감정을 생각해줄 줄 아는 사람과의 연애는 기본적으로 안전합니다. 서로 말이 통하지 않아서 답답해 죽는 일은 절대 없을 테니까요. 배려하는 것이 몸에 배어 있는, 이른바 '친절하고 착한' 사람을 만나세요.

항상 남자의 입장을 먼저 생각하는 여자가 있습니다. "네가 그렇게까지 하면서 만날 필요가 있니?"라는 말을 주변에서 들으면서도 여자의 마음속에는 항상 "그가 불편해하지는 않을까?" 아니면 "그가 속상해하지는 않을까?" 하는 생각뿐이지요. 그가 행복하고 기쁘기를 바라면서 행동하다 보니, 연애를 하며 싸울 일이 없습니다. 남자도 역시 그녀를 항상 우선으로 생각하고 배려하기 시작했으니까요. 배려는 더 큰 배려를 낳고 아름다운 관계를 만듭니다.

6. 약속을 잘 지키는 사람

연인 사이에 약속을 지키는 것은 매우 중요합니다. 약속을 잘 지키는 사람은 기본적으로 책임감도 강합니다. 또 소중한 사람을 어떻게 대해야 하는지 잘 알죠. 다른 어떤 일보다도 당신과의 약속을 우선순위에 올려놓는 사람이니까요. 데이트에 10분, 20분씩 늦으면서 아무렇지 않아하는 여자를 만나지 마세요. 당신과의 약속을 잊어버리거나, 친구와의 약속 때문에 자꾸 약속 날짜를 바꾸려 하는 남자를 만나지 마세요.

오랜 연인들의 공통점은 기본적인 약속을 잘 지키고, 그들 사이에 만들어놓은 규칙 같은 것도 잘 지킨다는 점입니다. 약속 시간과 서로 하지 않기로 한 행동들을 지킴으로써 서로에 대한 신뢰는 깊어지고, 관계는 더욱 발전합니다. 남들이 이해할 수 없는 약속들도 서로 지키기로 했다면 말이지요, 그것을 정말로 지키기 위해 최선을 다하는 모습은 참 아름답습니다. 정말 내가 사랑하는 상대만을 위해서 노력하는 것이니까요.

7. 감사할 줄 아는 사람

어떤 것에도 만족하지 못하고 욕심을 부리는 사람이 있습니다. 이런 사람들은 대부분 다른 사람이 가진 것과 내가 가진 것을 계속 비교하며 불평하지요. 그러나 감사할 줄 아는 사람은 자신이 가진 것에 대해 만족할 줄 압니다. 이런 사람들은 당신이 본인들과 함께 있는 것에 감사하고, 사랑할 수 있게 되었다고 감사하고, 행복하게 해주어 감사할 것입니다. 이런 사람이 없을 것 같다고요? 많습니다. 한번 잘 찾아보세요.

정말 잘사는 친구 커플은 매일 호텔에서 데이트를 하고, 비싼 명품 선물을 주고받습니다. 그런데도 만날 때마다 서로를 욕하느라 정신이 없어요. 그런데 평범한 다른 친구 커플은 아직도 학생이라 용돈이 충분치 않

아 학교 식당에서 데이트를 하고, 선물도 저렴한 것만 주고받습니다. 그런데도 행복해하며 서로에게 감사하다고 하네요. 어떻게 된 걸까요? 감사는 느끼는 사람만 느낄 수 있습니다. 서로에 대한 마음에 감사해야지, 물질만을 보며 못 가진 것에 대해 불평하면 행복할 리가 없지요. 감사할 줄 아는 사람들의 모습은 참으로 아름답습니다.

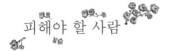

피해야 할 사람

만나지 말아야 할 사람들도 있습니다. 지나치게 이기적이거나, 사랑과 인연을 우습게 알 거나, 성격적으로 다른 사람을 힘들게 하는 사람은 백이면 백 모두를 힘들게 하기 마련입니다. '모두가 괜찮다는 사람'이 존재하듯이, '모두가 절대 아니라는 사람'도 있지요. 그런 사람들과는 가급적이면 사랑에 빠지지 않는 것이 당신이 좀 더 행복해지는 방법이 될 것입니다.

1. 이성의 유혹에 약한 바람둥이

바람둥이와는 처음부터 아예 인연을 만들지 않는 것이 좋습니다. 그들은 끊임없이 이성과 엮이는 상황을 만들고, 절대 이런 습관에서 벗어나지 못하기 때문입니다. "젊었을 때나 다른 이성을 만나지, 나이 들면 철들지 않겠어?"라는 말은 바람둥이나 하는 자기 위안입니다. '내가 잘하면 그 사람도 변하지 않을까?'라는 기대는 저기 멀리 던져놓아야 합니다. 바람을 안 피우는 사람은 있어도, 한 번만 바람피우는 사람은 없다는 사실을 명심하세요. 그들은 여자 혹은 남자 없이 절대 살 수 없는 사람들이고, 항상 새로운 이성이 채워져야 성이 차는 사람들이니까요.

꼭 남자친구가 있는 여자를 좋아하게 된다는 남자가 있습니다. 과거에 오래 만났던 전 여자친구도 이전의 남자친구로부터 뺏었고, 얼마 전 좋아하게 된 여성 역시 남자친구가 있는 사람이라고 합니다. 그는 항상 골키퍼를 물리치는 데 자신이 있습니다. 결국 또 새로 좋아하게 된 그녀와 사귀었고, 만족스러운 연애를 하고 있었습니다.

그런데 친구들과 간 제주도 여행 중에 친구 한 명과 술김에 잠자리를 갖게 되었습니다. 결국 여자친구에게 발각되었고, 호되게 욕을 먹고 헤어지고 말았지요. 그렇지만 그는 별로 죄책감을 느끼지 않았습니다. 오히려 전 여자친구가 양다리를 걸쳤다며 욕을 하고 다닌답니다. 그러고는 이별의 아픔도 없이, 새로운 여성을 찾으러 또 소개팅을 하고 있습니다.

관계에 대한 책임감, 또 다른 사람과의 관계에 대한 존중과 예의가 없는 사람은 스스로 깨닫기 전까지 절대 변하지 않습니다. 이성의 유혹에 약한 바람둥이 스타일은 애초에 만나지 않는 것이 가장 좋습니다.

당신을 구속하거나 학대하는 사람은 피해야 합니다. 심리 전문가들은 연인 사이에 서로를 구속하고 못살게 구는 것을 '감정적 학대'와 '신체적 학대'로 구분하기도 합니다. 이런 사람들은 '당신을 사랑하기 때문에 이끌어주려고 구속하는 것'이라며, '나의 법칙에 따르지 않은 당신은 옳지 않으므로 죄책감을 느껴야 한다'라면서 당신의 행동을 비난하고 당신의 자신감을 무너뜨립니다. 이런 사람들은 데이트 초기에는 자신감에 찬 모습을 보이니 매력적으로 느껴질 수 있습니다. 하지만 시간이 지날수록 억압, 위협 등의 방법으로 당신을 교묘하게 지배하거나 제압하려 하고 심할 경우 신체적인 압박까지 가할 수 있습니다.

상대에게 욱하는 버릇이 있다면 반드시 다시 한번 생각해봐야 합니다. 연애 전이라면 이 사람과의 만남을 시작할 것인지에 대해 신중하게 생각해보고, 연애 중이라면 만남을 지속할 것인지에 대해 생각해볼 필요가 있습니다. 그 사람이 화를 잘 내고, 질투심이 심하며, 본인이 다 옳고 당신이 잘못되었다는 논리를 펼치기 시작하면, 당신은 그 사람을 만나는 동안 점점 자신감이 없어질 것이고, 불안과 우울증이 생길 것입니다. 이런 사람과 만남을 지속할 수 있을까요? 반드시 잘 생각해보아야 합니다.

3. 부정적인 사람

유난히 매사에 부정적인 사람들이 있습니다. 어떤 상황을 봐도 '저건 거짓말이야. 저렇게는 절대로 안 될 거야' 같은 생각을 하면서 부정적인 결론을 내려버리지요. 이런 사람과 만나면 당신이 우울해지기 쉽습니다. 보통 부정적인 사람은 용기가 부족한 사람입니다. 상황에 맞설 생각을 하지 않고 포기해버리는 경우가 많습니다. "안 돼. 못 해. 싫어"라는 말을 입에 달고 살지요.

제가 사업을 시작하겠다고 했을 때, 대부분의 사람들이 "잘 안 될 거다", "지금 하기에는 때가 늦었다", "그게 가능하다면 진작 누군가가 했을 거다", "아무도 그것을 보지도 사지도 않을 거다" 처럼 부정적인 이야기를 많이 했습니다. 가장 가까운 연인마저도 "하지 마. 왜 하지 말라는 걸 자꾸 한다고 그래?"라고 말하더군요. 힘이 쪽 빠졌습니다.

그때 저에게 필요했던 것은 용기와 격려와 믿음이었습니다. 많은 것을 바랐던 게 아니었는데, 그런 말을 듣기가 그렇게도 힘들더군요. 그래도 저는 사업을 시작했습니다. 그리고 어쩌다 보니 그녀와도 헤어졌습니다.

새롭게 만난 여자친구는 저를 너무나도 잘 이해해줍니다. 그뿐만 아니라, 저의 일과 능력을 긍정적으로 봐주었습니다. 그러니 힘이 절로 나는 것 같았습니다. 누군가 나와 내 일을 긍정적으로 보아준다는 것이 사업에도 좋은 영향을 끼치는 것을 보고서야 저는 '아, 부정적인 사람을 만나면 내가 더 힘들어지는구나' 하고 뼈저리게 느꼈습니다.

4. 말이 안 통하고 자기 이야기만 하는 사람

'내 이야기를 잘 들어주는 것'과 '말이 잘 통하는 것'을 혼동하는 사람들이 많습니다. 저도 잠시 만났던 사람 중에 내 얘기를 참 잘 들어주고 반응해주는 사람이 있었습니다. 그래서 저는 그 사람과 말이 잘 통한다고 착각했습니다. 그렇지만 금방 진실은 드러나게 됩니다. 상대와 대화를 시도해보면, 금방 티가 나게 되지요.

상대가 자기 이야기만 한다면, 그 사람은 당신을 배려하지 않는 사람입니다. 당신이 어떤 이야기를 꺼내도 결국 본인의 이야기로 마무리하고, 자신의 이야기에만 반응해주기를 바란다면, 상호 간에 소통이 이루어질 수 있을 리 없습니다. 라디오를 듣는 것도 아니고, 토크쇼에서 게스트의 토크를 듣는 것도 아니므로, 결국 '봉사활동'을 하는 것과 비슷한 것입니다. 대화란 상호 간의 소통입니다. 그러므로 자기 이야기만 늘어놓는 사람은 되도록 피하세요.

5. 대화를 피하는 사람

대화를 피하거나 싸움을 지나치게 피하는 사람은 겁쟁이일 가능성이 큽니다. 실제로 많은 사람들이 결혼을 후회하는 이유 중 하나가 배우자와 대화를 나누기 어려운, 서로 안 맞는 사람이라는 것이라 합니다. 대화를 피하고 성적인 면에만 집착한다든지, 깊은 대화는 피하고 수박 겉핥기식의 단순한 대화만 나누고 싶어하는 행동이 포착되면 당신은 그와의 만남을 다시 생각해봐야 합니다.

"고민이 있어요. 남자친구가 대화를 잘 하려 하지 않아요. 대화를 해야 할 것 같아서 제가 이야기를 많이 하면 별로 큰 반응이 없이 듣기만 해요. 처음엔 제 이야기를 잘 들어준다고 생각했는데, 시간이 갈수록 제 이야기에 관심이 없다는 느낌을 받았어요. 의견을 물어도 별다른 이야기를 하지 않고 대화를 따분해하더라고요. 언제부턴가 그는 데이트 때도 모텔에 가서 관계를 갖고, 텔레비전을 보고, 나와서 집에 가고 싶어하는 눈치였어요. 그런 데이트만 원하는 것 같았죠. 저랑 대화하기가 싫은가 봐요. 점점 우리 관계를 알 수 없네요."

어떤 사람과 만나 호감을 키워 나가는 중에 이런 징조가 느껴진다면, 과감하게 저는 이렇게 말하고 싶습니다. 그 사람, 절대 만나지 마세요. 남녀의 관계가 성적으로만 연결되었을 뿐 정신적으로는 연결되지 못한 경우니까요. 특히 상대가 그런 관계를 원한다면 말입니다. 이런 관계는 결국 공허해지기만 합니다. 서로 생각을 공유하며 발전적인 관계를 갖기를 원하는 당신에게는 이런 사람은 최악의 사람입니다.

6. 책임감이 없는 사람

요즘 '썸'이란 말이 유행입니다. 흔히 남녀 간에 친구도 아니고 사귀는 것도 아닌 애매한 '썸씽(something)'이 있는 관계를 의미하지요. 썸이 있는 관계는 달콤하고 아슬아슬 재미가 있지만, 한편으로 요즘에는 관계에 책임을 지지 않으려는 사람들이 많다는 증거 같기도 합니다. 당신을 애인처럼 대하지만 사귀자고는 말하지 않는 사람, 이런 사람은 책임감이 없는 사람이므로 오래 만날 사람이 아닙니다. 물론 결혼 상대자로서 좋은 후보가 아니고요.

만나자고는 안 하면서 핸드폰으로 연락만 하는 사람, 두세 시간 정도라면 만나자고 하지만, 한나절 이상 데이트를 하자고는 안 하는 사람, 데이트를 하며 계속 만나지만 크리스마스 같은 중요한 날은 같이 보내지 않는 사람, 스킨십을 하지만 사귀자고 말하지는 않는 사람, 우리는 무슨 관계인지 물으면 변명을 하며 이 관계를 유지하자는 사람과는 억지로 사랑을 만들 필요가 없습니다. 자신의 감정에도, 행동에도 책임을 지려 하지 않는 사람이므로, 이런 사람과는 진지한 관계를 시작하지 않는 것이 좋습니다.

남녀가 서로 호감을 가지고 만나다 보면 성적인 관계를 맺기도 합니다. 섹스는 사랑을 표현하기에 좋은 수단이고, 사랑을 깊게 발전시킬 수 있는 매개체가 되기도 합니다. 그런데 성적 욕구에 지나치게 집착하는 사람들이 있습니다. 당신이 원하지 않는데도 성관계를 무리하게 요구하거나, 시도 때도 없이 성관계를 원하는 사람이라면, 성적 욕구에 집착하는 사람은 아닌가 생각해볼 필요가 있습니다.

"사귀기도 전에 관계를 가졌습니다. 처음엔 오빠가 나를 너무 많이 사랑해서 매일매일 안고 싶어하는 줄 알았어요. 그런데 시간이 지나고 보니, 오빠는 나와 잠자리를 갖는 것 자체를 몹시 좋아해서 다른 데이트를 하기 귀찮아했고, 심지어 나와의 잠자리에 대해 친구들에게 이야기하고 다닌다는 것을 알게 되었어요. 세세한 잠자리 버릇과 행동들까지 다 너무 쉽게 떠벌리고 다니는 것을 보고 '이 사람은 나를 성적 도구로밖에 생각하지 않는구나' 싶었어요."

이런 사람과 더 오래 관계를 이어가지 않았다는 게 천만다행이라 말하고 싶습니다. 사귀기 전부터 이렇게 성에 대해 진지하지 못하고 집착하는 사람은 만나지 않는 것이 좋습니다. 이런 사람들은 좋은 사람이라 말하기 어려울뿐더러, 관계에 대해 진지하게 생각하지 않을 확률이 높습니다.

8. 자신을 사랑하지 않는 사람

자신을 사랑하지 않는 사람은 다른 사람도 사랑할 줄 모르는 경우가 많습니다. 종종 심한 우울증을 앓거나, 남들이 그런 것보다 더 힘들어하거나, 힘든 상황이 왔을 때 자신을 학대하는 사람들이 이런 경우지요. 자신을 쉽게 포기하는 사람을 만나면, 당신은 그 사람을 챙기느라 당신 역시 우울한 삶을 살게 될 수도 있습니다.

A군은 B양의 우울증을 도저히 더 이상은 받아줄 수가 없었습니다. 처음에는 'B양이 예술을 하는 사람이니 그렇겠거니' 하며 오히려 자신이 힘이 되어줄 수 있다는 사실에 행복했습니다. 하지만 그럴수록 B양은 아무이유 없이 우울해져서는 엉엉 울고, 혼자 극한의 상황을 가정하고는 체념해 쓰러져있기도 하고, 강박증에 사로잡혀 부재중 전화 80통을 남기는 것이었습니다. 이렇게 이해할 수 없는 그녀의 행동들이 계속되자, A군은 너무 힘이 들어서 헤어지자고 말했습니다. B양은 너무 큰 슬픔에 빠진 나머지 자살을 하겠다며 한바탕 소동을 벌였고, A군은 어쩔 수 없이 다시 B양의 곁으로 돌아갈 수밖에 없었습니다.

한쪽이 자기 자신을 괴롭히면, 그러한 행동을 지켜보고 말리는 다른 사람도 똑같이 괴로워집니다. 이것은 너무 아픈 일이기 때문에 두 사람 모두 관계를 이어가기가 힘들어집니다. 물론 정말 사랑하는 사람이 우울증을 앓고 있어서 함께 도와주고 싶다면 이야기가 다릅니다. 하지만 아직 관계가 깊어지기 전이라면 서로가 힘들어지는 것은 아닌지 잘 생각해보세요.

9. 비밀이 많은 사람

유독 비밀이 많은 사람들이 있습니다. 모든 것을 연인끼리 공유할 수는 없지만, 비밀이 너무 많은 것도 조금 수상하지요. 보통 비밀이 많은 사람들은 당당하지 못한 행동을 하기 때문에, 그것을 공개적으로 말하기를 꺼리는 경우가 많습니다. 연인이 나에게 많은 것들을 숨긴다면 서운하겠지요.

비밀이 많은 사람은 쉽게 드러납니다. 그 혹은 그녀를 만나고 알아가는 과정에서 이런저런 질문들을 건네보면 깔끔한 대답을 듣지 못하는 경우가 있지요. 그렇듯 대답을 못하는 사람들이 바로 이러한 유형이지요. 물론 처음부터 이것저것 다 공유하며 공개하는 사람이 좋다는 말은 아닙니다. 그런 사람은 오히려 주책없는 경우가 많지요. 그러나 너무 큰 비밀을 숨기고 사는 사람이라든지, 밝힐 수 없는 자잘한 비밀들이 많은 사람은 앞과 뒤가 다른 경우가 많으니 조심하시기 바랍니다.

(…)

언제 어느 때 다시 만난다 해도

다시 반기는 인연 되어

서로가 아픔으로 외면하지 않기를

인생길 가는 길에

아름다운 일만 기억되어

사랑하고 싶은 사람으로 남아있기를

조선윤 〈인연〉

4부

나아가기

사랑은 수동적 감정이 아니라 활동이다.
사랑은 '참여하는 것'이지 '빠지는 것'이 아니다.

에리히 프롬 〈사랑의 기술〉 중에서

연애, 그 참을 수 없는 가벼움

너와 내가 만나 우리를 만드는 것

연애, 뭐 별건가요? 그렇지만 만남, 이루어지지 않는 사랑, 헤어짐에 대한 아픔은 우리가 나누는 대화 중에서 상당 부분을 차지하고 있습니다. 왜 인간은 죽을 때까지 사랑에 대해 이야기할까요? 그만큼 사랑이라는 것, 연애라는 것, 만나고 헤어진다는 것은 인생에서 큰 비중을 차지합니다.

연애를 할 때 우리는 커다란 행복을 느낍니다. 모든 사람은 사랑하고 사랑받는 것에 기뻐하고, 만족스러워합니다. 나를 사랑해주는 그 사람에게 고마워하고, 그를 통해 나 자신의 존재 이유를 찾기도 합니다. 사랑받을수록 더 예뻐지고, 멋있어지고, 또 인격적으로 성숙해지기도 합니다.

그렇지만 연애를 하다 보면, 상대에게 지나친 기대를 하거나 너무 많이 의존하기도 하고, 집착하기도 합니다. 실망하여 배신감을 느끼기도 하고, 자책하기도 합니다. 그러다 보면 자존감이 우르르 무너지고, 자신의 존재 이유를 잃어버리기도 합니다. 이별 후 몸과 마음이 상하는 경우도 흔합니다.

부족한 나의 모습을 다른 사람이 채워주는 것이 연애라 생각하시나요? 이러한 생각 속에는 상대로부터 내가 원하는 것을, 내가 부족한 것을 '받고자 하는 욕구'가 있습니다. 하지만 연애란 두 개인이 만나 서로의 동반자가 되어주는 것입니다. 그러니까 연애와 사랑은 받으려 하는 것이 아닙니다. 독립적인 두 사람이 만나 서로 줄 수 있을 때 비로소 행복한 연애가 이루어집니다. 상대에게서 받으려고만 하고, 그것을 기대하는 것은 관계를 망치는 지름길입니다.

"나는 성격이 더럽고 내 맘대로 하는 것을 좋아하기 때문에 착하고 순종적인 여자를 만날 거야. 그런 여자라야 나를 다 이해해주고 받아줄 수 있거든. 예전에 만났던 여자들은 예뻤지만 성격들이 굉장했어. 한번 싸우면 물건이 날아다닐 정도였지. 이제 절대 그런 여자들을 만나지 않으려고 해. 착하고 순종적인 여자 어디 없을까?"

하지만 도대체 어떤 여자가 저런 남자를 좋아할 수 있을까요? 좋은 상대를 만나려면 먼저 나 자신이 좋은 사람이 되어야 합니다. 나 자신의 부족한 점을 알고 있다면, 그것을 개선하고 스스로 발전시켜야 더 좋은 연애를 할 수 있습니다. 나의 결함을 받아줄 사람은 만나기도 힘들 뿐더러, 그런 사람과는 연애를 지속하기도 힘듭니다.

연애는 독립적인 두 사람의 만남이며, 서로를 존중하고 존중받는 관계여야 합니다. 사랑하는 사람을 자신의 스타일에 끼워 맞추려고 노력하는 것은 잔인한 일입니다. 도넛 모양의 작은 조각과 커다랗고 네모난 모양의 조각이 있다고 가정합시다. 두 개의 조각을 옆에 두면 이렇게 아름다운 예술품일 수가 없습니다. 그런데 도넛 조각 속에 네모난 조각을 넣으려고 하면 잘 들어갈 리가 없지요. 네모난 모양을 동그랗게 깎아내야만 합니다.

상대를 나의 모양에 맞추려 하는 것은 상대의 본모습을 억지로 깎아내는 행위입니다. 그 사람은 나를 위한 맞춤형이 되어 같이 다니기 쉬워질 수도 있습니다. 하지만 자신이 편해지기 위해 상대를 아프게 하는 것이 과연 옳은 일일까요?

두 사람에게는 각자의 아름다움이 있고, 두 가지 아름다움이 함께 뭉쳤을 때에 더 큰 아름다움이 창출될 수 있습니다. 서로의 아름다움을 존중하고 아껴주세요. 나와 함께 더 좋은 향기를 낼 수 있도록 말이죠. 그렇게 해야 더 아름다운 만남이 이루어질 수 있습니다.

소유하려 하지 마세요. 소유하려 할수록 상대는 소유되지 않을 것입니다. 옆에 두세요. 가끔은 상대가 빨리 갈 때도 있고, 가끔은 주저앉을 때도 있을 것입니다. 그럴 땐 내가 빨리 따라가거나, 조금 늦춰주거나, 멈춰서서 기다리면 됩니다. 제가 사용한 '독립적'이라는 말의 의미를 잘 생각하기 바랍니다. 두 사람에게는 각자의 개성과 매력과 삶이 있습니다. 그러니 어느 한쪽이 종속될 수 없습니다. 독립적일 때에 가장 아름다운 것이 사랑입니다.

서로를 응원하는 동반자 관계가 바로 연애이고 사랑입니다. "당신이 최고야", "당신은 잘할 수 있어", "당신을 믿어"라고 끊임없이 격려하고 응원해주는 관계, 무슨 일이 있어도 이 험한 세상에서 서로의 편이 되어주는 관계, 미남 미녀가 넘쳐나도 내 눈에는 그 사람이 가장 멋지고 예뻐 보이는 관계, 그렇게 세상에서 가장 행복한 경험을 서로 주고받는 것이 바로 연애입니다.

사랑할 수 있는 사람을 만나는 것만큼 어려운 것은 없습니다. 쉽게 만날 수 있다면, 인연이 그만큼 소중하지도 않을 테지요.

요즘은 소개팅을 주선할 때 수많은 조건들이 붙습니다. 제 휴대전화 메시지함에도 이렇게 각종 조건들이 난무합니다.

27세, 여자, 박물관 큐레이터, 집은 일산, 키는 165,

날씬한 편, 귀엽고 애교 많은 스타일,

이상형은 나이 차이 많이 나고 이해심 많은 사람

32세, 남자, 호주 국적, 제약회사 영업팀, 집은 용산,

키는 182, 집에 돈 많음, 부모님도 외국에 계심, 스타일 좋고 날씬함,

얼굴 하얗고 훈남, 이상형은 잘 웃고 귀여운 여자

소개팅 연결을 시켜주면서 이런 조건들을 먼저 나열해주는 것이 마치 예의인 것처럼 자연스럽게 받아들여지고 있는 것이지요. '만남은 현실이다'라고들 하지요. 그러니 조건을 고려하는 것을 나쁘다 말할 수는 없습니다. 그렇지만, 조건에 얽매여 그 사람의 성격보다도 외적인 면들을 더 많이 본다면, 흔히 말하는 '조건 만남'과 다르지 않을 겁니다. '예쁘고 섹시하고 애교 많은 여성'이 이상형인 남자분들 많을 겁니다. '돈 많고 키 크고 리더십 있고 이해심도 많은 남성'이 이상형인 여자분들도 많겠지요. 현실적으로 말하면, 그런 사람 없습니다. 만약 있다고 하더라도, 그런 여성, 남성들이 과연 당신을 좋아할까요?

나와 맞는 짝을 찾으려 노력하세요. 남들이 볼 때에 자신은 어떤 조건의 사람일지도 한번 생각해보세요. 조건은 완벽할수록 좋은 것이지만, 그

렇게 따지기만 한다면, 안 생겨요. 상대의 조건을 저울질하는 마음을 버려야 합니다. 다른 사람도 당신을 저울질하려고 할 테니까요. 따지고 보면 연애에도 밑지는 장사는 없는 법이랍니다.

연애를 하고 싶고, 사랑을 하고 싶다면, 너무 높은 기준을 처음부터 들이대지 말고, 그 사람의 좋은 점들을 먼저 봐야 합니다. 그리고 상대의 내면의 장점을 찾으면서, 매력을 느껴보세요. 그렇게 자신의 마음을 먼저 열 때에 상대가 비로소 마음속으로 들어올 수 있습니다.

사랑을 이루라는 말

"꿈을 절대 포기하지 마십시오. 오디션을 50번 봤다고요? 51번도 봐야지요. 52번 또 봐야지요. 100번 보는 사람도 있는데, 겨우 50번 보고서 꿈을 위해 도전했다고 할 수 있습니까? 꿈을 이루기 위한 수단과 방법을 가리지 말고 시도하세요. 꼭 영화에 나오는 배우부터 해야 합니까? 대학로 연극 무대에서 시작하세요. 꿈의 작은 스텝부터 밟아나가면, 목적지에 다다를 수 있습니다. 조금이라도 더 해보고 나서 포기하세요."

꿈을 주제로 한 토크쇼에 나왔던 이야기입니다. 우리는 꿈을 이루기 위해 정말 많은 노력을 하며 살고 있습니다. 넘어져도 또 일어나고, 졸려도 꾹 참고 꿈을 준비합니다. 자존심이 조금 상하더라도 계속 도전하고, 원하는 것을 이룰 때까지 자신의 많은 부분을 희생합니다. 꿈은 한번에 이루기 힘들기 때문에 조금씩 조금씩 이루어나가는 것입니다.

그런데 왜 우리는 꿈을 이루기 위한 모든 노력을 다하면서, 사랑을 이루기 위한 노력은 별로 하지 않는 걸까요?

"뭐? 그 사람이 그렇게 말했다고? 안 되겠네, 헤어져. 그런 사람하고는 결혼해도 문제야."

"정말? 여자친구가 다른 사람하고 연락을 했다고? 안 되겠네, 이미 신뢰가 깨졌잖아, 헤어져."

"이 사람은 요즘 의욕도 없고 매사가 다 귀찮은 것 같아. 도저히 연애하기 어렵겠다. 헤어져야지."

문제만 생기면 "헤어져, 헤어져, 헤어져." 왜 우리는 사랑을 이루려고 노력하기보다, 힘들면 헤어질 생각만 하는 걸까요? 친구들끼리 모였을 때도 마찬가지입니다. 우리는 친구가 꿈을 포기하지 않을 수 있도록 항상 응원하고 격려를 보냅니다. "무슨 소리야, 너는 할 수 있어! 좀 더 해봐! 좀 더 참아봐! 좋은 날이 올 거야!" 그렇지만, 사랑 때문에 힘든 친구를 볼 때는 너무나도 쉽게 '헤어져'라는 말을 내뱉곤 합니다.

우리의 인생에 꿈이라는 것이 중요한 만큼, 사랑 또한 큰 가치를 지닌다는 것을 우리는 잊고 사는 것 같습니다. 사랑하는 사람과 행복한 것이야말로 어쩌면 모두의 꿈이지요. 그런데 신기하게도 우리는 사랑을 위해 온몸을 던져 노력하고, 희생하고, 인내하라는 가르침을 배운 적이 없는 것 같네요. 누군가가 우리의 사랑을 진심으로 응원해주는 경우가 참 흔하지 않았던 것 같네요. 있으면 좋고, 없으면 말고, 마치 가벼운 사물을 보듯이 말이죠.

꿈을 목표로 삼듯이 사랑을 목표로 삼아보세요. 내가 정말 후회하지 않을 정도로 노력하며 사랑을 지켜보겠다는 목표를 만들어보세요. 연애를 하다 보면 수많은 유혹들이 나타납니다. 상대에 대한 질투, 집착, 쓸데없는 걱정, 마음이 흔들리는 경험, 순간적으로 저지르는 말실수, 그리고 잘못된 행동 같은 것들 말이죠. 상대를 위해 꾹 참기도 하고, 아프지만 잊어보기도 하고, 모르는 척해보기도 하며 인내하세요. 그리고 '잘 될 거야'라는 생각으로 우리의 사랑을 믿어보는 거예요. 그리고 함께 노력할 수 있는 구조를 만들어보세요. 열심히 사랑하는 사람은 관계에 최선을 다합니다. 그래서 후회가 없습니다. 또 누구보다 행복한 사랑을 일궈낼 확률이 높습니다.

앞의 토크쇼에서 이야기한 '꿈'을 '사랑'으로 바꿔도 내용이 자연스럽습니다. 아래와 같이 말입니다.

"사랑을 절대 포기하지 마십시오. 50번 참았다고요? 51번 참아야지요. 52번째에도 또 참아야지요. 사랑하기 때문에 하루에 100번 참고 사는 사람도 있는데, 겨우 50번 참고서 무슨 사랑을 위한 노력을 했다고 하나요? 사랑을 이루기 위한 수단과 방법을 가리지 마세요. 작은 것부터 맞춰가세요. 작은 부분부터 차근차근 맞춰나가면 '행복한 사랑'이라는 목적지에 다다를 수 있습니다. 조금이라도 이루고 나서 포기하세요."

꿈을 위해 투자하는 시간과 노력과 희생의 반이라도 사랑을 이루기 위해 투자한다면, 더 좋은 사랑을 할 수 있습니다. 꿈을 이루기 위해 도전을 하는 것처럼, 사랑을 위해서 나를 바꾸는 도전을 해보세요. 상대를 더 많이 사랑하는 방법과 표현을 고민해보세요. 여러분, 사랑을 반드시 성취하시기 바랍니다.

이제 우리 헤어지지 말자

'연애란 헤어질 확률이 99퍼센트인 남녀 간의 계약'이라는 말, 들어보셨나요? 결국 마지막까지 남는 1퍼센트가 결혼이라는 평생 계약으로 인해 관계가 연장된다고 하네요. 헤어지지 않기 위한 약속이라……, 이렇게 말하니 마치 계약서의 조건 같습니다. 물론 사랑은 계약이 아닙니다. 그렇지만 그 관계를 유지하기 위해 알아야 할 것들은 있습니다.

만남이 지속되다 보면, 연애 초기의 닭살 애정행각은 점차 줄어들게 됩니다. 처음과 달라진 마음과 행동에 대해 '사랑이 변했다'며 괴로워하지 말고, 시간의 영향을 받는 당연한 변화라고 받아들이세요. 사랑이 변한 것이 아닙니다. 상대를 위해 억지로 하던 행동들이 자연스러운 행동으로 바뀌는 것입니다. 자연스럽게 사랑하는 방법을 터득해가는 순간이 오는 것입니다.

연인 사이에서도 약속이 중요합니다. 관계를 지속하려면 눈에 보이든 보이지 않든, 서로를 위해 수많은 약속들을 지켜야 합니다. 관계가 깊어질수록 약속의 개수는 늘어납니다. 하지만 이를 귀찮아하지는 마세요. 그저 이렇게 여기세요. 사랑의 퍼센트가 높아질수록 내가 상대에게 해주고 싶은, 혹은 해줄 수 있는 약속들이 하나씩 늘어가는 것이라고요.

A양은 누구나 알아주는 소위 '잘 노는 여자'입니다. 술을 워낙 좋아하고, 춤추는 것도 좋아하고, 남자인 친구들도 많습니다. 그러다 보니 그녀에게 밤은 늘 짧습니다. 어느 누가 그녀의 자유분방함을 막을 수 있을까요? 그녀는 자유롭다는 것, 그것 때문에 빛나는 여자였습니다.

그런 그녀가 결혼하고 싶은 남자를 만났습니다. 고지식하고, 보수적이고, 불 같은 성격의 남자였습니다. 그는 현모양처와 만나 결혼하기를 꿈꿨고, A양은 자신을 다 이해해주는 남성을 원했습니다. 그런 그들은 서로 사랑에 빠지고 말았습니다. 주변 친구들은 걱정이 되어 그와 그녀에게 한마디씩 했습니다. "잘 참을 수 있겠어?"

그런 그들이, 의외로 싸우지도 않고 사이좋게 지내고 있습니다. 어떻게 가능했을까요? 바로 그녀의 변화가 시작된 것입니다. 늦은 귀가와 음주를 걱정하는 그를 위해 그녀는 통금시간을 정했습니다. 새벽 2시. 남들이 보기엔 어처구니없는 시간일 수 있지만, 한 번도 본인의 행동에 제한을 받아본 적이 없는 그녀에게는 그 시간을 지키기 위해 커다란 노력이 필요했습니다. 그는 그녀의 노력에 대해 정말 고마워했습니다.

그 역시 변화해갔습니다. 전에는 화를 자주 냈지만 이제 그녀에게만큼은 화를 내지 않으려 노력합니다. 그녀에게는 한없이 부드럽고 자상한 남자가 되기 위해, 수시로 그녀를 챙기기 위해 애를 씁니다. 그런 그의 노력이 그녀의 눈에는 너무 잘 보입니다. 가끔은 화가 나도 꾹 참고 웃는 그의 노력에 그녀는 정말 고마워했습니다.

그들은 서로를 위한 약속을 정하고, 그것을 지키기 위해 계속 노력하고 있습니다. 가끔은 그 노력이 잘 지켜지지 않아 다툼이 생길 수도 있지요. 그렇지만, 그들이 서로의 노력에 대해 변함없이 감사하고 있었기 때문에 그런 싸움은 금방 풀릴 수 있었습니다.

사람이 어떻게 한번에 변하겠어요. 서서히 노력을 통해 변화하는 것입니다. 그들은 그런 식으로 6년째 연애를 이어오고 있습니다.

어떤 사람들은 이를 '구속'으로 생각하기도 합니다. 그러나 말은 붙이기 나름이기도 하고, 또 받아들이기 나름이기도 합니다. 상대의 의견과 관계없이 내 마음대로 "이거 하지 마. 저것도 하지 마"라고 한다면 구속이 될 수 있습니다. 그러나 연애를 하면서 서로 알아가다 보면, 상대를 위해 서로 '약속'이라는 것을 하면서 나의 행동을 바꾸게 됩니다.

무조건 상대에게 맞춰가라는 의미가 아닙니다. 습관이 되지 않았더라도 그 사람을 위해 행동이나 마음을 바꾸려고 노력하는 것, 이것이 바로 '상대를 위한' 약속이 되는 겁니다. 일방적인 약속은 당연히 옳지 않습니다. 정말 그 사람을 사랑한다면, 내가 어떤 것들을 지켰을 때, 상대도 나를 위한 어떤 것들을 지키는 관계가 되어야 하지요. 서로에 대한 감사로, 자연스럽게 말이죠.

그러나 '약속'이라는 명목하에 상대에게 일방적으로 약속을 통보해서는 안 됩니다. 예를 들면 "클럽은 절대 가지 마", "술 절대 마시지 마", "여자인 친구들과도 절대 연락하지 마" 같은 것들은 '구속'입니다. 내가 상대를 위해 해주고 싶은 것들을 먼저 약속하면, 상대도 나를 위해 스스로 약속을 만들 것입니다. 관계는 그렇게 지속되어야 합니다. 그렇게 서로에게 감사하면서 말이죠.

대부분의 경우, 사랑하는 사람들이 헤어지는 이유는 자신을 너무 많이 생각하기 때문입니다. '나는 이만큼 해줬는데, 그 사람은 나한테 해준 게

도대체 뭐지?'라는 생각은 무언가를 준 것만큼 받지 못했다는 생각으로 이어지고, 또 내가 손해를 보는 듯한 느낌을 줍니다. 또한 상대가 나에게 해주는 것을 당연하게 여기는 것도 내가 그만큼 받아야 마땅하다는 믿음에서 비롯됩니다. 상대보다 나를 너무 소중히 여기다 보면 상대의 배려들이 고마운 것이 아니라 당연한 것이 되고, 아쉽고 서운한 감정이 한없이 늘어납니다.

놀이터의 시소는 올라갔다 내려갔다 하며 움직여야 의미가 있습니다. 한쪽으로만 기울어진 채 멈춰있는 시소는 시소가 아니라 그냥 고철덩어리일 뿐입니다. 연애도 마찬가지입니다. 위아래로 올라갔다 내려갔다 움직여야 재미있는 사랑이 됩니다. 한 방향으로만 치우쳐 한 사람이 받기만 하는 관계는 금방 지루해지고 금방 지치게 됩니다. 연애의 균형을 유지하기 위해서는 만남 초기부터 작은 약속들을 하나씩 만들어가는 것이 좋습니다. 상대를 위해 무언가를 해주다 보면 나도 무언가를 받게 되지요. 관계는 그런 식으로 점점 더 커질 것입니다.

연애의 기술 I

흔들리지 않고 피는 꽃이 어디 있으랴
이 세상 그 어떤 아름다운 꽃들도
다 흔들리면서 피었나니
(…)
젖지 않고 피는 꽃이 어디 있으랴
이 세상 그 어떤 빛나는 꽃들도
다 젖으며 젖으며 피었나니

도종환 〈흔들리며 피는 꽃〉

  화성에서 왔든, 금성에서 왔든

당신의 사랑은 외계인입니다.

당신의 몸짓, 표정, 심지어 언어까지도

이해할 길 없는 외계인 말입니다.

당신 역시 그에게 외계인이겠지요.

《화성에서 온 남자 금성에서 온 여자》중에서

《화성에서 온 남자 금성에서 온 여자》는 남녀관계에 있어 바이블과도 같은 책입니다. 이 책은 남녀의 차이를 잘 설명해주고 있지요. 그러니까 가장 가까운 사이일지라도 남자와 여자는 마치 서로 다른 행성에서 온 사람인양 다르다고 말합니다. 그런데 화성에서 왔든, 금성에서 왔든 그것이 중요한가요? 어쩌면 그것보다 더 중요한 것은 '내가 널 좋아하는지, 얼마나 좋아하는지' 아닐까요?

화성과 금성의 차이는 조금씩 극복하면 됩니다. 조금씩 가까워지고 이해하고, 배워가면 됩니다. 서로 다르면 어떻습니까? 다른 부분을 맞춰가며 서로 더 사랑하면 되는 것 아닌가요? 오히려 남녀는 서로 다르기 때문에 더 사랑할 수 있고, 서로에게 더 힘이 되어줄 수 있습니다. 그러니 남녀가 서로 다른 것은 축복이라 생각할 수도 있지요.

남자들에게 가장 어려운 여자친구의 질문

① 내가 지금 왜 화났는지 정말 몰라?

② 나 오늘 뭐 달라 보이는 거 없어?

③ (옷을 갈아입으며) 이게 예뻐? 저게 예뻐?

여자들이 가장 싫어하는 남자친구의 반응

① 모르겠어.

② 뭐가 다른데?

③ 다 똑같은데?

서로 다른 것을 알면서도 '그래도 조금만 나를 이해해주지', '그래도 조금만 나에게 맞춰주지'라는 생각을 하기 마련입니다. 이는 그 사람을 사랑하기 때문에 그러는 것입니다. 인간이기 때문에 이런 감정이 드는 것은 당연합니다. 하지만 그 이상 나가는 것은 좋지 않습니다. 이해해주기를 바랄수는 있지만, 그 느낌이 드는 순간 내가 먼저 이해해야 합니다. 또 내가 먼저 맞춰줄 생각을 해보는 것은 어떨까요?

남자와 여자는 다르다는 것을 잘 알면서도 막상 매 순간 서운함을 느끼는 것이 사람입니다. 그렇지만 그럴 때마다 마음을 다잡을 필요가 있습니다. 그, 혹은 그녀와 잘 만나보고 싶은 마음이 있다면, 서로 맞춰가면 되는 것입니다. 내가 무조건적으로 맞추라는 이야기는 아니에요. 내가 다섯 가지를 상대에게 맞췄을 때, 나를 위해 한 가지만 맞춰줄 수 있는지를 물어보면 되지요. 무조건 내가 맞추는 것이 관계의 정답은 아닙니다. 결국은 관계의 저울이 기울어지게 되니까요.

상대의 행동이 옳지 않은 것이 아니라, 다만 당신이 원하지 않는 행동이라고, 지혜롭게 이야기해보세요. 누구든 자기 행동을 지적받으면 기분이 언짢습니다. 당신이 상대에게 맞추기 위해 어떤 노력들을 했고, 이제 상대가 한 가지만이라도 맞춰주었으면 좋겠다고 이야기하십시오. 당신을 사랑하는 사람이라면, 관계를 소중히 여기는 사람이라면, 그 말의 의미를 이해하고 함께 노력할 것입니다. 그렇게 두 사람이 서로를 배려하며 맞춰 가면 됩니다.

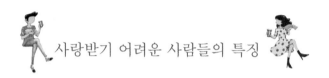

사랑받기 어려운 사람들의 특징

사람은 누구나 존귀하고 특별한 존재입니다. 사람마다 개성이 있고 장단점이 있고요. 하지만 그중에서도 보편적으로 꺼리는 이성 유형이 있게 마련입니다. 혹시 내가 이런 유형은 아니었는지, 상대가 이런 유형은 아니었는지 돌아보는 것도 필요합니다.

1. 예의 없는 사람

처음부터 예의 없는 사람이 많지는 않습니다. 처음에는 아니었는데 서로의 관계가 가까워지면 지나치게 편하게 생각해서 상대의 마음에 상처주는 말을 아무렇지도 않게 하기 마련입니다. 연인은 서로 존중하며 사랑을 주고받는 사이이지, 모든 것을 이해해주는 부모와 자식 간의 관계가 아닙니다. 지나치게 기대고 의존하면서 상대를 언어적·육체적으로 함부로 대한다면 멋있고 아름답던 첫인상이 사라지고, 자연스럽게 마음이 멀어질 것입니다.

2. 자기 관리를 하지 않는 사람

사랑은 상대의 장단점을 따지지 않고 있는 그대로를 인정하고 좋아하는 것입니다. 하지만 나의 게으름까지 사랑해주기를 바라는 것은 욕심입니다. 자기 관리를 지나치게 하지 않아 매력을 상실해버린다면, 처음의 설렘도 사라질 것입니다. 전보다 편해졌다고 해서 잘 씻지도 않고 체중 관리도 하지 않은 채, 자신을 여전히 매력적인 사람으로 봐주기를 원한다면, 그것은 지나친 이기심이겠지요.

3. 부정적인 생각과 불만으로 가득한 사람

우리들의 몸과 마음은 모두 에너지로 이루어져있습니다. 그래서 옆에 있는 사람의 에너지에 알게 모르게 영향을 받게 됩니다. 가령 내 옆에 있는 사람이 밝고 긍정적인 에너지를 방출한다면, 나도 왠지 모르게 기분이 좋아지고, 어두운 에너지를 방출한다면 나 역시 힘이 빠집니다. 나와 가장 가까운 사람이 매일같이 불만을 털어놓고, 늘 부정적이라면 나도 그 영향을 받을 수밖에 없습니다. 연인이 아닌 친구, 가족 관계라 하더라도 이런 사람은 피하는 것이 좋습니다.

4. 조건만 따지는 사람

늘 상대를 평가하는 사람들이 있습니다. 자신이 아무리 뛰어나다고 해도 누군가를 평가한다거나, 자신의 기준에 맞추어 상대를 판단하는 것은 잘못된 일입니다. 상대의 경제력, 키, 외모, 성격 등을 따져보며, 상대로부터 무언가를 얻어내려는 사람이 있습니다. 과연 이런 사람들이 원하는 사람을 제대로 만날 수 있을까요? 이런 사람들 역시 다른 사람으로부터 똑같은 평가를 받을 수 있다는 것을 항상 명심해야 합니다.

5. 가치관이 너무 다른 사람

사람은 성장해온 환경이 모두 다르기 때문에 생각과 행동의 차이가 있을 수밖에 없습니다. 그래서 상대의 생각이나 가치관이 내가 가진 상식과 판이하게 다르다면 갈등이 생길 수밖에 없습니다. 사회의 보편적인 부분과 지나치게 동떨어진 말이나 행동은 이해받기 어렵고, 사람들에게서 환영받기 어렵습니다. 사람들은 이러한 행동을 하는 사람과 함께 어울리는 것조차 꺼리게 됩니다. 당연히 이성으로서의 매력도 떨어질 것입니다.

6. 사치스러운 사람

언제부턴가 커피 한 잔 값이 밥값보다 비싸졌습니다. 물론 요즘은 '삶의 질' 향상을 위해 소비를 하는 시대가 되었습니다. 그러다 보니 소비가 지나쳐서 본인의 경제 수준에 맞지 않는 값비싼 명품으로 자신을 치장하는 사람들이 출몰하기 시작했습니다. 본인이 원하는 대로 소비하는 것이 나쁜 것은 아닙니다. 하지만 남의 눈을 의식하며 다른 사람들까지 속물적인 잣대로 판단하는 사람은, 소중한 사람에게도 상처를 줄 수 있습니다. 겉으로 보이는 것의 가치만 알지, 진정으로 마음을 나누는 방법은 모르기 때문입니다.

7. 바람피우는 사람

현재의 사람에게 만족하지 못하고 자꾸만 주변의 다른 이성들에게 눈을 돌리는 것은 습관적인 행위인 경우가 많습니다. 상대의 단점도 이해하고 받아들일 줄 알아야 하는데, 상대의 부족한 점을 또 다른 사람에게서 찾으려 하는 것입니다. 바람피우는 행동은 상대에게 결코 잊히지 않는 상처를 남깁니다. "너를 좋아하지만, 또 다른 사람도 좋아해"라는 말처럼 무책임한 말도 없습니다. 좋아하는 사람을 배려하지 않은, 극도로 이기적인 행동입니다. 한 번 한눈을 팔아본 사람은 두 번 한눈 팔기도 쉽습니다. 이러한 습관이 있는 사람이라면 애초부터 만남을 피하는 것이 좋습니다.

내가 누군가에게 위의 7가지 유형의 사람이었다면 미안해하고 반성해야 합니다. 혹은 내가 만났던 상대가 위의 일곱 가지 유형의 사람이었다면 헤어지기를 잘한 것입니다. 물론 위의 일곱 가지 이외에도 사람들이 비호감으로 느끼는 행동은 많이 있을 것입니다. 이런 행동을 피하지 않으려고 하시나요? 그렇다면 가장 중요한 것은 상대의 입장에서 배려하는 마음입니다. 자신의 결점을 고친다는 것은 결코 쉬운 일이 아닙니다. 하지만 자신의 이런 독특한 단점을 발견했다면, 다른 사람들과 함께 어울리며 진정한 행복을 누리기 위해서라도, 이런 단점들을 고쳐나가는 것이 바람직합니다.

  ## 늘 짧은 연애만 반복하는 여자

사람을 어떻게 만나야 할까요? 어떤 사람을 만나야 할까요? 사랑을 나눌 상대에 대해 우리는 관심이 아주 많습니다. 미래에 사랑하게 될 사람을 기다리면서 잔뜩 기대하고 궁금해하죠. 그렇지만, 사랑하는 사람을 만나더라도 그 만남이 항상 잘 이루어지는 것은 아닙니다.

여기 늘 짧은 연애만 반복하는 '단기연애녀'가 있습니다.

하루는 그녀가 억울하다면서 저를 붙잡고 이야기를 시작했습니다. 그녀는 소개팅을 했던 세 명의 남자에 대해 이야기하기 시작했습니다.

"글쎄, 일주일 사귄 A는 문화 생활에 관한 취미가 없는 거야. 맨날 관심사가 술에 운동에……. 나랑 안 맞아."

"어제 그 소개팅남 B 있지, 누나가 세 명이라더라. 안 돼, 누나가 셋이면 그냥 아웃이야."

"한 달을 만나고 나니깐 C가 나보고 밥을 사달라, 커피를 사달라 하는 거야. 말 안 해도 사줄 텐데 먼저 사달라고 하다니, 정말 찌질하지 않니?"

이제 A, B, C, 세 남자의 이야기를 들어봅시다.

남자 A는 술도 잘 마시고 운동도 잘하는 여자를 만나 결혼해서 깨가 쏟아지게 잘 살고 있습니다. B의 아내는 그의 누나들이 어찌나 그녀를 잘 챙겨주는지 시댁에서 공주처럼 대접을 받는다고 합니다. C는 그의 솔직한 성격이 매력이라는 여자친구와 3년째 행복하게 연애 중이라고 하네요.

물론 모든 사람이 인연일 수는 없습니다. 그러나 단기연애녀는 특히 남자들이 맘에 들지 않아서 만날 수가 없다고 합니다. 좋게 보려고 해도 안 좋은 점만 보여서 이제는 도저히 연애를 못 하겠다는 그녀, 감히 그녀에게 말해야겠습니다. "앞면만 보지 말고 뒷면을 보라"라고 말이죠.

우리는 연애 상대를 볼 때 이상하게도 장점보다는 단점을 더 많이 보고, 부정적인 상상을 합니다. 그러나 상대에게는 오히려 내가 알지 못했던 장점이 더 많고, 내가 했던 이상한 상상은 오해였던 경우가 더 많습니다.

짧은 연애만 반복하는 또 다른 지인의 이야기를 해보겠습니다. '야망녀'는 소개팅에서 한 남자를 만났습니다. 그는 대기업에 다니고, 미술과 음악을 좋아해서 취미도 잘 맞고, 좋은 차를 끌고 다니니 데이트하기도 좋고, 얼굴도 썩 괜찮고, 키도 큽니다. 같이 있으면 재미있고, 호감이 가서 사귀었지요. 그런데 얼마 후 야망녀는 충격을 받았습니다.

"자기야, 어제 신문 봤어? 대통령 지지율이 지금 50퍼센트라는 거야. 세상에, 벌써 이러면 앞으로는 어떻게 하려고 그러는지. 어떤 의원은 글쎄, 어제 막말을 했다던데, 너무 심한 거 아니니?"

"어, 그래? 그런가? 난 별로 관심이 없어서……."

이럴 수가, 그는 야망녀가 가장 좋아하는 이슈인 정치와 사회 문제에 관심이 없었던 것입니다. 그녀는 결국 그와 헤어졌습니다. "세상에, 어떻게 정치와 사회에 관심이 없을 수가 있냐!"라고 외치면서요.

왜 그녀는 그 생각을 못 했을까요? 그런 주제의 이야기는 남자친구가 아니라 친구와 나누어도 충분하다는 걸요. 데이트를 해나가면서 조금씩 함께 관심을 가질 수도 있다는 걸요. 그녀의 남자친구는 정치에는 관심이 없었지만, 보통 남자들이 잘 모르는 미술과 음악에도 조예가 깊고, 차도 있었고, 누구보다 그녀와 유머코드도 잘 맞는 사람이었습니다.

바보 같게도, 우리는 누군가에게서 단점 하나를 보고 나면, 그 뒤에 숨겨진 수많은 장점을 잊어버린 채 보지 못합니다. 왜 동전의 앞면과 뒷면을 같이 볼 줄 모르는 걸까요? 동전을 뒤로 돌리기만 하면 앞면의 흠집 하나는 별것도 아니게 되는데 말입니다. 그냥 아주 작은 흠집이 난 동전일 뿐이고, 그것만 빼면 반질반질 예쁜 동전인데도 말이지요.

또 다른 지인인 '자존심녀'의 고민도 이와 다르지 않습니다. 그녀에게는 만난 지 석 달밖에 안 된 소중한 남자친구가 있지요. 그런데 자꾸만 친구들의 남자친구와 비교가 된다고 합니다. 자기는 지난 생일에 목걸이를 받았는데, 세상에, 친구 A는 어제 생일이라고 티파니 반지를 받았고, 또 다른 친구 B는 가방을 사달라고 남자친구를 조르고 있다고 합니다. 자존심녀는 이럴 줄 알았으면 자신도 무언가를 사달라고 진작 요구를 할 걸 그랬다고 생각했습니다.

급기야 안 부리던 애교까지 부리며 남자친구에게 갖고 싶은 것을 사달라 말했습니다. 하지만 화가 난 남자친구와 싸우다 그만 헤어지고 말았습니다. 그녀는 그 연애를 이렇게 회상했습니다. "그 사람도 나를 미쳤다고 욕했을 거야, 그렇지?" 왜 그녀는 자기 남자친구는 물질적인 것이 아닌, 일상적인 관심과 애정 어린 보살핌으로 사랑을 항상 표현하고 있었다는 사실을 보지 못했을까요?

그녀는 아직도 짧은 연애만 반복하고 있습니다. 한번은 커플들끼리 여행을 갔는데 남자친구가 여행지를 잘 모르고 헤매는 모습이 바보 같고 일행 중 다른 남자들과도 비교가 돼서, 또 한번은 결혼 이야기를 하다가 소박한 결혼식을 하자는 남자친구에게 실망해서 헤어졌다고 하네요. 그녀는 아직도 혼자입니다.

나 자신을 기준으로 평가하면 다른 사람들은 항상 나보다 점수가 낮을 수밖에 없습니다. 나는 나의 장점을 세상에서 가장 잘 알고 있고, 상대를 볼 때는 단점이 더 잘 보이는 것이 당연하기 때문입니다. 그러면 여기에서 10년이나 연애를 했는데도 남자친구가 아직도 세상에서 제일 멋지다는 '장기연애녀'의 팁을 하나 받아봅시다.

첫째, 그의 입장에서 내 점수를 매겨봅시다. 그가 정치에 관심이 없어 70점이라면, 정치에만 관심이 있고 요리에 관심 없는 나는 그에게 70점이거나, 65점인 여자입니다. 그가 명품가방을 사주지 않아 70점짜리 애인이라면, 애인을 다른 사람의 애인과 끊임없이 비교하는 나는 60점, 혹은 50점 정도 되겠죠. 이 점수대로라면, 70점 남자가 65점인 나를 받아주는 것이 얼마나 감사한 일인가요! 또 70점인 남자친구가 50점인 나를 이해해주고 예뻐하는 것이 얼마나 감사해야 할 일인가요! 우리는 연애 상대에게 감사하게 됩니다.

그 다음에는 나를 기준으로 다시 점수를 매겨봅시다. 이번에는 앞면과 뒷면을 모두 보는 겁니다. 나는 정치에만 관심이 있고 요리에 관심이 없지

만, 남자친구와 술을 잘 마셔줄 수 있습니다. 그러니까 65점이 아니라 75점입니다. 그러면 정치에는 관심이 없지만, 요리도 잘하고 술도 잘 마시는 남자친구의 점수도 75점으로 올려줘야 하겠죠. 이런, 우리는 둘다 75점인 천생연분이지요.

짧은 연애를 한다는 것이 잘못은 아닙니다. 그러나 계속해서 반복되는 짧은 연애 때문에 답답하고 지친다면 위의 방법을 시도해보기를 권합니다. 짧은 연애의 원인은 나 자신이 상대에게 만족하지 못하고, 단점만을 찾아서 보고 실망하기 때문인 경우가 대부분입니다. 서로 맞지 않는 부분보다는 '그런데도 불구하고' 서로 맞는 부분을 찾아나가면서 추억을 쌓아가며, 나만이 찾을 수 있는 서로의 뒷면에 감탄해가는 것이 바로 연애입니다.

 늘 질질 끌려다니는 남자

드디어 만났습니다. 당신이 그토록 찾아 헤맸던 그 사람입니다. 그런데 그 관계가 생각했던 것처럼 이상적인 그림대로 가지는 않지요. 그러면 관계를 어떻게 유지해야 할까요? 어떻게 해야 서로 사랑하는 관계가 될 수 있는 건가요? 왜 나의 관계는 늘 삐걱댈까요? 이번에는 늘 여자에게 질질 끌려다니다가 결국 헤어지게 된 남자의 이야기를 들어보겠습니다.

그는 자상한 남자입니다. 그의 여자친구는 그보다 몇 살 어립니다. 고등학생 때부터 소문났던 미녀입니다. 그는 그녀의 마음을 얻은 자신이 정말 자랑스럽습니다. 그녀는 말도 행동도 정말 예쁩니다. 그녀를 위해서라면 정말 밤하늘의 별이라도 따다 주고 싶습니다. 그의 가족은 미국에 있기에 그는 그녀와 사실상 같이 살다시피 하며 함께해왔습니다.

그녀는 고시공부를 하고 있었습니다. 그는 공부를 하다 보면 짜증 나는 일도 많고, 신경이 예민해진다는 것을 누구보다 잘 알고 있습니다. 그녀가 힘들지 않도록 옆에서 지켜주고 싶었습니다. 그런데 그녀의 기분이 너무 왔다갔다 했습니다. 그래서 그는 밖에서 놀고 있다가도 그녀가 부르면 달려가야 하고, 그녀의 기분을 좋게 해주기 위해 비싼 선물들을 항상 준비해야 했습니다. 최대한 그녀가 원하는 대로 다 해주고 싶다 보니 정말 모든 것을 다 주려 했습니다.

그런데 그녀의 요구 사항은 점점 다양해졌습니다. 그의 가장 친한 친구가 마음에 안 든다며 만나지 말라고 하고, 그의 얼굴에 있는 점이 싫다며 빼라고 하고, 그가 밥을 많이 먹는 것이 싫다며 조금씩 먹으라고 잔소리를 하는 등 맞춰주기 힘든 부분들이 늘어났습니다. 그래도 그는 항상 최선을 다했습니다. 그렇게 지내기를 2년, 결국 그녀가 헤어지자고 먼저 말했습니다. 정작 지친 쪽은 그였는데도요. 마음이 아프지만 그녀가 원하니까 헤어졌습니다.

보통 상대에게 지나치게 끌려다니는 사람들을 보면 상대의 요구 사항을 다 들어주는 경우가 많습니다. 물론 너무 사랑하기 때문에 모든 것을 다 해주고 싶은 마음은 이해합니다. 하지만 사람 사이의 관계란 서로 주고받을 때 신뢰가 쌓이면서 더 깊어지기 마련입니다. 사랑하는 사람이 바라는 것을 들어주지 말라는 말이 아닙니다. 상대에게 내가 먼저 무언가를 해주고 나서 본인이 원하는 것, 본인이 힘든 것을 이야기하는 것이 장기적으로는 더 바람직합니다.

결국 솔직한 대화가 부족한 것이 문제입니다. 한 사람이 힘든 것을 참으며 관계를 지속해나가면, 다른 한 사람은 상대가 힘든 줄도 모르고 본인의 행동이 옳다고 여깁니다. 황당하게도, "너 그거 좋아하지 않았어? 내 멋대로 자유롭고 솔직히 이야기하는 내 모습을 좋아했잖아"라는 오해까지 한다는 것입니다. 이런 오해 때문에 상대는 사실 더 심하게 행동했던 것일 수도 있습니다. 당신의 관심을 끌기 위해서요.

힘들 때는 힘들다고 이야기할 줄 알아야 합니다. 무엇이 힘든지 서로 이야기하고 넘어가야 합니다.

"나는 네가 원하는 것을 다 들어주고 싶은데, 친한 친구와 만나지 않는 건 좀 어려울 것 같아. 그 친구는 정말 어렸을 때부터 친했던 친구고, 지금도 정말 서로 속속들이 다 아는 친구야. 힘들 때 그 친구를 만나면 위로를 받을 수 있거든. 우리 전에 싸워서 힘들었을 때도 그 친구가 조언을 해준 덕분에 더 용기 내서 너를 찾아갈 수 있었어. 그러니까 그 친구 일은 네가 조금만 이해해주면 안 될까?"

이렇게 여자친구에게 말했다면, 그녀가 뭐라고 대답했을까요? "안 돼. 그래도 무조건 싫어. 만나지 마!"라고 했을까요?

"응, 알겠어, 그런데 사실 내가 싫었던 건 그 친구를 만나는 것 자체가 아니었던 것 같아. 자기가 그 친구를 만나면 꼭 몇 시간 동안 연락도 안 되고, 술도 많이 먹는 것 같더라고. 그래서 그게 싫었던 거야. 내가 불러도 그 친구랑 있을 때는 핸드폰을 잘 안 보니까 항상 문자를 늦게 확인하잖아. 그게 싫었던 것 같아."

대화를 해보니, 둘 사이의 문제는 친구를 만나는 것 자체가 아니라, 친구를 만나는 동안 남자친구가 하는 행동이었던 것입니다. 처음 생각했을 때는 '그 여자는 무슨 그런 요구를 할까? 정말 이상한 여자다' 싶으셨을 텐데, 이야기를 들어보니 좀 다르지요? 충분히 둘이서 조정 가능한 문제였던 것입니다.

그러나 이러한 솔직한 대화 없이 여러 가지 일들이 쌓이다 보면, 결국 남녀는 헤어짐을 준비하게 됩니다. 문제의 원인도 모르면서 서로에게 '이상한 사람', '나쁜 사람'이 되어버리는 것입니다. 솔직한 대화는 서로의 감정을 정확하게 전달하고 서로 이해하게 해줍니다. 생각보다 어이없는 것을 바라거나, 이해할 수 없는 행동을 하는 사람은 세상에 많지는 않습니다. 모든 행동에는 원인이 있고, 우리는 그것을 찾아내어 해결하면 되는 것입니다.

이유도 모르고 끌려다니는 것은 당신 스스로를 힘들게 할 뿐만 아니라 관계에도 좋지 않습니다. 그녀가 당신의 노력을 알아줄 수 있도록 "나 이렇게 힘들게 너를 위해 준비했어"라고 생색도 내보고, "너의 이런 행동 때문에 좀 힘들어"라는 표현도 해보세요. 지혜로운 여자친구라면, 당신의 마음을 이해하고 관계를 발전시킬 방법을 함께 생각해볼 것입니다. 이런 과정을 반복하면서 당신과의 관계는 더 깊어지고, 오래 지속될 것입니다.

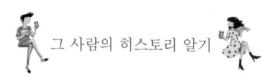

그 사람의 히스토리 알기

당신은 소중한 그 사람에 대해 잘 알고 있습니까? 우리는 항상 곁에 있는 소중한 사람에 대해 잘 모르는 경우가 생각보다 많습니다. 상대의 말과 행동의 바탕에 깔린 히스토리를 잘 모르는데, 어떻게 그 사람을 이해할 수 있을까요? 그 사람을 이해하지 못하면서 어떻게 더 사랑할 수 있을까요?

"어머니가 나이가 드실수록 점점 저에게 관심도 많아지고, 그러다 보니 이것저것 간섭이 많아지시는 거예요. 처음에야 좋았는데, 점점 그 관심이 부담스러워지더라고요. 제가 피곤한 날엔 대답을 잘 안 하는데, 그러면 어머니는 엄청나게 서운해하면서 마치 어린애처럼 삐져요. 어머니 나이 때는 갱년기가 오는 것일 수도 있다던데, 그게 이유일까요?"

우리가 한 살 한 살 나이를 먹을수록 부모님들은 더 늙어갑니다. 나이가 드실수록 젊은 시절에 돈 버느라 자식들에게 못 해준 것들에 대해 미안해서 더 큰 관심을 가지게 되는 것은 어느 집이나 똑같은 현상입니다. 그런 부모님과 갑자기 대화를 하려고 하면, 할 말이 없어질 때가 있습니다. 혹은 항상 하는 이야기가 자식 위주의 이야기이고, 부모님의 이야기는 잘 하지 않는 경우가 많지요.

한 번이라도 우리 어머니가 무엇에 관심이 있고 어떤 것을 꿈꿔오셨는지 생각해보셨나요? 위 사연 속의 어머니는 젊었을 때 경제적인 이유로 대학 진학을 포기했습니다. 어린 동생들을 키우고 돌봐야 했고, 돈을 벌어야 했기에 상경하여 취업을 했습니다. 중년에는 자식들을 키우면서 온 삶을 쏟아부었고, 이제 그들이 다 커버리니 무엇을 해야 할지 모르겠더라고 했습니다. 이때부터는 어머니의 원래 관심사와 꿈에 대해 함께 이야기하는 것이 필요합니다.

아버지의 꿈은 사회에서 교육 봉사를 하는 것이었습니다. 그러나 부양

해야 할 가족들이 있기 때문에 회사에 들어가 일을 했습니다. 정년을 마쳤고 이제 어느 정도 자식들도 다 컸으니, 수입은 많이 줄더라도 그동안 꿈꿔왔던 교육 봉사를 해보고 싶어졌습니다. 아내와 자식들은 처음에 이해하지 못했습니다. 아버지의 보수가 줄어든다고 생각하니 그저 끔찍했던 겁니다. 그래도 아버지는 이제 본인의 삶을 살고 싶었던 거죠.

부모님의 갑작스러운 결정이나 감정적인 폭발의 원인을 살펴보면 젊은 시절의 꿈, 의지, 혹은 가정 환경 등에 의한 것이 많습니다. 우리는 한 번이라도 부모님을 한 사람의 인간으로 생각해본 적이 있는지 스스로 물어볼 필요가 있습니다. 막연히 의지가 되는 절대자처럼 여겨왔던 것은 아닌지요. 부모님을 이해하려면 그분들이 어떻게 살아오셨는지에 관심을 가져야 하고, 알아야 합니다. 알아야 이해하지요. 알지 못하면 절대로 이해할 수 없고, 더 많이 사랑할 수 없습니다.

다시 우리의 사랑 이야기로 돌아와봅시다. 연인 관계도 똑같지요. 우리는 상대에 대해 얼마나 많이, 얼마나 잘 알고 있을까요? 물론 상대가 원하지 않는 개인사까지 파헤치라는 의미가 아닙니다. 상대의 히스토리에 관심을 가지고, 적절한 정도로 물어볼 수 있어야 합니다. 상대의 장점과 단점은 어떠한 과거 때문에 만들어졌을까요? 당신의 행동을 상대가 죽어도 싫다고 말하는 이유가 혹시 그것 때문은 아닐까요? 연인인 당신을 바라보는 관점과 결혼할 사람을 생각하는 관점은 어디에서 비롯된 것일까요?

친구 관계 또한 마찬가지입니다. 아무리 친한 친구라 하더라도 우리는 상대에 대해 얼마나 알고 있는지 되물어봐야 합니다. 그렇게 사생활까지 알 필요는 없다고요? 그렇지요, 상대가 원하지 않으면 알 필요는 없습니다. 그러나 우리가 서로에 대해 잘 모르는 이유는 '서로 궁금해하지 않아서'입니다. 그러니 상대를 더 알고 싶다면 한 번만 궁금하게 여겨보세요.

제 지인 중 한 명인 '마당발남'은 사람들의 성격과 히스토리를 참 많이, 그리고 잘 파악하고 있습니다. 그는 마당발이지만, 그 관계들이 절대 가볍지만은 않습니다. 오히려 사람을 가장 잘 이해하고, 다른 사람들을 위해 애써줄 줄 아는 의리파입니다. 그는 사내에서 '관계의 신(神)'이라 불리는 인기남입니다. 이런 관계의 신들은 연애도 잘 압니다. 기본적으로 사람에 대해 많이 이해하고, 배려하는 법도 아니까요.

사랑하는 상대에게 관심을 가지고 대화를 나누세요. 서로를 더 잘 이해하게 되면, 그 사람이 원하거나 그 사람에게 필요한 것을 채워줄 수 있게 됩니다. 그 사람이 원하는 것을 알아야 더 잘 사랑할 수 있습니다. 상대의 착한 마음과 진심을 이해하고 있어야 더 깊이, 더 길게 사랑할 수 있습니다.

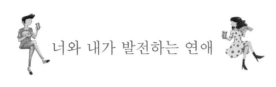

너와 내가 발전하는 연애

"당신을 가장 많이 성장하게 한 경험은 무엇입니까?"

"저를 가장 많이 성장하게 한 경험은 바로 '연애'입니다. 연애라는 것은 마치 조직생활과 같습니다. 서로에 대한 배려를 기반으로 함께 만들어낼 수 있는 최상의 모습을 만드는 것이니까요.

저는 길고 짧은 연애 경험들이 많습니다. 그리고 그 경험들 덕분에 상대를 배려하는 데 자신이 있습니다. 또한 상대가 그 마음을 느끼고 저에게 마음을 열 수 있도록 변화시키는 능력도 있습니다. 그렇게 두 사람이 어떻게 하면 상호 발전을 통해 시너지를 낼 수 있는지를 연애를 통해 배우고 실천해왔습니다. 이제 이 회사에서 조직 구성원들과 최상의 결과를 끌어낼 수 있도록 저의 능력을 활용해보고자 합니다."

거짓말 같지만, 제 지인의 면접 장면입니다. 그에게는 가장 솔직한 대답이었으며, 실제로 그는 저 답변 때문만은 아니겠지만 어쨌든 합격했습니다. 우리는 연애를 통해 성장을 겪습니다. 누구를 위해서도 진지하게 생각하지 않았던 '배려'라는 것을 해야 하고, 때로는 내 모습을 바꾸면서까지 상대를 감동시키려고 합니다. 고치기 힘들었던 습관을 상대 때문에 고쳐내기도 합니다.

참 신기하지요. 그런 변화가 일어나다니 말이죠. 자고로 연인은 서로 사랑하면서 상호 발전해야 합니다. 상호 발전이라는 것이 반드시 무슨 교과서에서나 나오는 말처럼 들린다면 오해입니다. 성격적으로, 또 가능하다면 지적으로 서로 부족한 부분을 채워주고 맞춰가면서 더 좋은 모습으로 발전해가야 합니다.

서로에게 긍정적인 관계를 이루어야 합니다. 상대가 공부를 하지 못하게 한다든지, 다양한 경험을 하지 못하고 꽁꽁 싸매고 있다든지, 다른 사람과의 관계를 통해 배울 수 있는 기회를 박탈해버린다든지 하는 것은 서로를 망가뜨리는 행동입니다. 자신의 이기심으로 상대의 발전을 막는다면, 결국 부메랑이 되어 돌아와 자신의 발전까지 저해하게 될 것입니다.

서로 이해하고 발전할수록 그 관계는 더 깊어집니다. 서로를 더 신뢰하게 되고, '이 사람과 같이 있으면 나도 계속 발전할 수 있겠구나'같은 '신뢰'를 얻게 됩니다. 그러한 믿음들이 쌓이다 보면, 관계는 오래 갑니다. 서로를 응원하고 발전을 촉진하는 든든한 지원군이자 동반자가 될 것입니다. 너와 내가 발전하는 연애를 하세요. 함께 성장할 수 있는 사람을 만나세요.

연애의 기술 Ⅱ

떠나고 싶은 자
떠나게 하고
잠들고 싶은 자
잠들게 하고
그리고도 남는 시간은
침묵할 것.

강은교 〈사랑법〉 중에서

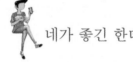 네가 좋긴 한데, 사귀고 싶지는 않아

"오빠, 우리 무슨 사이야?"

그와 그녀는 친한 선후배로 만나 최근 급격히 가까워졌습니다. 지난 크리스마스도 함께 보내고, 둘이 만나 밥 먹고 매일 연락하는 것이 익숙합니다. '보고 싶다' 같은 커플용 멘트도 주고받았고, 서로의 하루하루를 다 파악하고 있습니다. 저번에는 영화관에서 손도 잡고, 지난번에 술을 마실 때는 키스도 했습니다. 그렇지만 그 남자, 그녀의 물음에 한결같이 이렇게 대답합니다.

"난 다정다감한 성격도 아니고, 잘 챙겨주지도 못해. 그래도 괜찮아?"

"나 나쁜 남자야. 나랑 사귀면 네가 힘들 거야. 그러니까 좋아하지마."

"연인이 되면 언젠가 헤어질 수 있잖아. 너랑은 그러기 싫으니까, 연애는 하지 말자."

그녀는 답답합니다. 그의 말이 무슨 뜻인지는 잘 알겠지만, 이대로 계속 지내는 것도 뭔가 이상한 것 같습니다. 그녀는 그를 남자친구처럼 여기는데, 그녀를 좋아한다면서 사귀기는 싫다는 그는 대체 무슨 생각을 하는 걸까요? 그녀는 그에게 더 이상 사귀자고 요구하면 안 되는 걸까요? 그녀가 그의 마음을 오해하는 걸까요?

한 사람이 진심으로 대하면, 상대도 진심으로 대하는, 그런 관계만 있다면 참 좋을 텐데, 안타깝게도 저런 태도를 보이는 사람들이 꽤 많은 것 같습니다. 그 사람이 당신을 좋아하는 것은 맞습니다, 그러나 다만 좋아하는 여러 사람 중 한 사람일 겁니다. 그 사람은 당신이 싫지는 않습니다, 그러나 사랑에 따르는 책임을 지고 싶지는 않은 것입니다.

상대의 진심을 알 수 없어 답답하지요? 냉정하게 답하겠습니다. 간단해요. 비겁한 거죠. 그들은 감정에 매우 충실한 사람들이고, 그때그때 감정에 따라 행동이 바뀝니다. 그래서 더욱 자신의 행동에 대해 책임지기 어렵다고 생각하고, 자신이 없다고 하는 것입니다. 상대가 이런 행동을 하는데도 계속 받아준다면, 그 사람은 당신을 더욱 만만하게 여기면서 계속 자기 맘대로 당신을 휘두를 것입니다.

상대에게 '당신은 나를 책임지지 않으려 하고 있고, 나는 그것을 알고 있다'라는 것을 깨닫게 하세요. 그렇게 직접 말하고 싶지 않다면, 그는 당신과 사랑하고 싶지 않은 것이라는 사실을 인정하고, 당신도 마음을 접는 것이 좋습니다. 자기가 심심할 때만 연락하고, 뭔가 부탁만 하고, 술에 취하면 연락하고, 그런데 당신처럼 친밀한 사람이 주변에 여러 명이 있다면, 그 사람은 정말 당신을 '어장관리'하는 것입니다.

그 행동도 이해가 되기 시작한다고요? 당신이 그 어장에 갇힌 물고기 중 하나여도 괜찮다고요? 그렇다면, 그대로 잠시만 지내보세요. 그 사람의 곁에서 금방 당신은 외로워질 것입니다. 그 사람은 사랑할 준비가 안된 사람입니다. 준비되지 않은 사람 곁에서 당신이 얼마나 행복해질 수 있을까요? 시한부나 다름없는 불안한 관계가 지속될 것입니다. 어느 정도 시간이 흘러서 비로소 그걸 느끼게 된다면, 그때 마음을 정리하면 됩니다.

연애와 사랑에는 책임감이 필요합니다. 혼자만의 감정을 표출하는 것이 아니기 때문에, 상대의 감정도 소중히 여길 줄 알아야 합니다. 상대의 기대감과 나에 대한 사랑을 부담스럽게 생각할 것이 아니라 고마워하고,

또 반대로 내가 더 주고 싶어져야 합니다. '연애하고 싶은 자, 책임감의 무게를 견뎌라'라고 하고 싶군요. 본인의 감정을 책임지시고, 상대의 감정에 대해서도 책임감을 느껴야 합니다. 책임감은 단단한 관계를 만드는 씨앗이니까요.

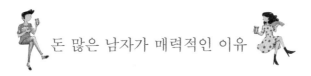

돈 많은 남자가 매력적인 이유

20대 초반에게 연애는 그 사람 때문에 내가 얼마나 가슴이 아픈지가, 그 사람의 마음이 어떻고, 그 사람과의 섹스가 어떤지가 최대의 관심사입니다. 그런데 어느 정도 나이를 먹고 나니, 연애에서 '돈'은 빠지지 않는 주제가 되었습니다. 최근 경제가 어려운 탓인지 남자를 보는 조건에는 항상 재력이 포함됩니다. 비슷한 이유 때문에 여자를 볼 때 집안을 보는 남자도 늘어났습니다.

"돈 잘 쓰고 나이 많은 남자 소개해줘. 얼굴은 안 봐."

(20대 후반 여자, 공무원)

"난 전문직이니까 여자 집안에서 병원 하나 차려줄 정도면 좋겠어."

(30대 초반 남자, 대학병원 인턴)

"난 용산에 집을 살 수 있는 남자여야 해.

다만, 돈은 많아도 자랑하지 않았으면 좋겠어."

(30대 초반 여자 사모펀드 회사 비서)

참 재미있는 대화입니다. 다들 돈은 많지만, 돈이 많다고 자신을 무시하지 않는 착한 사람을 만나고 싶다고 합니다. 자신은 돈이 많은 사람을 원하면서도, 상대는 돈으로 자신을 판단하지 않기를 바라는 것입니다.

연애와 사랑에서 '돈'이라는 것의 의미는 무엇일까요? 당신이 동화 속에서 사는 것이 아니라, 현실에서 연애를 할 것이라면 언제나 생각할 수밖에 없는 문제이기는 합니다. 데이트를 할 때도 돈이 들고, 결혼을 생각하다 보면 경제력에 대한 이야기를 안 할 수가 없지요. 그러나 돈은 연인끼리 주제로 삼기에 참 조심스러운 것이 사실입니다.

사람들은 왜 특히 연애를 할 때만큼은 상대가 나보다 더 여유 있기를 바랄까요? 돈을 어느 정도 쓰는가는 사랑을 평가하는 잣대가 아닙니다. 형편이 어려울수록 이런 잣대는 더 가혹해집니다. '어려운 형편인데도 나를 위해 비싼 반지를 사주다니, 나를 정말 사랑하는구나'라는 믿음이 바로 그것이지요. 돈을 많이 쓰는 남자가 매력 있다고 여자들이 느끼는 것은 바로 이런 착각에서부터 시작됩니다.

돈이라는 것은 관계에서 바람직하게 작용할 수도 있습니다. 서로 받기 위해서가 아니라, 두 사람이 솔직해지기 위해서 돈에 대한 대화를 나눌 수 있다면 그것 자체만으로 서로에게 마음이 열려있음을 의미합니다. 이는 두 사람의 미래의 삶을 설계하는 일이기도 하니까요.

돈에 대한 이야기를 꺼내기 전에 먼저 반드시 돈에 대한 자신의 가치관을 이야기하십시오. 돈을 통해 상대를 판단하고자 하는 것이 아니라, 우리의 미래를 함께 그리기 위함이라고 진심을 전달하십시오. 그리고 본인이 가급적 먼저 자신의 경제적인 이야기를 열어주십시오. 그렇게 하면, 상대도 조금 부담을 덜고 당신에게 마음을 열 수 있을 것입니다.

돈을 많이 번다는 사실이 중요한 게 아니라, 돈에 대한 가치관과 사랑하는 사람과의 행복을 지키기 위해 경제적으로 노력하겠다는 의지가 중요합니다. 부모님의 재산이 많을수록 본인의 힘으로 지킬 수 있는 재산은 적다고 봐도 무방합니다. 재산을 많이 물려받는 사람이 아닌, 경제관념 있는 사람을 찾으세요.

A와 B라는 학생이 있다고 합시다. A라는 학생은 한 달에 용돈을 60만 원 받고, 60만 원을 씁니다. B라는 학생은 한 달에 용돈을 40만 원 받고, 30만 원을 쓰고, 늘 10만 원씩을 저축합니다. 누구와 만나고 싶으신가요?

답하신 것을 기억해두세요. 설명을 더 추가하겠습니다. A학생은 한 달에 쓰는 60만 원 중 자기 연인과의 데이트에 10만 원을 씁니다. B학생은 데이트에 25만 원을 씁니다. 자, 이번에는 누구를 만나고 싶으세요?

A학생이 60만 원을 받으니 돈이 더 많은 사람인가요? B학생이 연인과 함께하는 시간에 A학생보다 돈을 더 많이 쓰니 B학생은 A학생보다 연인을 더 사랑하는 사람인가요? 돈이 많은 사람, 연인을 많이 사랑하는 사람은 누구일까요?

연인에게 돈을 많이 쓴다고 해서 그의 사랑이 더 크다고 할 수는 없습니다. '돈이 많다'라는 것은 상대적일 수 있다는 것을 명심하세요. 스스로 경제력을 잘 지켜낼 수 있는 사람, 그런 매력이 있는 사람을 만나기를 바랍니다.

 ## 말 잘하는 여자가 오래 사귀는 이유

A여성: 야, 너 진짜 그거밖에 못 하냐? 아니, 왜 영희 남자친구 철수는 잘하는데 너는 자꾸 실수하는 거야? 내가 아까 창피해서 죽는 줄 알았잖아. 자신 없으면 아예 하지를 말든가. 다음부터는 자신 없는 거면 미리 말해. 친구들 앞에서 나 창피주지 말고.

B여성: 아까 넘어진 데는 괜찮아? 많이 안 다쳤고? 에이, 속상해. 철수

개는 왜 태클을 걸고 그래? 잘한다고 엄청 뻐기더니, 하는 거 보니깐 별로더라, 네가 더 잘하던데?

당신이 남자라면, 어떤 여자와 만나고 싶나요? 사람과의 만남을 결정하기까지 마음을 얻어내는 방법은 다양합니다. 뛰어난 외모로 상대를 사로잡거나 비슷한 취미생활을 공유하는 것도 그 사례지요. 그러나 '말 잘하는 사람'은 상대의 마음을 얻기가 더 쉽다고 합니다.

어려운 용어를 섞어서 유식하게 말하라는 게 아닙니다. 정성이 담긴, 배려가 담긴 말입니다. 마음을 잘 표현하는 말은 서로 간의 관계를 더 깊게 해주고, 상대가 자신에 대해 지속적으로 호감을 가지도록 해줍니다. **예쁘지도 않은데 이상하게 끌리는 사람, 잘생긴 것도 아닌데 이상하게 인기가 많은 사람들을 보면, 대부분 성격도 마음도 좋겠지만, 그것을 말로 잘 표현하는 경우가 많습니다.**

감사와 존중의 말은 사람을 행복하게 하고, 비판과 미움의 말은 마음에 상처를 남깁니다. 쏟아낸 말은 주워 담을 수가 없습니다. 아픈 말을 들은 사람의 마음을 어떻게 되돌릴 수 있을까요? 말 잘하는 방법에 대한 책도 많습니다. 상사에게 말하는 법, 후배에게 말하는 법, 아부하는 법, 정치적으로 말하는 법 등 아주 많지요. 하지만 사랑하는 사람에게 어떻게 말해야 하는지를 이야기하는 책은 왜 없을까요? 어떻게 보면 말 한마디 때문

에 가장 기뻐하거나 가장 아파할 수 있는 사람은 바로 우리 곁의 연인인데 말이죠.

어떤 말이 좋은 말일까요? 솔직한 말입니다. 연애 중 서운한 일들, 기쁜 일들에 대한 당신의 느낌을 잘 전달해야 합니다. 특히 서운했던 일이 있거나 당신의 감정이 상한 경우, 그것을 어떻게 전달하는지에 따라 싸움이 일어나기도 하고, 원활하게 잘 풀려 두 사람의 관계를 변화시키기도 합니다.

서운한 감정을 솔직하게 전할 때는 일단 타이밍을 봐야 합니다. 그 어떤 사람이더라도 자신을 지적하는 이야기를 듣는 것은 싫어합니다. 그래서 애정이 가장 극대화된 순간에 이야기를 꺼내는 것이 좋습니다. 심각한 사안에 대해서라면 "이야기할 게 있어"라고 미리 얘기해놓는 것도 좋습니다.

바로 그 이야기를 시작하지 마시고, 다른 기분 좋은 이야기들을 하다가 본론으로 들어가세요. 상대가 당신에게 미안해할 만한 행동을 했다면, 그가 미안함을 느끼고 있을 때 당신도 서운하다는 말을 하는 것이 가장 좋습니다. 그러면 상대도 미안함과 함께 자신을 고쳐야겠다는 생각을 하기 쉬울 것입니다. 상대의 기분을 상하게 하여 대화의 본질이 흐려지는 일이 없도록 최대한 조심하세요.

이야기를 할 때는 남녀의 차이가 있습니다. 먼저 남자 쪽입니다. 여자 친구에게 혹은 아내에게 이야기할 때는 여성이 매우 감성적이라는 사실을 염두에 두어야 합니다. "네가 이걸 잘못했잖아"라고 직접 이야기하기보다, "네가 이런 행동을 해서 내 자존심이 너무 상했어. 나에게 상처주려고 한 말은 아니라는 건 잘 아는데, 나는 항상 너에게 멋지게 보이고 싶다 보니 좀 속상하더라"라는 식으로 상대의 감정을 오해하는 것은 아니라는 것과, 본인의 속상한 감정을 동시에 전해야 합니다. 이성적으로 무엇이 잘못됐고, 뭐가 이상하다는 등의 말은 여자에게 상처를 줍니다.

다음은 여자 쪽입니다. 남자친구에게 혹은 남편에게 이야기할 때에는 일반적인 남성들은 '여자들이 느끼는' 잘못에 대해 잘 인지하지 못한다는 사실을 기억해야 합니다. 먼저 "이런 말을 해서 미안하다, 그리고 사랑한다"라고 말하세요. 남자의 자존심이 상하지 않도록 미리 막아두는 것이지요. 본인이 속상했던 포인트와 상대가 해주었으면 하는 행동을 최대한 정확하게 이야기하세요.

"내가 자기 축구할 때 속상한 말을 했던 것은 미안해. 사실 자기가 제일 멋있지. 그때도 그랬는데, 내가 괜히 마음이 안 좋았던 것은 축구가 끝나면 나에게 가장 먼저 와서 나를 걱정해줄 줄 알았는데, 온전히 경기에만 관심이 가있어서였어. 그래도 나는 자기한테 잘하라고 많이 응원했는데, 자기는 나를 별로 생각 안 해주는 것 같기도 했고. 자기가 나에게 달려왔으면 좋겠다고 생각했어."

이때 절대로 다른 사람과 비교하면 안 됩니다. "다른 남자는 그때 여자친구에게 제일 먼저 달려갔는데, 자기는 그러지 않았지." 이런 말은 남자친구의 화를 키우는 말입니다. 솔직하게 말하라고 해서, 남들과 비교했던 자신의 어리석음을 알릴 필요는 없습니다. 하고 싶어도 꾹 참으세요. 때로는 말하지 않는 것이 더 나을 수도 있습니다.

신기하지요? 남자와 여자는 많이 다릅니다. 물론 말하는 방법도 다르지요. 하지만 이런 이야기를 하는 순간만큼은 듣는 사람을 위해 내가 말하는 법을 바꾸는 것이 필요합니다. 두 사람 모두 아예 상처를 받지 않을 수는 없지만, "서로 많이 사랑하고 있으니, 우리 앞으로 더 잘해보자"라고 하면 아주 큰 사랑을 느끼게 되지요.

서로를 배려하는 말은 연애에서 필수 요소입니다. 무슨 말을 하든지 "내가 너무 당신을 사랑해서", "내가 너무 당신을 아껴서", "이런 말을 해서 미안해. 그런데 내가 너를 무척 좋아하다 보니까" 같은 말을 앞에 붙인다면, 상대도 당신의 사랑을 항상 기억하면서 당신의 이야기에 더 귀를 기울일 것입니다. 예쁜 말을 통해 애정을 더 키우고 발전시킬 수 있기를 진심으로 바랍니다.

예쁜 말 법칙

① "사랑해" & "좋아해"

사랑의 감정을 전달하는 말은 필수적입니다. 당신의 감정을 항상 전달하세요. 이러한 말은 하루에 수천 번을 해도 좋습니다.

② "고마워"

상대의 행동과 말에 대해 고마움을 표시하세요. 진심으로 고마워하는 것이 느껴지면 상대는 하늘을 나는 듯한 기분이 들 것입니다.

③ "이렇게 해줘서 정말 좋아"

상대가 나에게 해준 것들에 대해 내가 얼마나 행복한지를 표현하세요. 그럴수록 상대는 당신에게 더 많은 것을 해주고 싶을 것입니다.

④ "미안해"

자주 하는 것은 좋지 않지만, 당신이 상대를 고의든, 고의가 아니든 아프게 했을 때는 직접 사과해야 합니다. "미안해, 그리고 사랑해"는 상대의 아픔에 연고를 발라주는 말이 될 것입니다.

⑤ "자기 말이 맞아. 자기가 최고야"

이 세상에서 자기편을 갖는 것이 쉽지 않다는 것은 어른인 우리는 모두 알고 있잖아요.

유일하게 내 편이 되어주는 가족과 상대를 위해 "네가 최고야"라고 하면서 우리도 그 사람 편을 들어줄 필요가 있지 않을까요? 내 마음이 그렇지 않은데, 어떻게 그런 말을 하냐고요? 억지로라도 해보세요. 그 효과를 아는 사람들은 이미 이것을 계속 실천에 옮기고 있고, 상대와 좋은 관계를 유지하고 있답니다.

나쁜 말 법칙

① "네가 그럴 줄 몰랐어" & "나 원래 이런 거 몰랐어?"

가장 빈번하게 사용되는 나쁜 말이 "몰랐어"라는 표현입니다. 서로 모르는 사람들이 만난 거잖아요. 어떻게 다 알 수가 있겠습니까? 실망스럽다고 해서 필터링 없이 말을 꺼내면, 서로 누가 더 실망을 많이 하는지 겨루는 '실망 배틀'이 이루어집니다.

② "알았어, 알았다고"

상대의 말을 끊고, 대강 들으며 짜증을 내는 말입니다. 불편한 순간에서 벗어나고 싶은 인간의 마음에서 비롯된 말이지요. 이는 안타깝게도 '단절의 벽'을 만드는 대표적인 말입니다. 듣기 싫고 짜증이 나더라도 참으세요. 상대는 이 말 때문에 당신과의 대화를 포기할 수도 있습니다.

③ "걔는 그렇게 하던데"

절대 누군가와 당신의 애인을 비교하지 마세요. 사실 별 생각 없이 이런 말을 꺼낼 수도 있습니다. 그러나 받아들이는 사람은 100퍼센트 비교하는 말로 듣기 때문에 정말 불쾌해집니다. 비교하는 말은 '너 어디 상처 좀 받아봐라'라고 작정을 하고서, 100퍼센트 공격의 말이라는 것을 항상 기억하세요.

④ "넌 봐도 모르잖아. 내가 너 그럴 줄 알았어"

상대의 행동을 단정짓는 말입니다. 이런 말은 서로에게 아무런 도움이 되지 않습니다. '나는 네가 잘할 거라고 믿고 있어'라는 생각을 하고 있어야 서로에게 희망적이지요. '넌 여전히 이렇구나'라는 생각을 전한다면, 상대는 '나를 겨우 이 정도로 생각하면서 왜 만나는 거지?' 같은 의문을 갖게 됩니다.

⑤ "헤어져" & "생각할 시간을 갖자"

헤어지자는 말은 정말 조심히 꺼내야 합니다. 이런 말을 자주 하는 사람들은 이 말이 얼마나 아픈지 모르고 있습니다. 커플 사이를 보이지 않게 연결하는 줄을 가차없이 칼로 끊어버릴 경우 얼마나 아플지 생각해보세요. 생각할 시간을 갖자는 이야기는 그 상황을 피하고 싶어서 하는 말입니다. 생각 후에 헤어지는 것이 대부분이고요. 그러니 절대로 쉽게 꺼내지 마세요. 내가 정말 이별을 원하는지, 신중하게 다시 한번 생각하세요. 그리고 이 말을 꺼낸 이후 찾아올 결과에 대해서도 당신은 책임져야 합니다.

왜 한 사람만을 사랑해야 하나?

일본 여류작가 신자키 모모는 '분산연애'라는 새로운 연애개념을 내세웠습니다. 분산연애란 여러 사람에게 자신의 사랑을 나누어주고, 여러 사람에게서 사랑을 받는 것입니다. 어떻게 사랑을 케이크 조각처럼 나눌 수 있느냐고요? 어떻게 여러 명의 이성을 사랑하고, 여러 사람과 성적인 관계까지 나누라고 권장할 수 있느냐고요? 반드시 그런 의미는 아닙니다.

분산연애라는 개념은 문어다리 연애와 다릅니다. 사랑하는 사람 한 명이 있어도, 여러 이성과의 만남을 아예 끊지는 말라는 것입니다. 그러니까 꼭 모든 것을 한 명의 연인에게서만 얻으려고 집착하지 말라는 의미가 숨어있습니다. 최근에는 다양한 취미생활이 나타나고 사람들의 사회활동이 활발해지면서 이러한 분산연애 사상이 더욱 자연스러워지고 있습니다.

대표적인 분산연애 관련 신조어가 '오피스와이프/허즈번드Office-wife/husband'입니다. 특히 한국 사람들은 하루 중 대부분의 시간을 회사에서 회사 동료들과 함께 보냅니다. 시간적으로 계산하면, 연인과 보내는 시간보다도 회사에서 보내는 시간이 훨씬 길지요. 이러니 회사에서 취미도, 추억도, 일상 이야기도, 고민도 공유하는 누군가가 생길 수밖에 없습니다.

이 용어가 처음 등장했을 때, 사회 전반에서 반응이 좋지 않았습니다. '회사에서 바람을 피우는 상대' 같은 의미였지요. 그러나 시간이 지나고

‘오피스와이프/허즈번드’는 어느새 우정의 의미로까지 확장되었습니다. 절대 바람을 피우지는 않지만 회사에서 ‘마치 연인과 같은 편한 사이, 신뢰를 나누는 관계, 서로 격려하고 응원하는 관계’를 의미하게 된 것이지요.

현실적으로 처한 환경이 다르다 보면, 회사에서의 모든 이야기를 연인과 나누기가 쉽지 않습니다. 사실 상대 입장에서도 별 관심도 없고, 듣고 싶지 않을 수도 있고 말이지요. 그럴 때 대화를 강요하여 스트레스를 자초할 필요는 없습니다. 적당한 이야기는 회사 친구에게 풀고, 연인과는 둘 다 관심 있는 것에 대해 이야기를 나누어도 되겠지요. 오히려 회사의 친구와 스트레스를 풀고 나서 연인에게는 더 좋은 모습을 보여줄 수도 있습니다.

또 다른 신조어는 ‘데이트메이트(Datemate)’입니다. 연인이라면 모든 취미를 공유해야 할까요? 그럴 필요도 없고, 그럴 수도 없습니다. 연인과는 서로 좋아하는, 혹은 서로 맞춰줄 수 있는 최대한의 것들만 함께하고, 서로 맞춰갈 수 없는 취미생활은 코드가 맞는 다른 사람과 하면 됩니다. ‘데이트메이트’라는 용어는 연인 관계는 아니지만, 데이트를 함께하는 사이를 의미합니다. 이 용어 역시 초기에는 어장관리의 확장된 의미로 쓰였지만, 최근에는 취미를 함께하는 각별한 친구 관계로까지 그 의미가 확장되었습니다.

여자친구는 미술관과 클래식 음악회에 관심이 많은데, 남자친구는 미술관에 가서 딴짓만 하고, 클래식 음악회를 같이 가면 쿨쿨 자고 나오기 일쑤입니다. 여자친구는 그런 남자친구가 불만스럽지요. 함께 가자니 그녀가 흥이 깨지고, 그렇다고 혼자 가기는 싫은 것입니다. 이 때문에 싸우기도 참 많이 싸웠습니다. 그러나 취향을 바꾸는 것은 불가능하지요.

물론 여러 사람과 몸을 나누며 바람을 피울 필요는 없습니다. 그러나 한 사람과만 우정을 나눌 필요도 없고, 한 사람과만 나의 모든 것을 공유할 필요도 없습니다. 누군가는 이를 '현명한 양다리'라 표현하기도 했지만, 요즘 세태를 보면 '양다리'라 할만한 것도 아닐 수 있습니다. 당신이 선만 잘 지킬 수 있다면, 이는 오히려 관계에 더 좋은 영향을 미칠 수 있습니다.

작은 이벤트, 커다란 감동

연애를 할 때 가장 뜨겁게 사랑하는 기간은 100일이라는 말이 있습니다. 결혼 후 달콤한 신혼 기간도 100일이라고들 하지요. 100일 동안 서로 붙어있다 보면 슬슬 지루해지는 것이 당연합니다. 날마다 똑같이 반복되는 일상처럼 사람과 사람 사이의 관계도 일상이 되는 것이죠. 좋아하는 마음이 커서 자주 만나는 관계일수록 더욱 그렇습니다.

이벤트는 그래서 필요합니다. 지루한 일상을 보내다가 재미있는 일을 일부러라도 만들면, 다시 일상을 바라볼 때도 좀 더 새롭지 않던가요? 그러니까 이벤트를 통해 관계에 새로움을 불어넣는 거죠. 연애 초기는 어떤 가요? 상대가 사랑스러워서 보고 또 봐도 지겹지 않잖아요. 당신이 처음 본 그 사람에게 느꼈던 감정을, 그때 당신의 모습을 다시 한번 불러오는 겁니다. 아니면, 서로의 더 멋진 모습을 새삼 느껴보는 거지요.

'낯설게 하기'라는 문학적 기법이 있습니다. 친숙하고 일상적인 사물이나 관념을 낯설게 인지하도록 함으로써 새로운 느낌이 들도록 표현하는 기법입니다. 이 기법을 사용하면 매우 평범하고 지루하게 느껴졌던 사물이 갑자기 낯설다 싶어지면서 신선한 사물처럼 인지하게 됩니다. 너무 당연했던 물체가 예측할 수 없는 느낌을 주면서 호기심을 유발하는 것이지요.

사랑이나 연애에도 '낯설게 하기' 기법을 써보면 어떨까요? 인간은 새로운 이성에 대해 호기심을 갖기 마련입니다. 호감이든 비호감이든 낯선 이성을 보면, 그 사람이 어떤 사람일지 알고 싶어지지요. 항상 내 옆에 있는, 이제 더는 궁금할 것도 없는 그 사람도, 연애 초기에는 궁금한 것들로 가득한 호기심의 대상이었지요. 평소에 잘 하지 않는 행동인 '이벤트'는 당신을 낯설게 만듭니다. 당신의 연인은 이벤트를 준비한 당신의 새로운 모습과, 평소에는 잘 하지 않던 '사랑해'라는 말 한마디에 당신을 새롭게 받아들이게 됩니다.

이벤트라 해서 풍선을 장식하고 촛불도 켜고 장미꽃 천 송이를 깔아놓고 피아노를 치는 그런 거창한 것이 아닙니다. 본인의 마음을 가장 잘 표현할 방법을 생각해보세요. 평소에 자주 얘기했던 추억을 되살려도 좋고, 상대가 꼭 원했던 선물도 좋습니다. 이벤트의 크기와는 전혀 상관없이 당신의 마음을 온전히 전할 수 있을 때 상대는 감동을 받습니다.

'이벤트 남친/여친'이 되지는 마세요. 매번 하는 이벤트는 오히려 그때 그때의 당신의 노력을 또 당연하게 만들어버립니다. 실제로 '이벤트 남친/여친' 스타일은 연애를 많이 하긴 하지만, 오래 하지는 못하는 경우가 많습니다. 나에게 해준 이벤트를 전 남친/여친에게도 해줬을 텐데, 고마워할 필요가 있을까요?

이제 행복 이벤트를 만들 시간입니다. 여러분의 삶을 풍족하게 만들어 줄, 당신의 관계를 더 깊어지게 할 이벤트는 어떤 것이 있을까요? 한번 고민해보세요. 작지만 정성이 담긴 이벤트, 진심 어린 이벤트, 상대만을 위한 사소한 아이디어가 담긴 이벤트들은 당신의 마음을 잘 전달해주고, 오래오래 기억하게 해줄 매개체가 될 것입니다. 두 사람만의 추억이 하루하루 쌓이고, 사랑도 깊어질 것입니다.

100퍼센트 통하는 작은 이벤트 1: 손편지 쓰기

손바닥만 한 카드에라도 손편지를 써보세요. 스마트폰과 SNS에 익숙해져 사랑한다는 말을 너무 쉽게 전하게 된 시대이기 때문에 손편지의 가치는 더욱 빛납니다. 당신의 연인에게 당신의 글씨로 직접 사랑을 전하세요. "미안해. 내가 더 잘할게" 같은 반성문은 가급적 피하고, 오로지 "사랑해, 고마워"라는 말만 담아보세요.

100퍼센트 통하는 작은 이벤트 2:
(남자에게) 상대에게 필요할 것 같은 만원 이하짜리 선물

여자분들, 남자친구 혹은 남편을 항상 가까이서 보셨지요? 립케어 제품, 핸드크림, 디자인 책갈피, 보세 장갑, 작은 비타민제 등 상대에게 필요한 것 같은데, 절대 스스로 사지 않는 생활용품을 선물하세요. 남자들은 '챙겨주는 행위'에 약합니다. 중요한 것은 저렴한 선물을 샀다고 해서 주는 것까지 대충 주면 안 된다는 것입니다. 이런 선물이 왜 필요하다고 생각했는지, 어떤 마음으로 그 선물을 샀는지 함께 전달하면 남자친구는 당신의 센스에 반할 것입니다.

100퍼센트 통하는 작은 이벤트 3: (여자에게) 꽃 한 송이

남자분들, 꽃 싫어하는 여자 없습니다. 그런데 놀라운 것은, 15만 원짜리 호화로운 꽃 배달보다, 수줍은 듯 직접 건네는 꽃 한송이에 더 감동한다는 사실입니다. 꽃을 줄 때도 위에서 언급한 것처럼 대충 주면 절대 안됩니다. 효과를 극대화하기 위해 "오는 길에 네가 갑자기 생각나서 샀어",

"예전부터 한번 이렇게 주고 싶더라" 등의 멘트를 해보세요. 여자친구의 반응이 아주 좋을 겁니다.

 연애도 빈익빈 부익부

"있지, 고백할 게 있어. 정말 아무한테도 말하면 안 돼. 특히 내 남자친구한테는 절대 티도 내면 안 돼. 나 어제 친구한테 고백받았어. 남자친구가 있어도 내가 좋다는 거야. 그냥 내 옆에 있게만 해달라는 거야. 엄청 당황했어. 나는 그 친구하고 둘이 뭘 많이 했던 것도 아닌데, 왜 나를 갑자기 좋다는 건지 모르겠더라고. 선물도 받았는데, 어떡하지? 돌려줘야 하나?"

"나 엊그제 소개팅했던 여자 있지. 그 여자가 나 좋다고 먼저 이야기를 하더라. 나는 그냥 그랬는데, 그 여자가 먼저 좋다고 하니까 한번 만나볼까 싶기도 하고. 아, 그러네, 헌팅했던 여자도 연락 주고받은 지 며칠 안 됐는데 큰일이네. 헤어진 지 한 달도 안 됐는데, 혹시 그녀가 이런 이야기를 알고 있지는 않겠지?"

이럴 수가, 있는 놈들이 더하다고, '연애도 빈익빈 부익부'라는 말에 다들 공감하실 것입니다. 요즘 경기도 힘든데, 무슨 연애에도 계급이 있느냐고요? 그걸 뛰어넘을 만한 요령은 없을까요? 도대체 그들에게는 어떤 매력이 있기에 이성들이 줄을 설까요? 연애 부자들의 비밀을 한번 엿볼까요?

첫째, 양보하세요.

이성들이 줄 서는 부자들이 왜, 누군가에게 양보를 하겠느냐고요? 천만에, 그들만큼 양보 잘하는 사람도 없습니다. 그들은 한번 남에게 양보를 하면, 얼마나 더 큰 것이 돌아올지 잘 아니까요. 작은 것들을 양보하거나 맞춰주고, 큰 것을 얻는 것이지요. 일명 '여우짓'이나, 늑대 같은 행동만 할 것이라 생각하면 큰 오산입니다.

그들은 양보할 줄 아는 경우가 많습니다. 사소한 것들을 맞춰주거나 양보하는 행위는 상대가 긴장감을 놓고 마음의 문을 열게 합니다. 또 관계에서 신뢰를 쌓을 수 있게 해주는 첫걸음이지요. 상대는 '이 사람과 함께라면 정말 좋은 관계를 만들 수 있겠다'는 확신을 얻게 됩니다. 작은 양보를 하며 큰 선물을 얻으라는 전술을 알려드리는 것이 아닙니다. 이러한 작은 배려들로 진실한 관계를 만들 수 있다는 것을 말씀드리는 것입니다.

둘째, 상대의 장점을 칭찬하고 단점을 이해하는 오픈 마인드입니다.

연애 부자들이 상대를 엄청나게 까탈스럽게 볼 것 같지요? 그들은 상대의 장점을 잘 볼 줄 알고, 단점을 이해할 줄 아는 연애 고수들입니다. 기본적으로 연애 고수들은 자신에 대한 사랑이 넘치고, 자존감과 자존심이 높은 경우가 많죠. 그래서 상대에게 많은 것을 바라지 않아요.

상대는 '이 사람은 나 자체를 사랑해줄 수 있는 사람이구나'라는 느낌을 받으면서 함께 있는 동안 편안하다고 느끼게 되는 것이지요. 상대가 당신과 있을 때 편안해야 당신도 편안할 수 있고, 서로 마음을 열기도 쉬워집니다. 당신 앞에서 눈치 보지 않으면서 자신만이 가진 좋은 모습을 보여줄 수 있고, 당신 역시 당신의 본모습으로 상대를 대하게 될 것입니다.

'가스등 효과'라는 것이 있습니다. 피해자가 자신을 부당하게 인식하는 주변인들에게 조종당하는 심리 상태를 뜻하는 범죄심리학 용어입니다. 즉, 고정관념을 갖고 상대를 바라보면서 그 관념에 맞추어 상대가 행동하도록 강요하는 것이지요. 연인 사이에서도 이런 현상이 나타납니다. 상대의 한계를 정해놓고 그것만 보다 보면 어떤 행동을 해도 미워 보이는 것이 그것입니다.

이제 '가스등 효과'에서 벗어나 상대의 좋은 점을 보며 감탄하고, 싫은 점은 그냥 잊으세요. 여러분도 단점은 있잖아요. 좋은 점들을 계속 찾아내다 보면 상대의 매력이 보입니다. 그렇게 만나가는 거예요. 그렇게 서로 이해하고 받아들이며 사랑을 키워가세요.

셋째, 표현하고 반응하는 것입니다.

연애 고수 여성은 '여우', 남성은 '카사노바'라고 부르곤 합니다. '여우'

와 '카사노바'는 표현과 반응이 풍부합니다. "당신이 좋아. 당신의 이런 점이 좋아"라는 말을 스스럼없이 하여 본인의 마음을 표현합니다. 사랑은 표현해야 전해집니다. 상대에게 마음이 전달되어야 상대는 당신의 사랑을 느끼고, 자신의 마음을 키워도 된다는 안도감을 얻습니다.

그들은 표현뿐 아니라 '반응'에도 고수입니다. 반응은 '나는 당신의 이야기를 잘 듣고 있어. 당신의 이야기는 참 재미있고, 나는 당신의 이야기와 당신이라는 사람 그 자체에 관심이 있어'라는 마음을 전달해줍니다. 상대는 존중받는다는 느낌을 받게 되면서 당신과 더 많은 것을 나누려 할 것입니다.

무뚝뚝하다는 평가를 듣는 사람들은 대부분 연애에 서툽니다. 상대가 그만큼 당신의 반응에 대해 안도감을 느끼지 못하는 것입니다. '내가 하는 이야기들을 저 사람은 좋아하지 않는구나'라는 마음이 들기 시작하면 몸도 마음도 움츠러들기 마련이지요. 그렇게 되면 서로 마음을 열기가 더욱 어려워집니다. 이렇게 되면 어떻게 사랑이 커질 수 있을까요? 서로 불안해하는데 말이지요.

연애 고수들의 전술을 따라하는 것에는 커다란 의미가 있습니다. 마음은 없으면서 이성을 유혹하는 '꼼수'라고 생각한다면 오산입니다. 양보하고, 상대의 장점에 집중하고, 표현하고, 반응하는 행위는 연인 간에 서로를 배려하는 가장 좋은 행동들이며, 중요한 원칙이기도 합니다. 사랑한다면 자연스럽게 이런 행동들이 나오겠지만, 마음이 반신반의할 때라면 이런 방법을 통해서 상대의 마음을 먼저 열어줄 필요가 있습니다.

이는 친구나 가족, 회사 동료 등 소중한 사람들 간의 관계에서도 마찬가지입니다. 내가 먼저 배려하고 표현하는 행동은 상대에게 신뢰를 주고, 더욱 끈끈한 관계까지 이루도록 도와주는 씨앗이 됩니다. 연애 고수들은 보통 사람들에게도 인기가 많습니다. 그들은 사람을 어떻게 대해야 하는지를 알고, 항상 사람들에게 최선을 다하니까요. 오늘, 내가 다른 사람들을 그동안 어떻게 대해왔는지를 한번 생각해보세요. 그리고 내가 사랑하는 사람에게는 어떻게 행동해왔는지도 한번 돌아보세요. 중요한 교훈을 얻을 수 있을 것입니다.

섹스의 기술

욕망이여 입을 열어라 그 속에서
사랑을 발견하겠다

김수영 〈사랑의 변주곡〉 중에서

사랑과 섹스 사이

"사랑하지 않는데 어떻게 섹스를 하나요?" 7080세대 중에는 이렇게 묻는 사람들이 많더군요. 사랑하지 않으면서 섹스를 한다는 것은 마치 사회의 규칙을 어기는 것과 같은 '나쁜 행위'로 분류되었습니다.

요즘은 성에 대한 사람들의 생각이 개방적으로 변했고, 성을 다루는 각종 TV 프로그램, 잡지, 책이 인기를 얻고 있습니다. 최근에는 성인 대상 토크쇼에서 많은 연예인들이 솔직담백한 토크를 통해 시청자들과 소통하고 있기도 합니다. 이런 것들만 봐도 이제 우리 사회는 당당하게 외치고 있는 것 같습니다. "사랑하면 섹스할 수 있지만, 섹스를 한다고 해서 사랑하는 것은 아니에요!"

사랑과 섹스 간에는 등식이 성립하지는 않지만, 분명 둘은 관계를 주고받는다는 공통점이 있습니다. 최근에는 사랑 없는 섹스를 너무 당연시하는 젊은 친구들의 지나친 자유연애사상이 다소 우려되기도 합니다. 하지만 어쨌거나 잠시라도 서로에게 끌리는 감정이나 호감이 있어야 잠자리까지 이어지는 법이지요. 그러니 관계가 아예 없지는 않다고 해둬야겠네요.

사랑과 섹스는 별개일 수도 있지만, 이 두 가지는 가급적 함께하는 것이 좋습니다. 그럴 때 가장 아름다우니까요. 섹스는 사랑이라는 감정의 가장 극대화된 표현이자, 가장 솔직한 대화이기 때문입니다. 몸을 섞으면서 평소에 말로 하지 못했던 감정들이 다양하게 표현되고, 어떻게 표현해도 어려웠던 미안함과 고마움도 표출됩니다. 아무리 표현해도 잘 전달되지 못했던 나의 사랑을 가장 잘 표현할 수 있는 도구가 바로 섹스입니다.

사랑하는 연인 간에도 '사랑과 섹스 사이'에 대한 끊임없는 궁금증이 존재합니다. 이 둘은 대부분 함께 다니지만, 한쪽의 진도가 빨라지는 경우가 많습니다. "남자친구가 나의 몸만 원하는 것 같아요", "여자친구가 요즘은 부쩍 잠자리 갖기를 원해요"라고 고민하는 것처럼 말입니다.

사랑과 섹스, 이 둘은 한쪽의 진도가 너무 빠르면, 다른 한쪽이 힘들어질 위험이 있습니다. 서로의 몸만 탐닉하다 보면 정신적인 교감을 나눌 수 있는 시간이 상대적으로 줄어듭니다. 그러면 갑자기 서로 어색해지면서 대화 주제가 없어지는 경우가 있습니다. 또 몸의 대화 없이 대화하고 데이트만 하다 보면 '이 사람이 나를 사랑하긴 하는 걸까?'라는 근원적인 물음이 계속 해결되지 않고 서로 간의 확신이 줄어들기도 합니다.

헤어진 여자친구와 재회했습니다. 그녀가 정말 그리웠는데,

어느 날 그녀가 저를 찾아와 다시 만나자고 했어요.

그래서 우리는 다시 만나게 되었습니다.

그런데 정말 이상하게도 관계는 예전 같지 않았습니다.

다시 만난 것이니, 예전처럼 사랑하기 위해

우리는 섹스를 많이 하려 노력했습니다.

그동안 저도 여자친구가 정말 많이 그립기도 했고, 그녀가 예전보다

많이 적극적으로 요구하기도 해서 데이트를 하는 날에는

꼭 집에서 먼저 만나 관계를 가졌습니다. 확실히 서로 많이

그리워했기 때문인지, 우리는 서로 더 많이 표현했고,

더 적극적으로 사랑을 나누었고, 행복했습니다.

그런데 이상한 일이 있었습니다.

어느 날 저희 집이 이사를 하게 되어 밖에서 만났어요.

카페에 앉아있는데 서로에게 할 말이 없었습니다.

돌아보니, 저희가 다시 만난 후

대화를 별로 나누지 않았다는 생각이 들었습니다.

저는 다양한 주제를 꺼내며 대화를 시도했지만,

정말 이상하게도 서로 얘기가 잘 통하지는 않았습니다.

어쩌다 대화를 시작하긴 하지만

서로 말꼬리를 잡거나 동의하지 않는 부분이 생겼고,

또 싸우게 되었습니다.

그렇게 다시 우리는 비슷하지만 다른 이유로 헤어져야 했습니다.

다시 만나 행복한 줄 알았는데, 아니었던 것입니다.

어쩌면 그녀가 몸이 외로워서

저에게 다시 만나자고 한 것일 수도 있습니다.

그렇지만, 저도 그녀를 많이 원했기 때문에 후회는 하지 않습니다.

다만, 조금은 안타깝고 아쉬운 마음이 많이 듭니다.

만약 처음부터 서로 대화를 많이 나누면서 섹스를 했다면,
좀 달라질 수도 있지 않았을까요?

안타까운 이야기지만, 이것은 사랑과 섹스가 함께 가지 못했던 대표적인 사례입니다. 그럼 스킨십의 진도를 어떻게 맞추어야 하느냐고 물으실 겁니다. 정답은 없습니다. 경우의 수가 많으니까요. 서로가 아주 좋아서 육체적인 관계를 이른 시일 내에 많이 갖게 되는 경우에는 대화를 통한 교감을 위해 많은 노력을 해야 합니다. 항상 원하는 대로 방 안에서 사랑을 나눌 수만은 없습니다. 정말 두 사람이 오랜 관계를 위해 발전적으로 나아가고 싶다면, 방 밖에서의 만남과 대화도 필요합니다.

서로 정신적으로 너무 잘 맞는데, 둘 중 한 사람이 섹스에 대한 두려움이나 거부감이 있다면, 서로 노력해야 할 필요가 있습니다. 양쪽 모두 '플라토닉 사랑을 꿈꾸고 원하는 사람'이라면 굳이 억지로 육체적 관계를 맺을 필요는 없지만, 몸의 대화나 표현 없이 관계가 지속되기는 어렵습니다.

한쪽이 마음을 열 수 있도록 단계적인 노력을 통해 두려움이나 거부감을 없애는 과정이 필요합니다. '내가 얼마나 당신을 아끼고 사랑하는지'에 대해 신뢰를 주어야 합니다. 처음부터 섹스로 전진할 것이 아니라, 단계적인 스킨십을 통해 서로의 마음을 확인하고 열어주세요. 서로의 노력을 통해 조금씩 마음을 열고 관계를 가졌다면, 그것은 양쪽 모두에게 관계와 관

런하여 많이 성장할 수 있었던 계기가 될 것입니다.

그러나 양쪽 모두 마음의 준비를 하지 않았다면 절대로 섹스를 강요해서는 안 됩니다. 섹스는 마음에 대한 몸의 자연스러운 표현이니까요. 마음이 동하지 않은 상대에게 요구하는 섹스는 폭력입니다. 어떤 사람은 "남녀가 섹스를 시작한 그 순간부터 싸움은 시작됐다"라고 이야기하기도 합니다. 그만큼 섹스를 한다고 저절로 사랑이 이루어지거나 진실해지는 것은 아니라는 의미입니다. 오히려 좀 더 조심해야 하고, 서로 배려해야 하고, 천천히 다가가야 합니다.

섹스를 바라보는 남녀의 시각은 그 차이가 극명합니다. 서로가 이를 잘 배려해야 합니다. 남녀의 사랑을 재단할 수는 없지만, 일단 1점부터 10점까지 사랑의 깊이를 측정할 수 있다고 가정해봅시다. 남자는 1점만큼만 사랑해도 혹은 좋아해도 섹스를 원하거나 요구하고 싶어합니다. 그러나 여자는 적어도 7점 이상이 되어야만 섹스가 가능하다고 생각하는 경우가 많습니다.

사랑하는 사이에서는 시간, 체온, 체액을 나눌 수 있어야 한다고 어느 연애 전문 에디터가 조언합니다. 섹스는 이 세 가지를 동시에 나누면서 서로의 사랑을 확인할 수 있는 가장 극대화된 사랑의 표현입니다. 동시에 이별의 가장 쉬운 이유가 되기도 합니다. 모든 극단적인 것들은 마치 양날의 검 같습니다. 장단점이 있죠. 섹스도 그렇습니다. 연인과의 섹스가 사랑을

표현하는 아름다운 방법이 되게 하려면 당신의 노력도, 당신 연인의 노력도 필요합니다.

해피 섹스 토크

> 남자: 좋았어?
>
> 여자: 응…….
>
> 남자: 아닌 것 같은데? 진짜야?
>
> 여자: 그렇다니까…….
>
> 남자: 진짜?
>
> 여자: 아, 짜증 나게 왜 자꾸 그래!

둘 사이에 아무 문제는 없습니다. 그런데도 섹스에 대한 대화가 필요할까요? 섹스 토크란 말 그대로 서로의 성적 관계에 대해 이야기를 나누는 것입니다. 주로 본인의 성적 취향이나 판타지 혹은 잠자리에 대한 대화 등을 의미합니다. 한국 사회에서 섹스 토크는 생각보다 쉽지 않습니다. 아직도 대화하지 않는 연인들이나 부부들이 많습니다. 성적인 대화를 시도조차 안 하거나 너무 간접적으로만 표현해서 확실하게 소통되지 않는 경우가 대부분입니다. 그러나 건강한 성관계, 그리고 더 행복한 애정생활을 위해 섹스 토크는 반드시 필요합니다.

전문가들은 섹스에 관한 가장 흔한 싸움의 패턴이 여성은 '비난', 남성은 '회피'라고 했습니다. 여성의 경우, 남성에게 "그것밖에 못해? 자신 없어? 다른 사람은 어떻다던데……" 등 비난하거나 자신감을 잃게 하는 발언을 하는 경우가 많습니다. 이는 두 사람의 관계를 망치는 최악의 독입니다.

남성의 경우, "오늘 피곤해. 다음에 하자"라며 관계를 피하는 것은 여성이 사랑받고 있지 못하다고 느끼게 하는 위험한 행동입니다.

서로에 대한 비난과 회피만 어느 정도 조절해도 섹스 때문에 남녀의 애정이 크게 위협받는 일은 없습니다. 한두 번의 비난과 회피로 인해 성적인 생활이 어긋나기 시작하면, 서로에게 상처로 남고, 그것이 쌓이면 급기야 마음의 유대를 끊는 일마저 벌어집니다. 그래서 여성은 비난을 하기보다는 상대를 칭찬하고 격려해야 하고, 남성은 회피하기보다는 상대에게 반응을 보여야 합니다.

섹스는 함께하는 것이기 때문에 서로가 원하는 것과 싫어하는 것을 잘 파악해서 맞춰나가야 합니다. 그러기 위해서는 평소에도 섹스에 대한 이야기를 하는 데 거리낌이 없어야 합니다. 특히 잠자리 중에도 대화를 많이 나눌 필요가 있으며, 잠자리 후에도 어땠는지 이야기를 많이 나누어야 합니다. '배우자가 나를 경험이 많고, 밝히는 사람으로 보면 어쩌지?'라는 생각은 버리세요. 그런 믿음도 없어서야 어떻게 사랑을 이어나갈 수 있겠습니까?

우리나라 남녀에게 섹스에 관한 이야기를 많이 나누라고 하면 가장 먼저 시작하는 말이 섹스 후의 "좋았어?"입니다. 밑도 끝도 없이 다 끝나고 좋았냐고 묻는 말은 사실 "좋았다"라는 대답을 강요하는 것처럼 들리기도 하니, 좋은 시작은 아닌 것 같습니다. 여성들이 섹스에서 중요시하는 것은 오르가슴 그 자체보다도 사랑받고 있다는 느낌입니다. 그러니 다른 종류의 대화법을 시도해보는 것이 더 좋겠습니다.

섹스 중의 대화는 여성한테 더 중요하다고 합니다. 그러니 "좋았어?"라는 표현보다는 "내가 당신을 정말 많이 사랑해", "나는 이 자세가 정말 좋아. 당신은 어때?"라는 식으로 애정을 표현하고 자신의 느낌을 표현하면서 상대의 대답을 유도해내는 대화가 좋습니다. 자세를 바꾸며 "이 자세는 어때? 이런 느낌이 오니 나는 정말 좋다" 같은 표현을 계속해준다면 더할 나위 없이 좋습니다.

반면에 남성에게는 여성의 솔직한 피드백이 더 중요합니다. "별로야"라는 표현이나 불만족의 표정 혹은 무반응보다는 "그것도 좋지만, 난 이렇게 하면 더 좋더라"라는 간접적이지만 솔직한 표현이 남성에게 더 큰 힘을 줍니다. 실제로 이런 솔직한 피드백은 둘 사이에 가장 좋은 자세와 느낌을 찾는 데에도 효과적입니다.

평소에도 섹스 토크를 자연스럽게 만드는 것은 사랑을 증폭시킬 수 있는 좋은 자극제가 됩니다. 너무 지나치게 많이 하는 것도 물론 부담이 될 수 있으므로, 파트너의 성적 관심도를 고려하여 적당한 수준의 대화를 만들어보기를 권합니다. 서로의 변함없는 애정과 관심을 확인하는 좋은 시간이 전개될 것입니다.

 ## 만족 못 시키면 헤어지는 시대

이제는 이성 관계와 관련하여 섹스를 빼놓고는 이야기할 수 없습니다. 남자든 여자든 자신의 성적 욕구에 대해 솔직해졌고, 속궁합은 결혼의 중요한 조건 중 하나가 되었습니다. 만족스럽지 않은 섹스 때문에 헤어진다는 사람들도 적지 않은 시대이니, 말 다한 셈입니다.

이제는 본인이 원하는 만큼 상대도 배려해주어야 합니다. 본인이 상대에게 끊임없는 성적 매력을 느끼고 싶어하듯, 상대도 나에게서 항상 더 큰 매력을 느끼고 싶어한다는 사실을 기억해야 합니다. 그래서 우리는 계속 관리해야 하고, 더 많이 공부해야 합니다.

섹스 테크닉은 예전엔 성인 영화나 성인 잡지에서 주로 다루어졌고, 남자들의 전유물이었습니다. 그러나 요즘에는 남녀 모두의 만족과 더 나은 연인 생활, 혹은 더 나은 결혼 생활을 위한 '학습서'들이 많이 나오고 있습니다. 이제는 성에 대해서도 준비하고 연구해야 하는 시대가 온 것이지요. 경험이 많은 상대가 알아서 나에게 잘해줄 것을 기대하기보다, 상대가 타고난 스킬로 나를 만족시켜주리라 기대하기보다, 내가 먼저 그를 혹은 그녀를 흥분시키고 관계를 업그레이드할 방법을 연구해야 합니다.

일단 늘 준비해야 합니다. 데이트 나가기 전에 항상 생각하세요. '오늘 섹스할지도 모른다.' 전쟁 중인 병사들은 항상 전투태세를 갖추어야 하듯이, 데이트하는 날이면 늘 철저히 준비해야 한다는 점을 명심하세요. 상대에게 예쁘고 멋진 모습을 보이고 싶다고요? 우리의 속 모습도 항상 각별히 신경을 써야 합니다.

"남자친구가 진짜 오늘 하자고 할지 몰랐거든요. 그래서 제모도 하지 않았고, 할머니 것 같은 펑퍼짐한 속옷을 입고 있었는데, 정말 민망해서 죽는 줄 알았어요."

이런 여자들의 볼멘소리를 들을 때가 참 많습니다.

"그날따라 여자친구가 먼저 요구하는 거 있지. 당황스러웠는데, 거부할 수도 없고. 그날은 좀 후줄근한 속옷 차림이었는데 쪽팔리더라고" 하는 남자들의 한숨 소리도 술집을 가득 메웁니다.

그날만큼은 깔끔하고 매력적으로 보이도록 신경 쓰시는 것이 좋습니다. 준비되지 못한 모습으로 상대의 흥분을 가라앉힌다거나 자신감을 상실해버린 안타까운 상황이 절대로 일어나지 않게 해야 합니다. 혹시 미처 준비하고 나오지 못했다면, 속옷을 구입이라도 하시기를 권합니다. 완벽한 준비가 더 완벽한 관계를 만드니까요.

섹스는 공부한 만큼, 연구한 만큼 실력이 발휘되기 마련입니다. 또 각자의 조그만 노력이 성적 매력을 보다 더 극대화시키기도 합니다. 부끄러워하지 말고, '나를 너무 경험 많은 사람으로 생각하면 어쩌지?'하는 걱정은 이제 그만하고, 섹스에 대한 연구를 시작하세요. 궁금증이 있다면 주변 사람들이나 인터넷을 통해 해결하고, 직접 해보니 상대가 좋아했던 자세와 행동을 기억하고, 또 다른 새로운 것들을 시도해보세요.

당신이 좋았던 것들을 기억하고 상대에게 '좋다. 이거 또 해줘'라고도 해보세요. 당신이 상대의 취향에 관심이 많은 만큼, 상대도 역시 당신의 취향이 항상 궁금할 것입니다. 서로의 취향을 나누고, 그것이 맞추어져가는 과정을 함께하는 것, 그것이 바로 바람직한 관계일 것입니다.

세상 그 어디에도 '나는 섹스를 마스터했다'라는 자칭 섹스마스터는 없습니다. 그만큼 섹스의 스킬에는 왕도가 없습니다. 인도의 고전이자 성 백과사전인 《카마수트라》에는 529개의 체위가 묘사되어있습니다. 그러나 최근에는 그것을 응용한 더 많은 자세들이 나오고 있지요. 똑같은 체위라도 자세나 움직임을 조금 바꾸면 새로운 느낌을 받을 수 있습니다. 다양한 것들을 시도하고 연구하고 공부한다면, 그리고 무엇보다 관심을 가진다면, 섹스로 마음을 더 자유롭게 표현할 수 있지 않을까요? 당신의 연구를 응원합니다.

매너리즘에 빠졌다면

육체적 관계에 대해 여성들이 가장 많이 느끼는 것은 불안감입니다. 나를 사랑한다고 해서 관계를 맺었더니, 그 남자친구가 갈수록 섹스에만 집중하는 듯한 느낌을 받을 때, 혹은 더 이상 나에게서 성적 매력을 느끼는 것 같지 않을 때, 여성들은 극도로 안절부절 못한다고 합니다.

남성들도 섹스 후 불안감을 느낀다고 합니다. 여자친구 혹은 아내가 자신과의 관계에서 만족하는 것 같지 않을 때, '내가 만족을 주지 못해서 사랑이 식으면 어떡하지?'라는 고민이 될 때, 이별이 다가올 것이라는 공포와 배신당할지도 모른다는 두려움을 느끼게 된다는 것입니다.

사랑의 가장 큰 표현은 섹스입니다. 하지만 한편으로는 섹스가 관계에서 가장 큰 불안 요소가 되기도 합니다. 여성들은 익숙함에 대한 불안감, 남성들은 만족시키지 못할지도 모른다는 두려움이 있는 것입니다. 자신감을 잃으면 관계는 더 망가지게 됩니다. 여성이 불안하여 소극적인 자세를 보이면, 남성은 '내가 만족시키지 못한 건가?'라는 생각에 더욱 소극적이 되고, 여성은 또다시 '나를 사랑하지 않아서 저렇게 소극적인 거야'라는 생각에 이별을 고민하는 악순환이 시작됩니다.

섹스는 가장 행복한 사랑의 순간이어야 합니다. 섹스에 만족을 더하기 위해 여러 종류의 노력을 할 수 있습니다. 특히 '새로운 환경 만들기'가 비결 중 하나가 될 수 있습니다. 이미 익숙한 두 사람의 관계에 새로움과 낯섦을 불어넣어 상대에게 호기심을 불러일으키는 방법이지요. 호기심이 들기 시작하면 상대는 당신 앞에서 약간의 긴장을 하게 됩니다. 적당한 긴장감은 더욱 스릴 있는 섹스를 만들어줄 것이고, 서로를 보다 매력 있는 사람으로 인지하게 합니다.

몇 가지 섹스 노하우를 알려드리겠습니다. 먼저 새로운 장소 만들기입니다. 모든 연인에게는 집처럼 편안한 둘만의 공간이 있을 것입니다. 관계를 맺기 가장 편안하고 알맞은 곳이겠지요. 그런데 새로운 느낌을 갖기 위해서는 장소를 바꿔볼 필요도 있습니다. 아주 은밀한 장소를 찾아야 하는 것은 아닙니다. 조금만 변화를 줘도 금방 새로운 기분이 들 장소를 말하는 겁니다. 항상 침대에서 관계를 갖는 것이 아니라, 어느 날은 부엌에서, 또 어느 날은 소파에서, 화장실에서 사랑을 나누어보는 것이지요. 남에게 피해를 주는 장소들이 아니잖아요. 조금 불편할 수는 있어도 약간의 변화만으로 섹스에 긴장감이 더해질 것입니다.

다른 사람이 볼까봐 걱정되는 아슬아슬한 장소는 섹스 분위기 전환에 최고입니다. 예를 들면 베란다에서 관계를 갖는 것입니다. 이웃집에서 볼까 걱정하며 관계를 맺다 보니 그 흥분이 최고조에 달하고, 둘만의 비밀스러운 추억이 생겨 연인 관계가 더 돈독해졌다는 이야기도 있습니다.

새로운 장소라고 해서 반드시 실제 '장소'만을 의미하는 것은 아닙니다. 최근에는 멀리서 연애하는 커플들이 늘어나고 있으므로, 폰섹스도 좋은 방법 중 하나입니다. 처음에는 거부감이 들 수도 있지만, 서로 만나고 싶은데 만날 수 없을 때 사랑을 전달하는 가장 애절하고도 긴장되는 방법입니다. 새로운 가상 장소에서의 만남은 상상력을 자극해서 마치 몸이 함께 있는 것과 같은 느낌을 만들어내고, 그만큼 서로의 사랑을 확인할 수 있는 좋은 계기가 됩니다. 주말 부부들이 평일에 사랑을 확인하기 위해 이 방법을 쓴다고 하네요. 서로에 대한 사랑과 그리움을 증폭시켜주는 좋은 방법이라고 합니다.

두 번째는 새로운 타이밍입니다. 연애 패턴이 일정해지다 보면, 섹스를 하는 시간도 대략 일정해지곤 합니다. 어느 커플은 항상 한쪽의 집에서 만나 관계를 갖고 나서부터 데이트를 하는 것이 일상이고, 또 다른 커플은 밥 먹고 모텔로 이동해서 관계를 갖는 것이 익숙하다고 합니다.

섹스 타이밍이 이렇게 예상 가능해지면, 두 사람의 긴장감이 떨어지게 되는 경우가 많습니다. 누군가 시간표를 짜놓은 것처럼 당연하게 관계를 맺고, 그렇게 하다 보면 더 이상 아무것도 기대하지 않게 되거나 특별한 느낌이 사라지기도 합니다. 타이밍이 익숙해지는 것은 어떻게 보면 '당연히 눕게 되는' 결과로 이어질 수 있습니다.

매일 집에서 만나 관계를 갖고 데이트를 시작하는 커플에게는 밖에서 먼저 만나서 데이트를 하다가 새로운 장소에서 관계를 갖기를 권유하고 싶습니다. 밥 먹고 모텔로 이동하는 커플에게는 교외로 나가서 펜션에 묵어보는 것을 추천합니다.

세 번째는 색다른 분위기입니다. 항상 같은 패턴을 반복하다 보면, 두 사람의 성적인 매력이 시들해질 확률이 높습니다.

잠자리에서 내가 알고 있던 모습과 다른 상대의 모습을 봤을 때, 더 흥분되고 매력을 느끼게 됩니다. 남자들이 "낮에는 귀엽고 천사 같은데, 밤에는 섹시한 여자가 좋아"라고 말하는 것과도 일맥상통합니다.

반드시 섹스에서 뿐만이 아니라 관계에서도 마찬가지입니다. 연인끼리든 친구끼리든 항상 똑같은 모습만 보여준다면 관계가 별로 재미있지 않겠지요. 착한 줄만 알았던 친구가 강단이 있고, 성질 더럽다고 생각했던 친구가 새삼 알고 보니 자상한 면모가 있어야 서로의 관계가 더 가까워지는 것과 같습니다.

이 세 가지 외에도 체위, 복장, 소품 등 다양한 변화를 줄 수 있는 요소들이 있습니다. 약간의 변화는 관계를 어마어마하게 변화시킵니다. 오늘 당장, 당신과 당신의 연인이 마치 새롭게 만난 남녀처럼 뜨겁게 불이 붙을 수도 있습니다.

결혼은 미친 짓일까

아들아 너에게 광신을 가르치기 위한 것이 아니다
사랑을 알 때까지 자라라

김수영 〈사랑의 변주곡〉 중에서

 우리가 결혼을 결심하는 순간

배경은 한 허름한 포장마차입니다. 간소하게 차려진 안주와 함께 소주
잔이 오갑니다. 철수(정우성)는 수진(손예진)의 잔에 소주를 채웁니다. 맑
은 소주가 찰랑거리다가, 결국 잔이 넘칩니다. 수진은 철수를 바라봅니다.

철수: 이거 마시면, 우리 사귀는 거다.

수진: 안 마시면?

철수: 볼 일 없는 거지, 죽을 때까지.

영화 〈내 머리 속의 지우개〉, 2004

수진은 철수를 빤히 바라봅니다. 그리고 소주를 쭉 원샷합니다. 세상에서 제일 시원하게, 또 누구보다도 가장 예쁘게 '나도 당신 좋아요'라는 대답을 건넵니다. 그런 수진에게 철수는 깊은 키스로 고마움과 사랑을 동시에 전합니다.

이 영화 속 포장마차 키스신은 실제로 많은 사람들이 뽑는 한국영화 프러포즈 명장면 중 하나지요. 실제로 이 프러포즈 장면이 더 아름답게 느껴지는 이유는 더 있습니다. 영화 속 철수는 건설 현장에서 막노동을 하는 빈털털이 남자였고, 수진은 아버지가 큰 회사를 운영하는 소위 '있는 집' 딸이었습니다. 결혼을 위해 거쳐야 할 수많은 고난과 현실적인 문제를 두 사람은 너무 잘 알고 있었습니다. 그렇지만 사랑이라는 이름으로 어려움을 헤쳐나가겠다는 의지와 약속을 작지만 티 없이 맑은 소주 한잔으로 서로 표현했던 것입니다.

여기 누군가는 언어가 통하지 않지만, 감정의 교류만으로 사랑을 고백

합니다.

소설가 제이미(콜린 퍼스)는 바람둥이 여자친구에게 상처를 받고 남부 프랑스의 작은 별장에서 소설을 쓰던 중 젊은 포르투갈 여인 오렐리아(루시아 모니즈)를 만납니다. 두 사람은 말이 통하지 않지만, 왠지 서로에게 끌리는 상태로 결국 헤어지게 되지요. 제이미는 후회를 거듭하다가 결국 포르투갈로 향합니다. 오렐리아의 집으로 찾아가서 그녀의 아버지에게 이렇게 말합니다. "따님께 청혼하러 왔습니다." 그녀는 식당에서 일하는 중이었고, 가족들은 제이미를 식당으로 데려다줍니다.

> 제이미: 사랑스러운 오렐리아, 꼭 할 말이 있어서 왔어요. 결혼해주겠소? 서로 잘 알지도 못하는데 이런 말 하는 거 우습지만, 때론 눈에 안 보여도 확실한 일들이 있잖아요. 내가 이사 올까요? 당신이 영국으로 오든가. 거절당할 게 뻔해서 망설였지만, 혹시나 해서 와봤어요. 오늘은 크리스마스잖아요.
>
> 오렐리아: 고마워요. 저도 좋아요. 대답은 예스예요.
>
> 영화 〈러브 액츄얼리〉, 2003

또 누군가는 처음 만난 여자와 결혼을 결심하기도 합니다. 벤저민(맷 데이먼)은 아들에게 지금은 이 세상에 없는 아내와의 첫 만남을 설명합니다. 그녀를 처음 만나 첫눈에 사랑에 빠졌던, 인생을 함께하기로 결심했던 그 순간을 말이죠.

> "자, 여기다. 이건 네 엄마를 처음 만났을 때 이야기야……
> 나는 엄마를 봤고 말 그대로 이렇게, 이렇게 멈춰 섰지.
> 그래서 난 나에게 20초의 용기를 주기로 했지.
> 용감하게 그녀에게 다가가서 이렇게 말했단다.
> '왜 당신같이 멋진 여자가 나 같은 남자와 대화를 나눈 거지?',
> '안 될 게 뭐 있어?'"
>
> 영화 〈우리는 동물원을 샀다〉, 2011

사랑이 피어날 때는 참 기적적이고, 극적이고, 행복합니다. 서로의 사랑을 고백하는 프러포즈 장면은 더더욱 우리의 마음을 설레게 하지요. 마침내 결혼을 결심하는 그 순간은 생각보다 복잡하지 않습니다. 그와 함께 하고 싶다는 간절한 마음, 그 강렬한 욕구 때문이겠지요. 이러한 욕구를 반영하기 때문에 로맨틱하고 달콤한 감정들을 표현한 영화들이 인기를 얻는 것이 아닌가 싶습니다.

그러나 2002년 유하 감독의 〈결혼은 미친 짓이다〉라는 영화가 사회에 반향을 불러오기도 했지요. 이 영화가 개봉된 뒤, 수많은 연인들이 혹은 부부들이 과연 결혼이 미친 짓인지에 대해 고민하기 시작했습니다. 세월이 많이 지난 지금까지도 이 영화에 대한 논쟁이 벌어지고, 몇 번이나 반복해서 이 영화를 보는 팬들이 있을 만큼 결혼에 대해 진지한 고민을 하게 만든 영화임은 틀림없습니다. 이 영화에 대한 누군가의 한 줄 평을 아직도 저는 기억합니다.

"결혼의 위대한 규칙 한 가지. 사랑하는 사람이 모두 결혼하는 것은 아니지만, 결혼하는 사람들은 모두 사랑해야 한다."

결혼은 현실이라는 말. 저 또한 공감하고 있습니다.

그럼 왜 결혼을 하는 걸까요? 사랑하는 사람과 함께 있고 싶어서, 평생을 함께할 파트너를 만들기 위해서가 아니겠습니까.

그렇다면 과연 우리는 언제 결혼을 결심할까요? 상대가 내 짝이라는 느낌이 들었을 때, 이 사람과 평생을 함께해도 괜찮겠다, 혹은 평생의 동반자로서 같은 길을 걷고 싶다는 생각이 들 때 결혼을 결심하게 됩니다. 많은 사람들이 사랑하기 때문에 결혼을 하고, 현실적인 여러 가지 이유를 극복해나가면서 함께 살아가고 있습니다.

결혼이란 특별한 약속입니다. 부모와 자식 간은 하늘이 점지해주는 떼어낼 수 없는 강한 인연이지만, 결혼은 인간이 선택할 수 있는 가장 끈끈한 약속이지요. 이런 약속 아래에서 '가족'이라는 틀이 생기고 더 큰 사랑이 만들어지는 것입니다. 이제껏 망설이셨다면, 주저하지 말고 사랑하는 사람에게 프러포즈해보세요. 사랑하는 사람과 함께한다는 약속을 하는 것. 그것은 가장 아름다운 축복입니다.

 식장에 들어가기 전까진 아무도 모른다

"형님, 저 결혼 날짜 나왔습니다."

"야, 결혼 축하한다."

"하하하, 감사합니다. 그렇지만 식장에 들어가기 전까진

아무도 모르는 일이죠."

"농담도 잘 하네, 하하하. 암튼 축하한다."

'식장에 들어가기 전까진 아무도 모른다'라는 말이 너무도 흔한 인사가 되어버렸습니다. 우스갯소리로 서로 건네는 말이지만, 그 내면에는 수많은 의미가 담겨있습니다. 아름다운 프러포즈 뒤 결혼을 결심하고, 함께 결혼을 준비하고, 예식을 하고, 또 부부가 되어 신혼생활을 하면서 생기는 남녀의 현실적인 갈등들, 이때의 서운함이 쌓여 이별로 이어지는 경우가 있기 때문이겠지요.

상대를 너무나도 사랑하지만, 결혼을 준비하는 과정에서 정말 양보하기 어려운 일들로 인해 사랑하는 사람과 안타깝게도 결혼에 골인하지 못하는 경우가 발생하기도 합니다. 모두가 '이것만은 꼭 지켜줘'라는 바람이 있겠지만, '이것만은 이해해주면 안 될까?'라는 입장도 있습니다. 그만큼 결혼은 수없이 많은 것들을 서로 양보하고 이해해야만 가능한, 어쩌면 가장 어려운 관문 중 하나가 아닐까 싶습니다.

결혼을 준비하는 동안 발생하는 갈등들이 많습니다. 만난 지 불과 네 달 만에 결혼을 약속한 행복한 커플이 결혼 날짜를 잡고 준비를 시작합니다. 그런데 남자와 여자의 입장이 조금 다르네요. 어떻게 다를까요?

여자는 말합니다.

"결혼 준비는 아주 힘들다고 들었어요. 그래서 우리는 꼭 함께 힘을 합쳐 하나씩 해결해나가고 싶었어요. 결혼 준비를 실제로 해보니 신경 쓰이는 것이 한두 가지가 아니에요. 예비 신랑과 저는 둘 다 직장에 다니고 있는데, 하나하나 알아보고 찾아보고 확인하는 것 모두 제가 하고 있어요. 예비신랑은 결혼을 하겠다는 건지 말겠다는 건지 이야기를 꺼내보아도 반응이 시원치 않네요. 매일매일 너무 바쁘고 여러 가지를 신경 쓰다 보니, 조금씩 지치기도 하고, 이 사람에게 서운함이 쌓이네요. 이래서 결혼 준비하면서 헤어질 수 있구나 싶더라고요."

남자는 말합니다.

"저는 나름대로 잘하고 있다고 생각해요. '결혼식의 주인공은 신부이고, 신랑의 존재는 신부가 든 부케보다 아래'라는 말이 있을 만큼 식장에서는 신부가 중심이 된다는 것을 알고 있습니다. 결혼 준비를 하면서 의견 차이로 많이 싸운다고 해요. 저는 이런 충돌을 피하고 제 아내될 사람이 원하는 그런 행복한 결혼을 하고 싶어요. 아내가 선택한 몇 가지를 보면서 솔직히 마음에 들지 않는 것들도 많아요. 그래도 제가 양보해주는 거지요. 관심이 없는 것이 아니라, 싸움을 피하고 서로가 만족할 수 있도록 배려하고 있습니다."

달라도 이렇게 다를 수가 있을까요? 여자가 생각하는 '남자의 무관심', 남자가 생각하는 '여자의 취향', 이 때문에 생기는 갈등. 남자는 배려라고 생각하고, 여자는 무관심이라고 생각합니다. 처음부터 차근차근 대화를 나누면 어렵지 않게 해결될 수도 있는 문제가, 사소한 오해 때문에 감정싸움으로 번져 커질 수 있습니다.

결혼 준비는 경제적인 문제, 양가 가족의 문화와 자존심 등 수많은 것들이 얽히고설켜있습니다. 그래서 오히려 당사자들은 더 솔직하게 더 배려하며 소통을 해야 합니다. 나만 생각하고, 우리 집만 생각한다면 백이면 백 상대를 오해하기 마련입니다.

이런 경우에는 어떻게 대처해야 할까요?

첫째, 먼저 내가 상대의 입장에서 생각하고, 그 다음에 내 입장을 생각하는 것. 둘째, 그 사실을 수시로 정확하게 표현하는 것. 셋째, 결정은 언제나 함께하는 것입니다.

이렇게 하면 결혼 준비도 훨씬 수월해지고, 오히려 어려운 시기에 사랑이 더욱 돈독해질 것입니다.

결혼 전에는 주도권 싸움도 벌어집니다. 결혼 준비만으로도 이렇게 피곤한데, 왜 상대는 사사건건 트집을 잡고 물고 늘어질까요?

"내가 사랑하는 이 사람도 결국 '초반에 잡아야 한다' 혹은 '결혼 전부터 잡아야 한다'라는 결혼 선배들의 조언을 듣고 나를 이기려는 걸까요? 왜 이런 유치한 감정소모를 해야 할까요?"

한 결혼 전문가는 결혼 직전 혹은 결혼 초기의 커플들에게 '배우자 길들이기 비법을 멀리하라'라고 조언합니다. 배우자를 어떻게 길들여서 나에게 순종하게 만들까 고민하기보다는, 서로의 바람직한 대화법을 배워야 한다는 것이지요. 배우자를 길들인다는 것, 그것은 곧 '내 위주로 행동하겠다'라는 말과 같습니다. 이러한 행동들은 실제로 결혼 생활의 갈등을 악화시키는 주범이 되기도 합니다.

마지막으로 소개할 사례는 '연애할 때의 장점이 결혼 후에 단점으로 보여 싸움이 벌어지는 사례'입니다.

"결혼 전 이 사람은 조금 무뚝뚝했지만 무척 듬직해서 좋았어요. 또 연애할 때 부모님께 잘하는 모습을 보면서 이 사람이다 싶었어요. 그런데 결혼하고 보니 어쩜 이렇게 세세한 부분에 무관심한지 모르겠어요. 또 지내다 보니 거의 마마보이 수준으로 부모님께 집착하는 모습을 보니 정이 뚝 떨어지더라고요."

"이 사람은 터프하고 시원시원한 게 남자다웠어요. 어울리지 않게 어쩜 작은 것에도 배려를 많이 해주던지, 그런 모습에 반해 결혼했지요. 그런데 이런 것들이 단점이 될 줄은 꿈에도 몰랐어요. 저 말고도 모든 사람들에게 일일이 잘해주는데, 오지랖도 이런 오지랖이 없어요. 제가 편해졌는지 남자다운 걸 넘어서 저를 거칠게 대할 때가 있네요. 이럴 때는 제가 어떻게 해야 할지 모르겠어요."

연애할 때 장점이라 여겼던 면들이 결혼하고 모든 생활을 공유하면서 커다란 단점이 될 수도 있다는 것을 절감하게 됩니다. 사실 이런 현상은 상대뿐만 아니라 나 자신에게도 충분히 적용될 수 있습니다. 상대도 나를 보며 똑같이 느낄 수 있다는 것이지요. 수없이 반복하지만 '그래서' 서로를 더 많이 이해해야 합니다. 어떤 상황에서도 완벽한 사람은 없으니까요.

성공적인 결혼을 위해서 나의 가치관과 절대 다른 몇 가지를 제외하고는 모두 상대에게 맞추어주겠다는 생각을 해야 합니다. 그만큼 부딪히게 되는 문제들이 많지요. 결혼 준비 중 많이 싸우게 되는 이유는, '결혼 후의 나의 삶'을 가장 우선시하며 고민하고 걱정하기 때문입니다. '나는 TV 보는 것을 좋아하니까, TV는 무조건 큰 것을 사야겠어!'라는 말은 상대의 '나는 자녀교육을 위해서 TV는 조금 작더라도 커다란 책장들로 거실을 채우고 싶어!'라는 의견과 맞부딪치게 됩니다. 또 '나는 친구들을 모아 결혼식 축가를 신나고 즐겁게, 조금 특별하게 하고 싶어!'라는 의견은 상대의 '나는 집안 어른들께서 많이 오시기 때문에 조금은 우아하고 정갈한 결혼식을 해야겠어!'라는 의견과 어긋납니다.

두 사람의 취향과 의견을 모두 만족시킬 수 있다면 참 좋겠지요. 하지만 안타깝게도 쉽지는 않습니다. 하나를 얻으려면 다른 무언가를 포기해야만 하는 법입니다. 여기서 완전히 포기하지 못하면 또 서운한 마음이 쌓이고 싸움이 벌어지지요.

'나 혼자 살면 모두 내 마음대로 할 수 있는데, 왜 같이 산다고 해서 내가 손해를 보고 이렇게 참아야 하는 걸까?'라는 생각이 든다면, 결혼을 조금 미루어보는 것도 좋습니다. 누군가와 함께 살아가기 위해 받아들여야 하는 낯선 환경을 준비할 시간이 필요한 것이니까요. 이러한 이유로 결혼을 준비할 때는 그 어떤 때보다도 더 조심스럽게, 더 배려심을 가지고 상대를 대해야 합니다. 나의 이 말로 상대가 상처받지는 않을지, 사랑하는 상대의 입장에서 고민하고, 또 고민해보아야 합니다. 서로의 진심 어린 배려만이 행복했던 연애를 더욱 행복한 결혼으로 이어줄 수 있는 연결고리가 되어줍니다.

 ## 나와 결혼해주서서 감사합니다

영원히 아물 것 같지 않던 첫사랑과의 이별, 그 아픔도 이제는 아물었고, 진짜 사랑이구나 싶었던 몇 번의 사랑들도 어느덧 씁쓸하게 마무리되었습니다. 이렇게 연애에서 시작해 결혼에 이르는 '사랑'의 여정이 쉽지만은 않습니다.

사랑만 믿고 살기에 세상은 너무도 거칠고 험난합니다. 그럼에도 불구하고 우리는 사랑을 찾습니다. "사막이 아름다운 건 어딘가에 우물을 감추고 있기 때문이야"라는 어린 왕자의 말처럼, 사랑은 각박한 이 현실을 조금이나마 아름답게 만들어줍니다. 추운 겨울 뒤에는 따사로운 햇살 아래 싱그러운 새싹이 돋아나는 봄이 기다리고 있음을 알고 있잖아요? 숱한 이별의 아픔 속에서도 결국에는 아름답게 피어날 또 다른 행복의 결실이 있음을 알기에 '사랑'은 당신의 인생을 행복의 새 출발로 이끌어줄 것입니다.

이렇게 힘겹게도 두 사람이 겨우 만나 결혼을 하려는데 의심과 불안의 바람이 갈대 같은 내 마음을 요리조리 흔들어댑니다.

'단 한 번뿐인 이 소중한 인생을 과연 이 사람과 함께 보내는 것이 맞는 것인가?'

반대로 상대의 입장에서 생각해본다면 나도 그 사람에게 있어서 최고의 사람이 되어주어야 하지요. 연애를 할 때도, 또 결혼을 한 후에도 마찬가지이지만, 행복한 생활을 위해 정말 필요한 것은 나를 먼저 낮추고 상대를 배려하는 것입니다. 나의 잘난 점만 내세워서 상대를 이리저리 재보기만 하면 안 되겠지요. 오히려 나의 못난 부분을 앞세워 이마저도 이해해주는 상대에게 고마워할 수 있어야 합니다.

더 이상 사랑만으로는 함께 살아가기가 어렵고, 상대의 조건만 가지고도 함께 살아내기가 어렵습니다. 그래서 '고맙다', '감사하다' 같은 말을 자주 하면서 그 감사한 일들이 익숙함에 묻혀 당연시되지 않도록 배려해야 합니다. 서로가 가진 것과 가지지 못한 것을 따지기보다는, 받은 부분에 대한 감사와 더 해주지 못한 것에 대한 미안함을 먼저 생각해야 하지요. 이렇게 부족하고 모자란 나와 결혼해주어 고맙고, 내가 마음만큼 다 해주지 못하는데도 행복하다고 해주어서 고맙고, 그런 나에게 많은 사랑을 주어 고맙다고 생각한다면, 이런 관계만큼 아름다운 관계가 또 있을까요? 사랑하는 사람들은 그래야 합니다.

제가 참 좋아하고 존경하는 선배가 한 명 있습니다. 그 선배네 집은 경제력이 제법 탄탄했습니다. 그런데 아버지가 은퇴하신 후 사업을 하다가 큰 빚을 지셨다고 했습니다. 빚쟁이들이 집까지 찾아와 빨간 차압딱지를 여기저기 붙이고, 덩치 큰 조폭들이 들이닥쳐 부모님을 위협하는 것을 목격했다고 합니다.

똑똑하고 능력 있는 그 선배는 남들이 모두 부러워하는 대기업에서 일하고 있지만, 월급은 모두 압류되고 있다고 했습니다. 그런데도 선배는 부모님을 원망하지 않는다고 합니다. 오히려 부족한 자신을 믿고 사랑해주시는 부모님께 감사하고, 이제는 자신이 부모님께서 의지하고 싶은 사람이 되고 싶다고 합니다.

선배의 말에 저는 '가족이란 무엇인가?'를 생각했습니다. 저는 부모님에게서 경제적인 도움을 비롯해 여러 가지 지원을 받아야 한다고 생각합니다. 부모님의 빚을 물려받는다거나, 아프신 부모님을 시간을 할애하여 간호하고 병원비를 내거나 하는 것은 희생이라 생각합니다. 그러나 선배의 이야기를 듣고 나니, 이런 못난 생각을 하는 아들과 딸을 변함없이 사랑해주셨던 부모님에게 참 감사해야 한다고 생각했습니다.

결혼도 마찬가지입니다. 서로 모르던 한 사람의 남자와 한 사람의 여자가 만나 평생 가약을 맺고 가족을 이루게 되는 것이니까요. 나는 잘났습니다. 동시에 못나고 부족한 부분도 많이 가지고 있습니다. 누가 더 잘났는지, 누가 더 많이 주고받았는지에 대해 생각한다면 그 자체로 사랑이 부족한 사람입니다. 이렇게 부족한 나를 보듬어주는 상대에게 감사해야 합니다. 이런 내 옆자리를 늘 지키고 아껴주며 사랑한다고 말해주는 상대에게 고마워해야 합니다. 그런 상대를 위해 사랑을 더 많이 전해줄 수 있는 내가 되어야 합니다.

바로 오늘 내가 사랑하는 그 사람에게 감사의 손편지 한 통을 정성껏 써서 건네어보는 것은 어떨까요? 감사의 마음을 갖는 것은 어렵지 않습니다. 내가 부족하고 미안했던 점을 떠올려본 후, 그런 나를 보며 상대가 했던 행동들도 떠올려보세요. 그의 표정은 어땠나요? 화가 나있었나요? 나와 더 잘해보고 싶어서, 더 좋은 관계를 이루기 위해서 화를 낸 것입니다. 만일 상대가 이해해주었다면, 그것 또한 고마운 일이지요. 늘 나와 함께해주는 그 사람에게 '감사해요'라는 말을 전해보세요.

그 다음에는 상대가 나에게 달콤한 사랑을 속삭이며 행복하게 해주었던 일을 떠올려보세요. 그 사람이 주었던 선물, 편지, 문자, 다정한 한마디,

따뜻한 배려, 나를 위한 이해 등을 떠올려보세요. 얼마나 고마운가요. 이렇게 든든하게 내 옆에 있는 것만도 고마운데, 심지어 나에게 이렇게나 잘해주다니요. 고맙고 감사하지 않으신가요? 지금 느끼는 그 감정을 그대로 전하시면 됩니다.

신기한 것은 무엇인 줄 아시나요? 감사의 편지를 쓰면 상대는 나에게 감동을 하고 더 고맙다고 할 거라는 것입니다. 나에게 더 미안해하고, 더 잘해주고 싶다고 할 것입니다. 그것이 바로 '고마움'이라는 신비의 마법입니다. 내가 고마워하는 만큼 상대는 나에게 더 많이 고마워하는, 참으로 신기한 법칙이지요.

소중한 나의 연인, 가족, 친구에게 지금 당장 달려가세요.

한 사람을 보내고
비로소 또 한 사람을 가슴에 안는다

당신이 날 사랑해야 한다면 오로지
사랑을 위해서만 사랑해 주세요
'난 저 여자를 사랑해
미소 때문에 예쁘기 때문에
부드러운 말씨 때문에
나와 꼭 어울리기 때문에
어느 날 즐거움을 주었기 때문에'라고
말하지 마세요
그러한 것은 그 자체가 변하거나
당신으로 하여금 변하게 할 테니까요
그처럼 맺어진 사랑은 그처럼 풀려버릴 거예요
내 뺨의 눈물을 닦아주는 당신의 사랑 어린 연민으로
날 사랑하진 마세요
당신의 위로를 오래 받았던 사람은 울기를 잊어버려
당신의 사랑을 잃을지도 모르니까요
오로지 사랑을 위해 날 사랑해 주세요
그래서 언제까지나
당신이 사랑할 수 있게

엘리자베스 배릿 브라우닝 〈당신이 날 사랑해야 한다면〉

한언의 사명선언문

Since 3rd day of January, 1998

Our Mission — 우리는 새로운 지식을 창출, 전파하여 전 인류가 이를 공유케 함으로써 인류 문화의 발전과 행복에 이바지한다.

— 우리는 끊임없이 학습하는 조직으로서 자신과 조직의 발전을 위해 쉼 없이 노력하며, 궁극적으로는 세계적 콘텐츠 그룹을 지향한다.

— 우리는 정신적·물질적으로 최고 수준의 복지를 실현하기 위해 노력하며, 명실공히 초일류 사원들의 집합체로서 부끄럼 없이 행동한다.

Our Vision 한언은 콘텐츠 기업의 선도적 성공 모델이 된다.

저희 한언인들은 위와 같은 사명을 항상 가슴속에 간직하고
좋은 책을 만들기 위해 최선을 다하고 있습니다.
독자 여러분의 아낌없는 충고와 격려를 부탁 드립니다.
· 한언 가족 ·

HanEon's Mission statement

Our Mission — We create and broadcast new knowledge for the advancement and happiness of the whole human race.

— We do our best to improve ourselves and the organization, with the ultimate goal of striving to be the best content group in the world.

— We try to realize the highest quality of welfare system in both mental and physical ways and we behave in a manner that reflects our mission as proud members of HanEon Community.

Our Vision HanEon will be the leading Success Model of the content group.